海神の天秤

砂鳥㐂三郎

文芸社

プロローグ

あるところに妹兄あり。娘の名をキナ。兄の名をカジツワ。網を持ち生業とし、そのひととなり、いくつしびの績あり。その妹兄、子を孕ますしむことなく、寂しき思いしたる。

ある日、キナとカジツワが山に入り春の菜など摘みし時、ヘフクロウ神のカンナシラセが舞い降りて、いわく。

山々のキト（天秤）が大きく乱れたるに、こは悪しき表相なり。近々、大きな天変地異あり。赤雨黒雨よりより降り、山河崩れ落ち、海はせり上がり村々を飲み、そのあと干上がるなり。なむじら、海神イガシラセ拝みはらへし、村人達を北東、海の彼方にありたる（花の楽園）イヌイ島へと渡らせるべし、というとみたり。

やがてお告げ通り、山々には赤き雨と黒き雨交互によりより降り、森から生き物が消えなむ。やがて雨は河を伝ひて海に流れだし、海からも生き物が消えたり。

教えを授けられしキナカジツワなれど、海神イガシラセ、呼びまつわる方法しらず。

カジツワは海神を招きおほむための「あららぎ」（塔）を石、黄金（くがね）、はつり根（ヒルギ?）の葉などでつくり、中に、こうばしきヨキクラヒモノ（御馳走）などもうけたる。

キナは八日八晩、眠るをしらずに豊漁の寿唄を歌い、舞い、はふりぬ。

海神イガシラセ、来たりて、貰きかな、といたく随喜せしが、キナとカジツワに向かっていわく。

「イヌイ島へと運べるのは百人のみ、後はならず」

キナ、一計を案じ、ミドリコ（嬰児）であれば、その倍は運べるであろうと、村人に説いたり。村人、泣く泣く、ミドリコのみを海神に差し出したる。残されし親に、キナ、二百体の素焼き人形を作りおたまやにまつりた後、おちこち浜辺にうち建てたり。

二百人のミドリコを御輿に乗せ、イガシラセはイヌイ島へと旅立ちたる。予《かね》てより海神の座を狙う邪見なる三兄弟、イガシラセの体の自由の利かぬ今こそ勝機とばかり、おのおの大蛇、大鷲、大百足に身を返して化し、国譲り迫り、たちまちに襲いきたるが、海神は邪神ことごとくつだつだにむし段切らる。多欲は慈悲をさふるたけきオドロなり、邪神の肉けただれ、骨ぐさりのみ在り。そののち、二百のミドリコはついにイヌイ島へ着きいたる。

やがて大津波来たりて村人、一人残らずのみこまれしが、キナ、カジツワのみ大亀の背に救われぬ。フクロウ神は右脚にキナを、左脚にカジツワを捕りあがりて、二人をイヌイ島を指してはふりぬ。キナ、カジツワ、ここで二百のミドリコの親となりたる。

このキト（天秤）という奇異（くす）しき能力を授かったミドリコ、キナ、カジツワの妹兄こそすなわち能登や佐渡に暮らしさかえたイヌイの祖先なり。

一

「そりゃ、いったい何です？」

船出の準備をとうに終え、嫌な待ち時間に焦れた若い船頭が、船主の佐藤宗吉の呟きに食いついた。佐藤宗吉はあきれたように、答えた。

「知らねえのかい？　俺達の年代の連中なら誰でも知ってるぜ」

佐藤宗吉は、そういって、水筒の中のぬるい茶をゴクリと飲んだ。そう、七十歳を越えた島の者なら、村の寄りあいで散々聞かされ、誰でも知っている物語だ。

それはこの佐渡島の先住民族と言われる「イヌイ」の神話である。

「イヌイ？」

「俺らが来るずっとめえに、この島にいた連中だい」

へえ、といって若い船頭はさほどの興味も示さず、握り飯にかぶりついた。

トロール船「第四海竜丸」に乗りこんだ他の五人の漁師達も、もくもくと腹ごしらえに集中している。これから直面する困難な仕事を思うと、とてもそんな呑気な話題に興じている心境ではないのだ。佐渡島の北部にある鷲崎港、この港で佐藤宗吉は一番の網元である。港に停泊する大小様々な漁船の三割は、彼の持ち船なのだ。二十トンの中型カニ籠漁漁船が一隻。十五トン未満の小型トロール船が三隻。最新式の自動イカ釣り機を装備した、十トン級沿岸イカ釣り漁船が六隻。彼等の乗った「第四海竜丸」は十七トンの中型ビームトロール船で佐藤の自慢の高速船だ。ビームトロールとは、漁網の両端を頑丈な鉄管で大きく広げたまま曳いていく漁法で、広範囲に渡って獲物を探っていく事ができるのだ。

佐藤はこれから始める「海獣退治」の前に、港に繋いだままの「海竜丸」の中で、漁師達に腹ごしらえするよう命じた。とても飯が喉を通るような心境でない事は百も承知している。彼等は、皆、仲間内で怖いもの知らずで通った男達ばかりだ。その彼等の顔が緊張と恐怖で青ざめているのだ。それでも佐藤は前の晩つくらせた握り飯と香の物を無理やり、彼等に与えた。

佐藤自身も、握り飯に口をつけたが、やはり喉を通らない。一口、齧ってお茶で流しこんだ。彼の視線は、いつの間にか船のデッキに並べられた銃器類に釘付けになった。水平二連の猟銃が三丁。縦二連銃が二丁。最新式のライフルが一丁。ダイナマイトが一束。なぜか洋弓まである。すべて佐藤が島中を駆け回り、掻き集めてきた武器だ。扱いに慣れているオカ猟師を連れてくれば話は早いのだが、船の上でその実力が出せるとは思えない。佐藤は自分の船の漁師に二週間に渡って銃の訓練をさせたのだ。

佐藤宗吉は、猟銃から無理やり顔を引き離し、目を港の向こうに移した。

佐渡島、鷲崎港の背後には、なだらかな丘が、遥か向こうにまで広がっている。その女性的な膨らみに満ちた丘の斜面には、キバナカンゾウやイワユリが、足を踏み入れるのが怖いほど咲き乱れ、初夏の青い空に強烈なコントラストをつくっていた。海からの風にあおられた彼女たちは、まるでスタジアムを埋め尽くした群衆が黄色いハンカチを打ち振るかのごとく、いっせいに黄色い頭を揺らしている。この丘は、大陸から本土から吹きつける風の交差点。北から南から西から東から、様々な花の種が風に乗ってこの丘の斜面に根付くのだ。鳥の声が、静かな港に降りそそぐ。奇麗な声で鳴く鳥が二羽、柔らかな稜線の向こうへ飛んでいく。空は澄み渡り、夏の予感をたっぷりはらんだ風が丘から吹き下りてくる。この世のものとは思えない、恍惚とするような風景だった。これから起こる惨劇をかけらも予感させない、のどかな風景だ。

だが、あの港の市場を見ろ、乾ききったトロ箱を見ろ、埃の溜まったコンベアーやシューターを見ろ、噛み砕かれたカニ漁の籠網を見ろ。

やっぱり、やらなくちゃならねえ。佐藤は自分にいい聞かせた。

「さあて、やっつけに行くかい」

佐藤が、ぱあんと柏手を打つ。

「あや？　ちょい、待った」

「どしたい、怖じけづいたかい」

「いや、あれ」

若い船頭が、ふと、佐藤の背後を指さした。

海に突き出た突堤をこちらに向かって誰かが歩いてくる。女だ。それも若い女。見送りは不吉だから絶対しないよう、あれほど皆に言って聞かせたのに。一人がやれば、我も我もと押しかけて、皆の士気が鈍るじゃねえか。

「……イオ……、じゃねえか？」

誰かが言った。近くで見ると、おお、イオだ。間違いねえ。潮で洗われた椰子の繊維のような赤い髪、褐色の広い額。太い眉。潤んだような大きな瞳。短いワンピースの胸元に赤い蜥蜴の入れ墨。

「イオ、どこ行ってた、ふた月も姿見せねえで。ピンクパンサーの女将、心配してたぞ」佐藤はそう声をかけながら、ふと、イオの足もとを見た。彼女は裸足だった。

「とっちゃんは、どしたい？」

イオは何も言わず、船の数メートル手前で、歩を止めた。ピンクパンサーは地元の漁師が通う海岸道路沿いの風俗店だ。イオはそこで最も若い女だった。見栄えもスタイルもよく、何より頭の回転がすこぶる早い。話し上手で、おまけに避妊具もつけずに、誰でも本気で相手をしてくれると評判の娘だったのだ。何度も妊娠し、堕ろしたに違いなかった。それでも彼女はいつもと変わらぬ明るさで店に出続けた。少なくとも傍目にはそう見えた。男達は皆、イオはそういう女なのだと、思い込もうとしていた。男が好きで、セックスにルーズな女なのだと。

そして彼女は、ある日突然、店に顔を出さなくなった。だが男達は罪の意識から、彼女の消息をあえて詮索しようとしなかった。

そして今、目の前にいるイオは、以前の彼女とはどこか感じが違って見えた。くるくるとよく動いていた瞳は、南洋の夕陽のように坐り、どこか彼方を見据えている。愛らしい笑みを湛えていた薄い唇は、悲しげな決意を秘めたそれに変わっていた。

「行かないほうが、いいわ」

ポツリと言ったイオの一言に、全員がはっ、と動きを止めた。

「そういう訳には、行かねえのさ」佐藤は不必要なほど、声を張り上げた。

「この海はな、オイラが仕切らにゃならねえ。こいつらもな、食わさなきゃなんねえ。

こいつらの家族だって、食わさなきゃ、なんねえ。一代でこの財築くにゃ女房子ども犠牲にしたんだ。誰がなんて言ったって、オイラが仕切る。漁のたんびにな、あんなバケモンにな、好き放題やられて、網破られて、船に穴あけられて、黙っちゃいねえよ！　おお、誰が警察に任せるかい！

オイラが始末をつけることとさ！」

「海神に戦いを挑んだ竜は、頭をちぎられるよ」

「だいじょうぶだ。奴等、いま昼寝の時間だ。寝こみを襲うんだ」

「いないよ」イオは首を振った。首飾りがカラリと鳴る。

「あんたたちを待ってる。海の中で、じっと待ってるよ」

「なんでお前が言うか」

「だって、あたしが教えたもの。海神さまに」

「馬鹿言ってるんじゃねえ！」

佐藤は無理やり、大笑いをしながら歩き出した。しかし、右脚が右舷甲板の下に埋まっている船《ふな》霊《だま》（御守り）の上にくると、ふっと歩が止まる。船霊は、妊婦の髪を入れた燕の巣で造り、昨夜、無事な帰港を願って彼が埋め込んだのだ。

そうかい……やっぱり、こんなんじゃあ、役に立たないというのかい……。

振り向いてイオを見ると、イオはすべて見通すような瞳で、立っている。

佐藤は、操舵室の若い船頭に、船を出すよう命じた後、何かに縋り付くように、もう一度、イオに声をかけた。

「オイラに何かあったら、良二のヤツを頼むわ、あいつ、オマエにぞっこんみたいだで」だが、佐藤の最後の言葉が終わらないうち、イオはくるりと背を向け、もときた突堤をぶらぶらと戻って、花々の咲き乱れる丘の方へ歩いていってしまった。

人知れず港を出てゆく第四海竜丸のデッキで、佐藤はイオの姿をずっと目で追った。

彼女がやがて丘を登り、中腹あたりで横になり、花に埋もれ見え無くなるまで、佐藤は名残惜しそうに、いつまでも眺めていた。

二

十人乗り中型ヘリコプター（シコルスキー・S55）の後部座席で、横になっていた秋葉真一は、ふいに夢から目覚めた。何か非常に気掛かりな夢だったが、記憶をたぐり寄せようとした瞬間に、霧散してしまった。

日本へ向かう旅客機の中では、ほとんど一睡もできなかった彼だったが、迎えのヘリコプターに乗った途端、ローターの振動に誘われるように寝入ってしまったのだ。

（まったく、不眠症という奴は……）

秋葉は体を起こし、氷の板のように冷えた窓ガラスの曇りをサッと手で拭った。

氷雨が伝う窓ガラスの向こうに、すっかり雪化粧を済ませた街が姿をみせていた。新潟県の新興都市、新津市である。秋葉の生まれたのは佐渡島だが、育ったのはここ新潟の新津なのだ。しかし、彼の胸には何の郷愁も湧いてこない。いつもの事だ。感傷と無縁なタイプではないが、故郷に対する執着がそもそもないのだ。自社専属のカウンセラーは、漢字が七つも続く難しげな病名を彼に告げたが、秋葉は無視した。病名を覚えてしまうと、本当に病気になりそうな気がしたのだ。

秋葉の乗ったヘリは、新津の街中で最も異様なたたずまいを見せる、三十二階建てのグラスタワーへと真っ直ぐに向かった。

通称「ウォッチタワー」と呼ばれる「クニサキルビコン新潟」のビルである。

シコルスキーは、主であるそのタワービルの真上までくると、ゆっくりと旋回しながら着陸態勢に移った。

合併に次ぐ合併で国内最大手に伸し上がった国東建設。その国東の打ち出した最も先進的なプロジェクトの一つが深海核廃棄物処理施設「ルビコン」である。

そして佐渡島沖に建造された「ルビコンⅢ」の管理運営を受け持つイノベーターグループ、それが「クニサキルビコン新潟」なのだ。

秋葉は次第に近づく異様なタワービルを眼で追いながら、お気に入りのバッグを手元に引き寄せた。ルビコンプロジェクトのトップチームの一員である秋葉には、ほとんどひとつ所にとどまる事が許されない。移動移動の生活は、持ち歩く荷物を極端に減らすことを余儀なくされ、今ではどこへ行くにも、このバッグ一つで納まるようになった。しかし、その気になれば、必要な物など意外に少ないものだ。そのバッグの中の日用品、例えば性能の良いラジオ、筆記用具、地図、計算機、といった物もいざとなれば現地で揃ってしまう。彼にとって本当の必需品と呼べるのは、自分に良く合った睡眠薬くらいなものなのだ。家や生活空間への執着も次第に薄れ、帰郷や帰国の意味すらも考えなくなった。しかし、秋葉はそんな状態を特にミゼラブルだとは思っていない。何よりもこのプロジェクトにこそ自分の居場所があるのだから。

当然、妻の美代子との結婚生活は長続きしなかった。新婚旅行で滞在したイタリア、ナポリでの一週間を除いて、ともにベッドに入った記憶もないほどだった。それでも割と気楽でいられたのは、この仕事への理解はもちろん、美代子に子作りの関心がないように思われたからだ。だがそれも彼の都合のいい思いこみだった。それを知ったのは妻が家を出た後、それも周囲から聞かされてやっと悟ったほどだ。もう取り返しのつかない事だった。その美代子とも、離婚が成立し、すでに三年が経つ。

シコルスキーはホバリングをしながらやがて高度を下げていった。

眼下では、東南アジア系の誘導官が、白い息を吐きながら赤い誘導灯を回していた。幾重にもセーターを着こんだ彼は雪ダルマのように球状に膨れ上がっていた。屋上ヘリポートの着陸地点には、彼によってシャベルでH字型に雪が掻かれている。彼の出した着陸オーケーのサインに、ヘリはエレベーターのような正確さで所定の場所に降り立った。

秋葉真一は身を屈めてヘリから降りた。途端に霙《みぞれ》まじりの冷たい雨が彼を打つ。彼はヘビーデューティーなマウンテンパーカーのフードを素早く被りながら、上空を指差すと、しきりに足踏みしている誘導官に、大声で怒鳴った。

「夜半には雪になるぜ」

「なんてこった」誘導官は褐色の顔をしかめ、両手を大袈裟に広げて叫んだ。

「ハレルヤ！　またホワイトクリスマスか」

「うれしいか」

「もう、うんざりだ。二年前までは雪なんぞ見たこともなかったのに」

「そりゃ、君の国とは違うさ」

秋葉はそう言うなり、フードを押さえ、小走りに空調のきいた建物の中に入った。

最上階は展望ロビーとして地元住民に開放してあるが、足を運ぶ人はほとんどいない。秋葉はエレベーターに乗りこみ、二十階へ。そこは「クニサキルビコン新潟」のマネージングキャップである伊丹の部屋がある。

夜行性の動物を展示しているかのような、スモークガラス張りの秘書室に入ると、秘書の壬生華緒が待ち兼ねていたように微笑んだ。そこから続く伊丹の部屋のドアを指差して、妙な具合に顔をしかめて見せた。今日のキャップはちと理屈っぽいわよ、という合図だ。秋葉は着ていたマウンテンパーカーをまるで鎧でも剥がすように脱いでポンと華緒に手渡した。彼女はその重いヘビーデューティーなパーカーを受け取ると、大袈裟によろけるふりをしながら、背の高いハンガーにひょいとそれをかけた。

マウンテンパーカーの背中にはルビコンプロジェクトのトレードマークである〝水瓶を抱く乙女〟と、それに纏いつく大きな〝蛸〟の姿が描かれていた。半裸の乙女が大きな水瓶に両腕両脚をまわして優しく抱きかかえ、妙に艶かしい表情でこちらを見つめている。それと大蛸との組み合わせは、見ようによっては非常にエロティックな構図だった。

華緒はその乙女の表情をひょいと真似て、秋葉に流し目を送ってみせた。

「そうか」秋葉はポンと手を叩いた。「君がモデルだったのか」

「思った通り、ひどくお疲れのようね」華緒は透きとおるように奇麗な顔を思いきりしかめて見せたが、白い大きな襟のブラウスに照らされた表情は、それでも明るく輝いている。「もうすぐ晦日だというのに、なんて会社かしら。こんな働き者に片時の休息も与えないなんて」

「君だって、デートの申し込みを片っ端から断って、カマス親父につきあってる」

「これじゃ恋人なんか絶対出来ないわ」

華緒は何も知らないふりをして屈託のない笑みを浮かべている。

彼女には秋葉がここへ帰って来た理由は解っている。それが決して喜ぶべき事態でない事も。華緒は、なるべく核心に触れないように、だが無理に避けたりしないように、さりげなく、言葉を続ける。

「新しい彼女にお詫びの花束を届けておくわ」

「必要ないよ。彼女も仕事だってさ」

「まあ？」彼女は野性馬のような大きな瞳をさらに見ひらいた。「そんな言葉を真に受けるなんて、蜥蜴みたいな人ね。まあ今さら側にいてくれたって、という感じかしら」

「言いにくい事をはっきり言うね」秋葉は苦笑しながら言った。

「ああ、そういえば、美代子がおかあさんになったのよ。聞いた？」

「えっ？　だって今の旦那と再婚してから、まだ……」秋葉はわざとらしく指を折った。

「こんなに早く生まれるなんて、計算が……」

「これじゃ、元の旦那の立場がないわね」

華緒と、妻だった美代子とは同期で友人だった。秋葉と美代子が知り合ったのも、華緒の紹介がきっかけだったのだ。

秋葉は〝レントゲン室〟という、ふざけたプレートの貼られたドアをノックする。プレートの下には、味のある筆文字で皮肉を込めてこうしたためてあった。

(放射能漏出の恐れあり、覚悟なき者の立ち入りを禁ず)

「秋葉だな」ドアの向こうからよく通る声が響く。

「ノックの音で解るよ。入ってくれ。閉める時は静かに」

秋葉はキャップの部屋に入った。部屋の中は全く暖房がきいておらず、冷えきっていたが、キャップの伊丹は淡い色のベストだけの軽装で秋葉に微笑んだ。伊丹は慣れた仕種でペットの熱帯魚に餌をやっているところだった。棺桶のようにでかいアクリル水槽の中で見慣れない魚が泳いでいる。長い嘴を持ったアマゾンの鱗骨魚、ガーだ。伊丹は生き餌となるメダカを一匹ずつ水槽の中に落としている。小柄な彼が巨大な水槽を睨みながら対峙している姿がおかしい。彼は分厚いアクリルガラスの向こう側を注意深く見つめ、精巧な工芸創作でもするかのように餌やりに熱中している。

「ああ、そこに紅茶がある。勝手に注いでやってくれ」

秋葉は部屋の中央にある大きな檜のテーブルに歩み寄った。テーブルの上にはイギリス陶磁器ロイヤルドルトンのティーセットが用意されていた。ティーポットを覗くと紅茶葉がすでに入っていた。湯沸かし器から湯を注ぐ。ポットから立ちのぼる香りだけで、ただの紅茶でない事はすぐに解った。ダージリンをさらに上品にして雑味をクリアにしたような、爽やかな芳香が鼻腔に忍びこむ。

「シッキムだよ」背を向けたまま、伊丹は得意そうに言った。「今日は特別だ」

「シッキムですって？　この時期に？」

「一昨年出たのを買い溜めしておいた。密封して冷凍庫に入れておくんだ。お蔭で一年中楽しめるというわけさ」

伊丹は典型的な仕事人間だったが、このルビコンプロジェクトに携わるようになって、一層それに拍車がかかった。このルビコン建設に地域住民の理解を得るには並大抵の事ではないのだ。絶えず折衝に駆り出されていた彼はいつの間にか悪役のレッテルを張られ、ある週刊誌においては国民の敵ナンバーワンに選出されていた。彼の顔に一本、また一本と孤独の皺が深く刻まれる。次第に必要以外の外出を嫌うようになり、やがて役員室に自分の趣味の全てを持ちこんで、籠もるようになってしまった。

シッキムは、茶葉のエキスをすべて搾り取るほど濃く入れても、ほとんど渋みがない。爽やかな香りを楽しみながら、秋葉は思った。

（自分もこの老人と似たり寄ったりだ）

彼はテーブルの横に置かれた精巧な建造物の縮小模型に視線を移した。

（おまえのせいか……）

それは核廃棄物深海処理システム「ルビコン」の模型だった。

模型は二組のプラットフォームで構成されている。海底油田の採掘基地のような建造物がメインプラットフォーム。ここで廃棄物を特殊樹脂で加工する。そしてその横にピラミッド型の白い浮遊構造物。これはその形状どおり「ピラミッド」と呼ばれるサブシステムである。これは加工された廃棄物を深海に沈める巨大なケーブルを内蔵した母船と考えればいい。模型の表面は、伊丹自身が何度となくペイントし直したのだろうか、塗料が山盛りに厚く浮いていた。

高レベル核廃棄物こそはすべての先進諸国に共通する悩みの種であった。永久的な処理方法の模索は暗礁に乗り上げ、原子力発電の推進の断念を宣言する先進国も現れ、それが時代の潮流となりかけていた。だが核廃棄物は一向に減らず、それどころか発展途上国の無計画な核施設建設のおかげで、逆に増加していく、という有様だった。国東建設の核廃棄物深海処理施設ルビコンはその各国の超問題児に特別な処理工程をすべて施し、その後、二千メートル以上の深海に沈めるというものである。南アフリカのケープタウン沖にパイロットプラントを建設して以来、現在、ルビコンⅠがニュージーランド・イレネ島に、ルビコンⅡがノルウェー・ロフォーテン諸島沖に建造され、すでに稼働中だった。そして三番目の処理施設が佐渡島沖にある「ルビコンⅢ」なのだ。

総合監視官である秋葉は、すでにスペイン領カナリア諸島沖において「ルビコンⅣ」建設に着手しており、全工程の五〇パーセントを終了していた。だがそこへ国東建設本社から信じられない通達が届いた。

『ルビコンⅣ』の工事を一時休止せよ。

なんと完成間近のルビコンをほったらかして、帰ってこい、というのだ。

原因はやはり、再燃し始めた「ルビコンプロジェクト」の核廃棄物の放射能漏出問題であった。以前より言及されていた「ルビコンが周辺海域に及ぼす環境汚染はやはり否定し切れない」という学説をある環境保護団体が蒸し返したのだ。確かに佐渡島周辺の漁獲量は年々減少の一途を辿っている。この問題はルビコンの建造以前から危険性が流布され、何度となく議論が戦わされた。しかし、徹底的なデータ収集と分析による報告書を提出した国東側が、漁獲量の減少は世界的な傾向であり、また漏出が見込まれる放射能の影響は微々たるもので、結局、関係は証明できないという最終報告をＣＥＲＮ（欧州合同原子核研究機関）に提出、ＣＥＲＮもそれを支持し、一応の解決は見られそうな気配であった。

だが、秋葉が日本に帰ってきたのは、ルビコンⅢにもっと大きな問題が持ち上がっていたせいだった。現在ルビコンⅢは作業を中止している。日本海の荒れるこの時期を利用して総点検が施されるのである。しかしルビコンⅢの稼働再開に一つの大きな障害が突然発生していた。

なんとルビコンのピラミッド部分に、巨大な水棲哺乳類の群れが上陸し、そのまま、居座ってしまったのだ。海獣たちは我が物顔でコロニーを形成し、そのテリトリーに近づく何者に対しても、攻撃を仕掛けるのである。

「まったく、とんでもない化け物だよ。あいつは！」

伊丹は原始の姿そのままで泳ぐその熱帯魚を愛しげに見つめ、そういった。

「こいつらのような可憐さが微塵もない」

「『海獣』はまだそこに？」

「ピラミッドに我が物顔で居座っているよ。雌をはべらせてね」

「写真は？」

「その目で見てきたまえ」

「わかりました」秋葉はそう言って、海獣が居座っていると思われる、ピラミッドのすそに広がる浮遊デッキを優しく撫ぜた。

「しかし、なぜ私を選んだのです？　故郷の海を核の墓場にしてしまったこの私に、贖罪の機会を与えて下さるとでも？」

「そんな物言いは、うんざりだ」伊丹は蚊でも払うように、かぶりを振った。

「だいたい君はルビコンプロジェクトにおける当初からの推進スタッフであり〝アクエリアス・オクト〟の一人ではないか」

アクエリアス・オクトは、ルビコンの建設候補地の調査、選定、周辺住民へのインフォームドコンセント、建設スケジュールの作成に至るまで、すべてを総合監督する立場にあるトップチームである。秋葉は八人いるチームの一人なのだ。チーム名の由来は、彼等の着ているユニホームのイラストにあった。ルビコンのトレードマーク〝水瓶を抱いた乙女〟は女性人権団体からクレームが殺到したほどエロチックなデザインだが、アクエリアス・オクトのユニホームには、さらに大蛸が絡みついているのだ。

「そして独身者は君だけだ。なあ秋葉。クリスマスだぞ、正月だぞ、こんな時期に家庭持ちに仕事を頼めるか?」

「アクエリアス・オクト唯一の独り者は、海獣退治には慣れておりません」

秋葉は、わざと馬鹿丁寧に答えた。

「退治してもらっては困るんだ。丁重にお引き取り願うか、鳥羽にある迎賓館においで願うか。抗議の葉書を見なかったか? 倉庫に山積みになってるよ。全部、再生紙だそうだ」

伊丹は水槽に顔を近寄せ、泳ぐ餌を片端から口に入れている一匹の欲ばりな鱗骨魚に向かって、ひとりで食うんじゃない、と叱った。

「今、環境保護団体の神経を逆撫でするわけにはいかない。ただでさえルビコンは彼らにとって格好の獲物だ。それに国東建設のプロジェクトはルビコンだけではないんだ」

「動物に詳しいわけでもありませんよ」秋葉は顎で水槽を指した。「その水槽を泳いでいる奴で名前を知っている魚は、餌のメダカだけです」

伊丹がふいに黙りこくり、芝居じみた口調で、天を見上げた。

「……あの時見た……君の才能。いや特殊能力といっていい。複雑で膨大な電気回路を一瞬にして解析してしまう、システムの本質を見抜く目、君しかいない。ルビコンと海獣のあいだに隠された謎の回路網を解けるのは！」

秋葉はあきれ果て、うーん、と呻いた。まったく、この会社の連中ときたら、そろいもそろって、皮肉屋ばかりだ。

「それで、その『海獣』をなんとか穏便に排除したいという訳ですね？」

「あれは化け物だよ。考えてもみてくれ。あんなのに居座られたら、廃棄物運搬用船舶の潤滑な運行に甚大な影響を及ぼすだろう？」

「船舶の潤滑な運行だけが理由ですか？」

「……嫌な予感がするんだ」

伊丹はポツリとそういった。ピラミッドの模型をつまみ上げながら、わざと悪戯っぽく笑って見せたが、しかし口調は真剣そのものだった。

「南アフリカ、ケープタウン沖のパイロットプラントでも、ニュージーランド沖にあるルビコンⅠでも、実はあの海獣の姿は確認されていた。もちろん地元の新聞も大きく取り上げたね。それに、ノルウェー、コラ島沖のルビコンⅡじゃ、死人まで出た。海獣を退治しようと大挙して繰り出した地元漁船団が、返り討ちにあって海のモクズになったんだ。信じられるか？　ルビコンが完成すると、それに纏いつく影のように、あの海獣どもが現れるんだ。そしてイレネ島もコラ島も漁獲量の減少は深刻を通り越して、もう絶望的だ。そこへもってきて、今度は佐渡島だ」

「いったい……何が言いたいんです？」

秋葉がそう問いただすと、伊丹は額に墓碑銘のような深い皺を刻み、大きく見開いた目の中に恐怖の闇をつくった。

「怖いのさ。分かるか？　怖いんだよ」

彼の顔から急に血の気が引き、古い恐怖映画の吸血鬼のように、蒼白になった。

「そして思ったんだ。黙示録に出てくる『プレイグ（疫病）に覆われた海辺の町』は奴のせいじゃないかってね。あいつの姿を見た途端、こいつはいけない、と思った。こいつは排除しなくちゃいけないと。絶対トラブルが起こる。文明は……あんなどえらい怪物と共存できるほど強靱じゃあない……」

喋りながら、伊丹の肩は知らず知らずのうちに強張《こわば》っていった。自分の胸に刻まれたその海獣の体験をまざまざと蘇らせているのだ。そしてその獣が、まるで落雷や洪水といった抗《あらが》い難い自然の猛威であるかのように、彼は恐れ、畏怖していた。

「いったい佐渡島はどうなっているんだ。ここ十年の変わり様といったら！　まず天候が狂った。海流が狂って漁場は壊滅してしまった。少子化の波に見舞われ、海は海獣どもの脅威にさらされている。次から次へと島を襲う厄災の波は、これは単なる偶然か？」

老人は目を大きく見開き、海獣から受けた衝撃を反芻していた。

「それとも、ルビコンが厄災を呼ぶのか。つくづく、祝福から縁の遠い子。罪深い子だ。そしてルビコンに費やした私の人生も……」

「ストップ、そこまで」秋葉は、彼を睨んだ。「今さらそれは言いっこなし。もう賽は投げられたんです」

秋葉はまだ、海獣を見たことがなかった。この時は、まだ大きなアザラシのようなものとタカをくくっていたのだ。だから伊丹の妙に大袈裟な態度が、何か別の重要な危機を示唆しているのでは、と疑った。ある意味でそれは当たっていたが、伊丹が海獣から受けた衝撃は本物だった。この数時間後に、秋葉もそれを思い知らされる事になる。

伊丹は、怪物の報告書を毎日、メールで送るよう秋葉に頼んだ。危険を冒す必要はまったくない事も付け加えた。食料その他の備品は、島の世話係が毎日届けてくれる。基地の整備はすでに完了しており、発電システムも、もちろん作動している。プラントに放射能は残留しておらず、従って防護服の着用も必要ない。

「いいでしょう」秋葉は頷いた。「ホテルはルビコンの管制室。これも悪くない。食料や備品は本当に大丈夫でしょうね？　もし冷蔵庫にシャンパンがなかったら、その足でボラボラ島に飛びますよ」

憎まれ口をたたきながら、秋葉は心の中で老人に感謝していた。タヒチのリゾートなど冗談ではない。秋葉のような仕事人間にとっては、バカンスなど、ただの退屈な時間潰しに過ぎない。彼の居場所はルビコンにしかないのだ。

「生活に必要な備品は全部用意したよ」伊丹は見透かすように笑みを浮かべた。

「二週間ほど前に現地に飛んだ楠瀬君が……ああ、言わなかったか?」

「楠瀬薫。動物行動学者。三十七歳。定住所はない。普段は調査捕鯨を目的とした研究グループの一員として活躍し、画家としても有名。ミリアナという妻がいたが、三年前にノルウェー海の事故で亡くしている」

秋葉は海獣退治の相棒とならざるを得ない人物のプロフィールを正確に諳んじて見せた。

「もう一人は佐藤良次。二十五歳。地元の大網元の倅だから、現地の自然条件は熟知している。父親の持っているトロール網の漁船で案内を買ってでてくれた。彼の父親は……」

「顔写真は届いたかね? 覚えているか?」伊丹は秋葉の口を遮って念を押した。

「似顔絵だって描けますよ」

「そう入れ込むな」伊丹は秋葉にぷいと背を向けると、再び鱗骨魚に餌をやり出した。

「気楽に行きたまえ。君はこの件に関しては専門家じゃないんだ。一週間のバカンスだと思ってゆっくりしたまえ。たまにはそれも良いと思わんか? 移動移動の人生は、次第にその人間から外部への関心というものを殺してしまうものだ。何を見ても何も感じなくなる。感じる事に疲れてしまう。すると人間は自分の内部にしか興味を持てなくなってしまう。いいことだと思うかね?」

秋葉は肩をすくめ、そそくさと部屋を出た。もの解りのいい父親に、真綿で首を絞めるような説教を聞かされているようで、とても耐えられない。

ドアの外で猫のように聞き耳を立てていた秘書の華緒が、あわてて虚空に視線を逸らした。が、含み笑いは抑えきれない。

(困った人だ……)

秋葉は親指で後ろを指し、彼女に向かって顔をしかめて見せた。

(俺を息子か何かと勘違いしている)

華緒からパーカーを受け取った秋葉は、かわりにポケットから搾り立ての新酒「北錦」の、小瓶を出して彼女に手渡した。華緒は、クリスマスに独りで飲むには丁度いい大きさだわ、と自嘲ぎみに笑った。

秋葉は屋上に駆け上がり、再びシコルスキーに乗りこんだ。

ヘリは、「クニサキルビコン新潟」から空に舞い上がると、本土から二キロの海を隔てた、佐渡島へと向かった。

佐渡島。

その島はまるで海に浮かぶ柔らかな褐色のテーブルだった。雪に覆われた新潟と比べ、僅かな海を隔てただけで、まるで別世界だった。佐渡島の南部は、日本海を流れる暖流の影響とさらに金北山をはじめとする大佐渡山系が壁となって、豪雪の被害から守られているのである。

シコルスキーはそのまま佐渡上空を北上して、外海府海岸をめざした。島の中央に位置する金北山を越え、香伊の森が真下に見える。突然、常緑樹の茂みの中に、豊水製薬化学工場の怪異なたたずまいが現れる。そして、このあたりからおだやかな佐渡の風景が一変するのだ。分厚い雪に塗りかためられた二重平野。そして悪意に満ちた吹雪に霞む外海府の複雑な海岸線。延々と連なる奇怪な岸壁に、岩を砕くような荒々しい波が絶えず打ち寄せている。それは日本離れした厳しい風景だった。

その光景を眺めていた秋葉の胸に、突然、締めつけられるような圧迫感が込み上げてきた。思わず深呼吸してしまうほどの胸苦しさ。これは一体、何だ？　単なる郷愁なのか。それとも、生まれ故郷の海を汚してしまった罪悪感なのか。佐渡島を核の墓場に選んでしまったことへの悔恨の念なのか。いや、俺が島を選んだんじゃない。島が俺を選んだんだ。秋葉は舌打ちした。こんな感情とは、とうの昔に折り合い、気持ちの整理はついているはずである。

（やはり、ボラボラ島へ行くべきだった……）

島を北上し、やがてめざす二ッ亀島が見えてきた。外海府海岸から沖へと続く三角形の砂浜。その角から糸をひくように、丸みを帯びた島が顔を出していた。続いて、やや平たい島がそれに連なる。雪化粧した二ッ亀島は巨大な氷山のように見えた。

秋葉は隣のパイロットを見た。レイバンのサングラスではっきりとは分からないが、口許にまだ幼さが残る、若いパイロットだ。眼鏡を取れば、きっと童顔だろう。彼はさきほどからずっと口笛でマイルス・デイビスのトランペットを真似ていた。あるサスペンス映画のテーマ曲だ。それをサントラ盤通りに一音たがわず、あの、濃縮した感情を急激に凍らせたようなドライなフレージングに忠実に吹いている。左手で操縦桿を握り右手と太股でフランス人ベーシストのリズムを刻む。

「……死刑台のエレベーターだね」

「あ、聞こえましたか」彼は照れ臭そうに笑った。「この風景を見てたら、自然にでちゃいましてね」

「ひどいな。俺の故郷だぜ」

「や、すいません」

「あの二ッ亀島の名前の由来を知ってるかい」

「いえ……」彼は首を振ったが、サングラスの奥でちらりと目が右横下に移動した。「ああ、多分形でしょう。亀の甲羅が二つならんでるみたいだもの。違うんですか？」

「そう……」彼は無表情のまま、大きく頷いた。「その通りだよ」

相づちを打つ秋葉の脳裏に、亡くなった叔母の姿が浮かぶ。彼女は、もう一つ別の由来を幼い秋葉にいつも聞かせていた。「二ッ亀」とは即ち「二つの神」の事だ。一つは大陸から来た渡来人の神、そしてもう一つは古代先住民族達の土俗神だ。二ッ亀島は昔の神と今の神を同時に祭った場所なのである。だが秋葉はその事を口には出さなかった。

眼の眩むような断崖を抜け、再び海へ。彼等を幻惑し波濤の闇へ引きずり込もうとするかのように、うねり、逆巻いている。大荒れの海をしばらく飛ぶと、海底油田のプラントのような建造物が海上から立ち上がっているのが見えた。

ルビコンⅢだ。

海上にそびえ建つ「ステーション」は、機能一点張りのデザインではあったが、それが逆に、ガウディの建築スタイルにも似た、特異な芸術性を感じさせた。

秋葉を乗せたシコルスキーは、二層のデッキの上に突き出た、キノコのようなセントラルタワーへと近づく。そこから一段低い位置に、テラスのような円形のヘリポートがある。シコルスキーはローターで雨を煙に変えながら、あたかも逆風をついて海を越え、ついに力尽きた渡り鳥のように、よろよろとヘリポートに降り立った。

ヘリポートの周囲には、クレーンの鉄骨群が海に向かって突き出している。空路貨物搬入用クレーンだが、様々な用途別に設置されたクレーンの群れは、まるで前衛芸術家が鉄のジャンクで拵えた巨大な作品のようだ。

秋葉はバッグを小脇に抱えて外へ出た。霙まじりの雪が頬を激しく叩いていく。彼はパイロットに向かって、『しばらく待て』のハンドサインを送るが、パイロットの了解サインが確認できずに何度もくり返した。

秋葉はマウンテンパーカーのフードをたて、クレーン群の中央に建つセントラルタワーへと逃げこんだ。このタワーはルビコンⅢの管制塔モジュールである。シースルーのエレベーターに乗り込み、管制タワーの最上部、管制室へと上がった。黄色いペンキで「SAFTY-FAIRST」と書かれた頑丈なドアの前にくると、秋葉は非常用インターホンを鳴らし、監視用カメラに向かって手を振った。

ボーン、と音がして、管制室の作業責任社、畑山の声がインターホンから流れる。

(IDカードをお入れください)

「畑山さん、僕だ、秋葉です」秋葉はさらにカメラに顔を近づけ、手を振った。

(規則ですから。IDカードをお願いします)

秋葉は、思わず舌打ちし、露骨に嫌な顔をした。彼はかじかむ手で苦労しながらカードを取り出すと、スキャニングボックスへ挿入した。それから双眼鏡のような装置を覗き込み、目の虹彩を認識させ、本人である事を確認される。

(やれやれ、これであと十分はここでタチンボだ)

カードに書き込まれた秋葉の規則違反だらけのプロフィールを、作業責任者である畑山が、丁寧に一つ一つ、確認していく。生真面目な畑山主任のあきれた様子が目に浮かぶようだった。約十分後、インターホンの前で待ち侘びる秋葉の耳に、再び畑山の声が響いた。

(本人である事を確認しました。入室許可の登録をします。登録期間は百六十八時間です。登録人員は一人ですね)

「そうです」見れば分かるだろう、秋葉はそう言いたいのをぐっと堪えて、二重のドアが開くと同時に、カードを回収し、中に飛びこんだ。

(中央集中管制室)には、様々な管制コンソール類が並んでいる。第一デッキ内部で核廃棄物の荷降ろし、加工作業をコントロールする制御盤。第二デッキ内部にある発電システムや居住エリアを担当する制御盤。そしてピラミッド及び深海探査シャトルを作動させる制御盤。放射線モニタリングパネル。風向風速計。コンパス、レーダースクリーン、通信用ブース。

電子機器が並ぶ管制室の壁面は、巨大なガラス窓になっており、ほぼ三百六十度の視界で遥か水平線が見渡せる。その過剰な開放感は軽い目眩を覚えるほどだ。

ルビコンの作業責任者である畑山洋一郎は、その管制室の中央にある「通信管理ブース」で小柄な体を直立させ、秋葉に向かって敬礼した。

「うう、寒かったー」管制室に入るなり、秋葉は畑山に向かって呻いた。

「この識別装置には、補助装置が必要だな。ブランデーを首から下げたセントバーナードがね」

「すみません」畑山はコケシのような表情で、こともなげに言った。

「規則なものですから」

非稼働中にもかかわらず、畑山はきちんとユニホームを着こみ、ヘルメットを着用している。ひとまわり以上も年上の彼に敬礼された秋葉は、思わず背筋を伸ばした。

「いや」秋葉も敬礼を返す。「あなたのような方のお蔭で、ルビコンの無事故記録が保たれているんですよ。感謝します」

お世辞や社交辞令と受け取られないよう、気持ちを込めたつもりだった。だが畑山主任はニコリともせずに、秋葉のカードに書き込まれたデータをじいっと睨みながら、溜め息をついた。

「アクエリアス・オクトの方達はシステムの安全性に自信を持ちすぎです」畑山は落ち着いた、しかし断固とした口調で秋葉に注意を促した。

「放射線量率六マイクロシーベルトの管理区域での作業時間が規定を遥かに超えていますね。これでは、このカードに記載された放射線実効線量当量限度よりも多量に被曝しているはずです」

「ああ……いや、それは」秋葉は痛いところを突かれて、俯いた。

「それなら当然、ホールボディカウンターによる全身の内部放射線測定が必要でしょう。しかしそれすらやっていない」

ホールボディカウンターはプラスチックシンチレータ検出器に全身を入れ、体内に摂取された放射性物質から直接放出されるガンマ線やエックス線を測定するものである。規定作業時間を超過したルビコンの作業者には、この検査が義務づけられているのだ。さらに半年に一度（白血球数、赤血球数、皮膚や目の水晶体などを調べる）、健康診断があり、秋葉はそれすらも受けていなかった。

「いや、うん……」秋葉は意味もなく咳き込み、考えるふりをしたが、もとより何の言い訳も、畑山主任の前では功を成さない。彼はあきらめて、頭を下げた。「すみません」

「フィルムバッジを付けていませんね」畑山は秋葉の胸を指さし、言った。

秋葉は自分の胸を覗き、天を仰いだ。

「いったいどこに置いてきたんだろう。いつもは、ちゃんと……」

畑山は秋葉の言い訳を最後まで聞かず、自分用のロッカーからフィルムバッジを取り出し、秋葉の胸にそれを取りつけた。

バッジを始めとするモニタリングツールはすべて個人が整備調整し用意するべきものである。秋葉が持っていたツールはアラームメータだけだった。これはあらかじめ設定した線量以上を被曝すると警報が鳴るものだ。本来、補助的な役割を担う測定器だが、現場を熟知した秋葉にとってはこれが一番、使いやすい。だが、畑山のようなタイプの主任が、これで許してくれるはずもなかった。彼はポケット線量計を二タイプ（一ラド用と二百ミリラド用）を秋葉に手渡した。どちらもきちんと充電されている。熱ルミネセンス線量計もセットアップされていた。いずれも畑山が用意したものだ。仕事に入れ込むあまり自らの健康をおろそかにしてしまう秋葉達の自信は、畑山にもよく理解できる。しかし、だからこそ畑山の危機管理能力が必要なのだ。何といっても、ルビコンのトップチームに意見できる人間は限られているのだから。

「非稼働中に大袈裟だと思うでしょう」畑山はしっかりと秋葉の目を見つめながら、訴える。「しかし作業中に削られて床に散らばった僅かな金属片が、ユニホームに付着し、そこから被曝した例もあるんです」

「いや、分かります」

秋葉は、気まずさで畑山と目を合わせられず、何とか話を逸らそうと、システムに関する問題点に会話を移した。

「特に問題はありません。そうですね。ピラミッドの推進用第三スラスターのキャビテーションにノイズが発生しています。おそらく可変ピッチプロペラにかすかな歪みが生じているのでしょう。それから、ピラミッド内部に設置されたシャトルの洗浄用ノズルの角度にズレがあり、うまく全体を洗浄できません。これはあきらかな設計ミスです。ただこれらの事はたいしたトラブルではない。問題は……」

「問題は？」

畑山は一筆で書いたような細い眼で秋葉の表情を読み、彼に隠しごとの匂いを嗅ぎとろうとした。

「やはり、ご存じないようですね」畑山は小さく頷いた。「災害用防護服です。実は新任のオペレーターが避難訓練中に誤ってヘルメットを海に落とし水没させてしまったのです。これは確かに私の監督不行届きでしょう。それはお詫びいたします。しかし、クニサキへ請求した防護服がいっこうに届かないのは、何故でしょうね？　再三の要請にも『ただ今製作中』の一言。しつこく追求すると『現行ノ設備ニテ維持セヨ』とくる。現在、管制室におけるオペレーターは四名だけで賄っています」

「四名だって？　オペレーターはぎりぎり五名での作業が限界だよ」

「災害防護服が四着しか揃っていないのに、五名の作業員を常駐させることはできません」

畑山はきっぱりと、言い放った。

不審気な表情を見せる秋葉と、忿懣やるかたないといった畑山の視線が、一瞬、交わった。秋葉ががっくりと肩を落とす。

(毎度お馴染、なし崩し的経費削減か……)

防護服のような重要な備品の供給すら、削減対象になるとは。秋葉は、持って行き場のない憤りを感じた。いつも犠牲になるのは、作業員の安全対策なのだ。

だが畑山は、すぐに視線を逸らした。そして、これから休暇に入る者のみが持つあの笑顔を見せると、大きなボストンバッグのキャスターを滑らせながら、大股で、管制室の出口へと向かっていった。

「それでは、後は、お任せします」

畑山の心は、すでに家族と迎える新年の団欒で満たされていた。彼のその笑顔は仕事の責任から完全に開放された者の、それなのだ。その仕事人と家庭人との切り替えの鮮やかさは、秋葉にとって、羨ましいほどだった。

「おいおい、まだ肝心の『海獣』の報告を……」

「それは私ではなく、楠瀬氏に聞いて下さい。私には何も解りませんし、どうにもなりません。ただ、これだけは言えます。私はこれから十日の休みが取りますが、私が帰ってくるまでに、海獣の問題は解決しないでしょう。それは保証しますよ」

「事態は深刻だ、ということか」

「個人的な見解では自衛隊の要請を仰ぐことになるでしょうね。ああ、楠瀬氏はドックにいますよ。

計器類は湿気を嫌いますので管制室に洗濯物を干さないように、あなたから言って下さい。私の言う事は聞き入れそうにない。それでは良いお年を。皮肉ではありませんよ。念のため」

畑山が出ていってしまうと、秋葉は改めて室内を見回し、その何とも寒々しい気の滅入るような有様に思わず声を漏らした。部屋には何本ものロープが張られ、そこに楠瀬のものと思われるシャツやウェットスーツが無造作に干してある。部屋の中央にはストーブが置かれ、ヤカンがその上に乗っている。

（バランスと調和の象徴が……これじゃ、まるで、飯場だ）

秋葉は、プラズマスクリーンの映像を、ドック内部に設置されたビデオカメラに切り替えた。スクリーンに映ったのは、一隻の漁船だった。漁船はドックから荒海に乗り出すため、今まさにエンジンが始動し、船体を震わせているところだった。

秋葉は急いでエレベーターに乗り込み、ドックまで降りた。

ドアが開くなり大声で叫んだ。

「ちょっと待った！」

漁船の舳先に屈んでいた人物が、ロープを摑んだまま背を伸ばし、彼の方を振り向いた。ドック入口の消波壁の隙間から差しこむ鈍い光。イタリアの柔らかいブルゾンに身を包んだ男のリン、としたたたずまい。何か欧州映画のワンシーンのようだった。そこに映し出された男の顔はなるほど動物に好かれそうだった。およそ敵意とか殺気といったものと無縁の顔。何者にも傷つけられず、何ものも傷つけず、自然と同化する術《すべ》を身につけた究極の草食獣の顔だ。それに、自分に焦点が合った瞬間の彼の視線の動き。歌舞伎役者のような色気があり華があった。写真よりも若く見えるが、間違いない。

「楠瀬さんですね」秋葉は近寄って手を差し出した。「国東建設の秋葉です」

彼は舳先から手を伸ばし、秋葉の手を握りながらいった。

「おう。我らが偉大なるスポンサー。よろしく。佐藤だ」彼はマシュマロのような甘いマスクに、澄んだ笑みを浮かべていった。

「今度からネームプレートを付けておくよ。ハハハ。ついでに値段も書いておこうか？」

（あのカマス親父め！）秋葉はその女性のような手を握り返しながら、心の中でそっと舌打ちした（二人の写真を入れ替えるなんて、悪戯にもほどがある！）。

「あんたの事は聞いてる」佐藤はそういうと、自分の背後を親指で差した。

「楠瀬の大将はあそこだ」

その男はドックの暗がりにいた。彼はこの寒さの中でツナギのウェットスーツの上半身だけを大きくはだけ、水泳選手のように隆々とした背筋をこちらにむけて水中用ビデオのバッテリーをチェックをしていた。チェックが終わり立ち上がった彼は、近寄り難い雰囲気を持った大男だった。ボウリングの玉のような盛り上がった肩、馬のように太い首。五分に刈った頭と同じ長さの無精髭がもみあげでつながっている。針金をまげて作ったようなふざけた丸い眼鏡をかけていたが、レンズ越しに見えるナイフのような細い眼には、小動物ならひと睨みで殺せそうな迫力があった。愛敬のある丸眼鏡はその眼を隠すためにかけているのだろう。それが動物学者、楠瀬だった。彼はひたひたと裸足で秋葉の方へと歩み寄った。

「君は、泳げるのか？」

楠瀬の声は喉の奥で唸るような声だった。

「私はイルカじゃない。こんなふうに荒れた海じゃ、船から落ちたらそれまでだ。ライフジャケットがあってもせいぜい、数百メートルだろう」

「そんなに泳ぐ必要はない」彼は無愛想に秋葉を見下ろした。

「これから〈奴〉に会いにいく。直接その眼で見るのは初めてのはずだ。奴の姿を見て咆哮を聞いたデスクワーカーのあんたは、腰を抜かし、座りじょんべんを漏らす。船の上に垂れ流されてはたまらんから、君を海の中に蹴り飛ばす。その時は浮き輪も一緒に放りこんでやるさ。つまり、そこまで泳げればいい」

楠瀬は日本人離れした上半身の筋肉で秋葉を圧倒しながら、葉巻のような太い指で秋葉の胸をきつく叩きながらいった。

「君のウェットスーツが何の役にたっているかは分かった」秋葉はしかたなく言い返した。

「確かにそれならどこでも垂れ流せるね。だが俺には必要ない。楠瀬さん、これから二週間、いやでも顔を突き合わせていくんだ。仲良くいこうぜ」

ハハハ、佐藤が花びらが零れるような声をあげ、笑った。

「冗談だよ」

「そのとおり。冗談だ」

楠瀬は、ニコリともせずそう言うと、丸眼鏡をキラリと光らせ、船に乗りこんだ。だが視線をそらした瞬間、あの刃物のような鋭い眼に、改悛とも照れともつかない微妙な恥じらいが微かに浮かんだのを秋葉は見逃さなかった。

子供じみた男だが妙に憎めない。彼のぶっきらぼうな口調には〈遊び〉や〈余裕〉といったものが感じられない。妙に真剣なのだ。彼の子供じみた尊大な態度は、真剣さ、物事を考え抜かずにはいられない自分への反動かも知れない。秋葉はあきれながらも少し安心した。当然だ。野性の動物と稚気だけでつきあう者など、学者とは呼べないのだ。

佐藤は漁船の係留を外し、ひらり、という感じでその漁船に跳び乗った。その漁船は非常に美しいラインをもった船で、船首〈ステム〉には大型帆船に使うようなバウスプリットが突き出していた。さらにその先に、見たこともない奇妙な船首像が取り付けられていた。髪はヤマアラシのように逆立ち、牙を剥き出したその顔は鬼のように恐ろしかった。全身は鱗で覆われ、鋭い爪を立て、飛びかかる寸前の獣のように身を乗り出している。佐渡島の伝説に登場する海神イガシラセの像だ。しかしフィギアヘッドとしてはあまりに異形だった。船尾甲板は広々としていて、りっぱな引き網の巻取り機が置かれていた。しかし、もう長い間使われておらず、ドラム部分にはゴミが溜まり、網は乾ききって綻《ほころ》びたままになっていた。

船の腹には「ティダアパアパ号」という不思議な船名が書かれていた。元の「第三海王丸」という船名を塗り潰し、その上から佐藤が書いた文字だった。

船の操舵室は無邪気なほどカラフルな花でペイントされていた。佐藤は花柄の操舵室へ入り、警笛を鳴らした。やがてディーゼル音が船体を頼もしく揺らし始めると、その漁船はゆっくりとドックを出て、荒海に乗り出していった。

ピッチ（揺れ）が酷い。秋葉は船酔いを心配し始めた。海上の移動はすべてヘリコプター任せの彼は、もう何年も小型船から遠ざかった生活をしている。海育ちの彼を裏切って身体が醜態を演じないとも限らない。まさか、しょっぱなから相棒に弱みを見せるわけにはいかない。今情けない姿をさらし、彼等に介抱でもされようものなら、これからの二週間何を言われるかわからない。

（死んでも吐けないな……）秋葉は甲板の手摺を握りしめ、ひそかに決心した。

漁船はルビコンピラミッドへと向かう。

やがて白い四角錐の構造物が、鉛色の空を突くように浮かんでいるのが見えた。

波濤が底部ロワーハル部分を隠すと、まるで白亜のピラミッドが海面から突き出しているような不思議な光景になる。さすがにこれだけ大きいと波の影響はほとんどなく、激しい波にも揺らぐ様子がない。波濤は力の限り基底部に波を打ちつけるが、白く砕け散るのみである。

船から見えるピラミッドの南側には、「朱雀」という巨大な文字が壁面いっぱいに描かれていた。

東側壁面には青竜、西側には白虎、そして船からは見えない北側の壁面には玄武という文字が描かれているはずだった。

核エネルギーと人類の未来へのモニュメント。だが波間に聳えるその異様な姿は、何か霊的な守護神を降臨させるための巨大な祭壇のようにも見えた。秋葉の胸に不思議な郷愁が沸き上がる。潮風と相まって涙腺が緩みはじめたため、秋葉はあわててその郷愁を心から追い出した。

漁船の舳先で胡座をかき、腕を組んで座っていた楠瀬が、まるで秋葉の心を見透かすようにその巨大構造物を指差し、言った。

「偉大なるピラミッド……」彼の言葉はなぜか呪文のように響いた。

「……海底に眠る宝を暴く者達には……最も邪悪な呪いをもって……死の暗闇が彼等を包み込むだろう」

楠瀬は首を捩って秋葉を見ると、意味ありげな表情でにやりと唇を引きづらせた。だが、秋葉はそんな彼を見向きもせず淡々と言い返した。

「放射能が漏れる心配はまったくない」秋葉はじっとピラミッドを見つめる。

「海底に眠るのは宝物ではなく核廃棄物だという事は誰でも知っている事実だし、誰も忘れたりはしない」

秋葉の強がりに楠瀬は唸るように低く笑う。

「人類が滅びたら？　だれが次の生命体に伝える？」

「人類は滅びない」

「それが墓碑銘か?」彼はなぜか楽しそうだ。「形を無視してはいけない。あのデザインは偶然ではない。君だって内心、そう思っているはずだ」

「偶然だよ」

「では聞くが、なぜ船型ではいけないのか? いや、むしろ船舶そのものを使えばいいではないか」

秋葉は答えられなかった。

それは彼自身、プロジェクトスタッフと何度となく議論したポイントなのだ。スタッフが下した結論は、ピラミッド型がベストであるという理由もないかわりに、不都合である理由もない、という消極的なものであった。しかし、秋葉の決定はまったく迷いのない、断固たるものだった。彼は、脳が一瞬で行う膨大な量の情報処理が、時として意識的に繰りかえす長時間のデータ計算を凌ぐことを、何度となく経験していたのだ。

楠瀬の声は、なおも潮風を貫くように響きわたる。

「ピラミッドの壁面に描かれたあの文字は何だ? 四神相応に基づく四海の守護神の名だ。集落を災いから守るための御印しではないか。いったい何からどこを守る気だ?」

「ただの、遊びだよ。遊びといって悪ければ、祈りといってもいい」

「祈りか。いい言葉だ。人は祈りの有効性を知っている。それは世界が偶然によって成立しているわけでないという証拠なんだ」

「御時勢だな。動物学者までがオカルトがかった文明論を唱え始めるとは……」

楠瀬は海賊船の船長のように無垢と狡猾が入り交じった笑みを浮かべ、フンと鼻で笑った。「俺には知る資格があるのさ。〈奴等〉の謎めいた行動の秘密をな。奴等が何者で何わ企んでいるのか」

楠瀬はみずからの言葉を噛み締めるように頷き、そう、俺には知る権利がある、ともう一度呟いた。

「では、スフィンクスを見せてもらおうか」

「今、ご覧に入れるよ」

そういうと、楠瀬は突然、緊張した表情になり、唇から薄笑いを消した。

「もうすぐだ」


佐藤の操舵する漁船は、何メートルも持ち上げられたかと思うと、谷底へつき落とされるといった具合に波濤に翻弄される。秋葉は何度も襲ってくる墜落感に腹のすく想いを味わっていた。だが佐藤はキャビンの中で余裕の笑みを浮かべていた。横転するような心配は全くないというような見事な舵捌きで、波を乗り越えていく。波へのフェイスへの進入角度、パワーの微妙な調節。一朝一夕の技術ではなかった。

ティダアパアパ号は、やがてピラミッドの北側へと回りこんだ。

ピラミッドを乗せた円盤のような浮遊デッキの、北側の縁が見えた。その途端、秋葉は思わず眼を細め首を伸ばした。浮遊デッキの平らな部分に、何かが無数にひしめいている。

それは何十匹もの巨大な灰色の海獣だった。海獣達は打ち寄せる波を被りながら、寄り添い、もたれあい、うねり、折り重なっていた。最も密集している場所では、何匹もの海獣達が積み重なってまるで灰色の小山のようになっていた。秋葉は最初、アザラシだと思った。だが、ピラミッドに近づくにつれ、それが途方もない大きさの別の生き物だと悟った。姿形はアザラシでもスケールがまるきり違う。

「トドか……？」秋葉は甲板の手摺をきつく握りしめ、身を乗り出すと、うわ言のように呟いた。

「日本海の佐渡島沖に、トドのコロニーが……？　いやそんな馬鹿な」

「トド？　あれがトドに見える？」楠瀬が中の一匹を指さしながら言った。「鰭脚類には間違いないがね。後ろ足を良く見たまえ。海中での泳動力を重視した脚はもはや鰭に近い。あれはアザラシの特徴だよ」

「あんな馬鹿でかいアザラシが……」

「驚くのはまだ早いぜ、ミスター」佐藤がキャビンの中が叫んだ。「もっと近くで見せてやるよ」

佐藤は漁船を減速させ、ゆっくりと彼らに近づいた。漁船からピラミッドまでの距離が百メートルほどになった時、佐藤は漁船のエンジンを停止させた。

秋葉の眼は海獣達に釘付けになった。岩のような巨体を大きくうねらせ、滑らかな肌をくねらせ、気持ちよさそうにもたれあっている。ある者は時々前脚で腹を掻き、ある者はごろごろと波打ち際を転がり、ある者はピラミッドに背中をこすりつけている。さらに近寄るとむっとする匂いが鼻をついた。潮にまみれた獣の匂いだ。ここが彼らのテリトリーだという事を示すような強烈な匂いだった。

なんという事だ……。秋葉は茫然と立ち竦《すく》んだ。ルビコンの要、核廃棄物処理の切札、自走式浮遊ステーションは、いつの間にか海獣の住みかになっていたのだ。深海探査艇「ダイバード」を内蔵し、基礎設計から風力荷量、波力荷量、活荷量に至るまで彼自身の手で注意深く設計されたピラミッド。それは、我が物顔で居座る彼等の排泄物で見事なまでに汚されていた。

(おまえらの為に作ったんじゃないんだぜ……)

秋葉は容易ならざる事態に顔をしかめて、唇を噛んだ。簡単な事では彼等は自分達の（約束の地）を離れて行かないだろう。まさか彼等を皆殺しにする訳にもいかない。技術的トラブルなら幾通りもの解決策を一瞬に思いつく彼だったが、動物相手では全く読めない。先が思いやられるようで気が滅入ってしまった。

(こいつは予想以上に厄介だぞ……)

突然、海獣達が積み重なっていた灰色の小山が、ぐらり、と動いた。アザラシ達は一斉にその小山から身を剥がした。五匹、六匹、七匹とアザラシ達は蜘蛛の子を散らすようにそこからあわてて離れていった。すると中からゴツゴツとした巨大な岩礁が現れた。

岩礁が、ゆさっ、と動いた。それは岩礁などであるはずがなかった。

それは雄の海獣だった。

それは周囲の海獣達の二、三倍の体躯を持った、文字通りの怪物だった。どっしりとした身体の中に、底知れぬ原始の力が充満しているようだ。

雄の獣は、ふいに大樹セコイヤのような太い首を天に向け、ぬうぅっ、ともたげた。その首の先には、瘤とケロイドに覆われた醜い獣の顔が載っていた。全身を覆う象のような分厚い表皮に幾筋もの古傷が走る。眉間から背中へと延びた白いタテガミは老獣の証拠か。裂けた口の両端から突き出た長い牙。しかし、右の牙は根元近くで折れ、無くなっていた。そして左の牙は二股に分かれていた。

秋葉はその怪物の巨体から噴出する底知れぬ力に、魂までねじ伏せられたような錯覚を覚えた。すべての者を威圧せずにはおかない、圧倒的な存在感。強化ゴムのような皮膚。分厚い鋼のような肉体。怪物はメスを振りはらい、秋葉達に挑みかかるように、態勢を変えた。

突然、雷鳴が轟いた。頭上に降りそそぐ轟音の塊に、秋葉は思わず首をすくめた。天を裂き大気を砕くような猛烈な振動に膝が揺れ、全身の筋肉が恐怖で硬直した。だが稲光は光らない。大砲か……？ いや、そうではない。あの怪物が対峙するかのように秋葉達を睨みつけている。心臓の鼓動がふいに速くなった。

全身の痺れが秋葉に教える。それは雷鳴や大砲ではないと。

（奴）が吠えたのだ。

あの怪物が天に向かって吠えたのだ。足がすくんで動けなかった。(奴)は地獄の裂け目のような口を大きく開け、もう一度、吠えた。秋葉は耳をおさえ、奴の眼を見た。その瞬間、これはいけない、と思った。その血走った眼に、狂気と、憎悪と、得体の知れない敵意とがマグマのように煮えたぎっていたからだ。まるですべての光りを引き寄せ封じ込めてしまう闇のように暗い瞳には、情けや譲歩の余地はなかった。秋葉はこれほど自分がひ弱に思えた事はかつてなかった。この海では、あの異形の獣が王であることは間違いなかった。国東建設支社長の伊丹の感じた恐怖を、今、彼ははっきりと確認したのだ。

「奴が雄獣だ。名はサスマタ……」佐藤が痺れた耳をさすりながら、キャビンから這い出てきた。彼は秋葉の横に立って、海獣を指さした。「見な。牙がサスマタのようになっているだろう? 右の牙は、何年か前、捕鯨用キャッチャーボートとやりあった時に折れたのさ。キャチャーボート? 沈んだよ。ばらばらになって海の底だ。数時間後、救命用ボートが見つかった。その黄色いゴムボートの中には六つの首と十二本の手が奇麗にピラミッドに並べてあったよ。神に捧げるために飾られた供物のようにな。言っとくが、これ以上、あのピラミッドに船を寄せろだなんていうなよ。あんただって、家に帰りゃ待っててくれる女がいるだろ? 俺にもいる。おたがい命は大切にしなきゃな」

佐藤がへへヘッと笑った。

彼に言われるまでもなく、秋葉はこれ以上奴に近づく気などさらさらなかった。だが、横にいた楠瀬を見て秋葉は仰天した。サスマタの強烈な威嚇に目もくれず、彼は黙々と自分のゴーグルにシ

ュノーケルを装着しているではないか。彼はこの海に潜るつもりなのだ！　奴のテリトリーである
この海へ無防備で入ろうというのだ。

（この男は恐怖というものを知らないのだろうか）

楠瀬は甲板の手摺に腰かけ、フィンをフィン止めで固定すると、立ち上がって秋葉にいった。

「何日か奴等を観察して分かった事は、奴等がまったく新種のアザラシだという事だ。君達が何のためにあのピラミッドを建造したのかは知らない。だが、今はあの獣達のものだ。あれはサスマタのハーレムなのさ。ハーレムに近づくものは誰であろうと引き裂かれて海の藻屑になる。何者であろうともだ。最新鋭の潜水艦といえども奴を倒す事はできないだろう」

彼は指に唾をつけ、それでゴーグルの内側のガラスを拭った。曇り止めのためだ。

「私の言う事が誇張でない事は、今の君なら分かるな？」

楠瀬は止めようとする秋葉に構わず、シュノーケルを口にくわえると、水中撮影用ビデオを手に持ち、あっという間に海へ飛びこんだ。その瞬間を待っていたかのように、サスマタが雌を掻き分け、蹴散らし、まるで魚雷のような勢いで海の中へ滑り込んでいた。

秋葉はその水しぶきを見て、息をのんだ。惨劇の予感が胸を締めつける。

「奴が来たぞ、上がれ！」

秋葉は、ゆっくりとピラミッドに向かって泳ぐ楠瀬にそう怒鳴っていた。水面下に見える巨大な灰色の影は信じがたいスピードで一直線に楠瀬に向かっている。

「心配いらないよ」背後から、佐藤が優しい笑みをたたえ、秋葉の肩を叩いた。

「楠瀬さんは何が危険かよく知っている。大将はあとどれほど近づけば奴が怒るかちゃんと知ってるのさ。そうでなきゃ、誰が飛びこむものかよ」

そういった佐藤の喉仏がゴクリと小さく動くのを秋葉は見た。

「それに本当に攻撃する気なら、アイツが出てくるさ」

ピラミツドの浮遊デッキに、もう一匹牙を持った獣が海から滑り下りてくるのを見て、秋葉は目を見張った。そいつの体躯はサスマタよりもさらに一回り大きかったからだ。そのかわり、余分な肉がない分、細く締まって見える。首も長い。唇の端から、小太刀のような危険な牙が二本、奇麗なカーブを描きながら伸びていた。白く若々しい牙だ。そして長く張りのあるタテガミもサスマタより長く、美しい銀色に輝いていた。

「タテガミが銀色の角のように見えるだろう。奴がナンバーツー、ギンカクだ」佐藤がその怪物を指さしていった。「ギンカクがサスマタとやりあえば、たぶん、ギンカクが勝つぜ。だけど、奴はサスマタのハーレムを乗っ取るような事はしない。なぜかは知らない。ただ奴を見てると思い出すんだ。昔、ばあちゃんの言ってた海神てのは、実はアイツなんじゃねえかってな」

秋葉は佐藤の言う事も耳に入らす、ギンカクを見ていた。魅入られた、というべきかも知れない。もちろん恐怖を感じない訳ではないが、サスマタに抱いた恐怖とはだいぶ違っている。時として怒り時として恵みをもたらす自然の神秘と対峙した時のような、厳かで謙虚な気持ち。それは畏敬の念だった。

ギンカクの黒い大きな瞳も、秋葉を捉えている。落ち着き払った態度で堂々としている。彼は吠えなかった。じっと秋葉を凝視している。その獣の瞳には知性すら感じられた。威厳に満ちたその深い瞳に魅入られ秋葉の血がざわめいた。

秋葉は、はっと我に帰り、海上を見た。

サスマタはピラミッドから五十メートルほどの地点で、海から首を突き出していた。まるでゆっくりと泳いでくる楠瀬の進路に立ちふさがるかのように。楠瀬がようやく怪物に手の届く距離にくると、海獣は突然、海に潜った。楠瀬はあわてて泳ぎを中断し、立泳ぎしながら頭を海上に突き出した。彼は大きく波打つ海に揉まれながら、まわりをきょろきょろと見渡していた。秋葉はその様子を息をつめて凝視するしかなかった。次ぎの瞬間、サスマタはとんでもない場所に海面を破って頭を出した。海獣王は、それ以上の楠瀬の進入をはねつけるように、とてつもないスピードで彼の眼前を横ぎり、海に境界線を引いた。

横波と水しぶきが楠瀬を翻弄する。きりきり舞いする楠瀬を尻目にサスマタはその巨体を激しくローリングさせる。この大海原が彼の世界である事を思い知らせるような、変幻自在の動きだった。サスマタは再び海中へ消えた。と、突然、今度は楠瀬の眼前にその仁王のような頭をドオッと突き出し、あの雷鳴のような咆吼を天に向けて放ったのだ！

船の手摺まで震撼させるその轟音に、秋葉は心臓が止まりそうになった。これ以上こっちへ来るな、ここが、ボーダーだ。そういうサインであることは明らかだった。

楠瀬はしかし臆する事なく、ビデオカメラを構え、サスマタを撮り始めた。サスマタが海へ潜る。すると、楠瀬もカメラを海中にむけその姿を追った。彼はファインダーを覗くのに夢中なあまり、シュノーケルが大波を被った拍子に海水を吸いこんだ。彼はマウスピースをあわてて外し、空に向けてしきりにむせていた。

「彼はいつも……あんな無茶な事を?」秋葉は信じられない、という風に首を振り、佐藤にいった。

「大将にはあの雄叫びが小鳥の囀りにでも聞こえるんじゃないの?」佐藤がもうあきれてものが言えないといった表情を見せた。「俺なんか初めて聞いた時、小便をちびっちまった。もう二度と行くもんかと思ったよ。ところがあの大将は俺を脅すんだ。そんで毎日毎日、少しずつ近づいていって、とうとうサスマタに手が届くまでになったんだ。まともじゃないよ」

「……狂ってる」秋葉は首を振った。

「ところが、あれで結構考えてるのさ」彼はにやりと笑って、「見なよ。大将……サスマタが引いたラインよりハーレムに近寄ろうとはしないだろう?」

言われてみればそうだった。彼もサスマタの恐ろしさは十分理解しているのだ。

しかし、秋葉は、ルビコンⅢへと帰る漁船の中で摂氏零度近い寒さも忘れるほど憂鬱な気分になっていた。

（ボラボラ島へ行けば良かった……）


漁船は再びルビコンのドックに入った。

佐藤はエンジンを停止させるなり、ロープを握った楠瀬がポンと船から飛び降り、素早くビットに係留した。

皆は逃げるように管制室へと駆けこむ。佐藤がまず石油ストーブに火を入れ、ヤカンの中にコーヒーをざっと入れ、乱暴に水を注ぎストーブの上に載せた。楠瀬はウェットスーツを脱ぎ、室内を無尽に走るロープにそれを引っかけると、そのまま潮水で濡れた体に鮮やかなミッソーニのセーターを羽織った。それを見た秋葉は自分の体まで潮でべたつくような錯覚を覚え、思わず、彼に忠告した。

「余計なお世話かもしれないが、隣にシャワー室があるよ」

「このままでいい」楠瀬は素気なく答えた。

やがてコーヒーが沸き、暖まり始めた管制室に、香ばしい薫りが満ちていった。その時になって秋葉は初めて、寒さで震えた。しびれていた体がようやく正常な感覚を取り戻したのだ。それは佐藤も同じらしく、白い息を吐き吐きコーヒーカップを用意する彼の両手は微かに震えていた。楠瀬さえも暖房で顔が紅潮してくると手を擦り合わせながら、コーヒーを早く、と催促した。彼は佐藤から手わたされた銅製のコーヒーマグを両手で包み込むように受け取ると、素早く一口すすり、溜め息をついて目を閉じた。

秋葉も同じようにカップを受け取る。豆を煮詰めた西部劇のように乱暴なコーヒーにも拘わらず、鼻腔を抜けてそのまま脳に忍び込むような熱いアロマは、かつて飲んだどんなコーヒーよりも馨《かぐわ》しいものだった。身体は正直だ。どんな消耗のあとに何が必要なのかは、その時、何が美味しいと感じるかで分かるのだ。コーヒーに限っていえば、それは、今だった。人が自然に対する恐怖と畏敬に限りなく打ちのめされた後、巣に帰り、脆弱な身体をよせ合いながら生を実感しようとする時なのだ。

しばらく貪るようにコーヒーを啜った後、楠瀬が口を開いた。

「もう少し、詳しく説明しようか」彼の瞳はほんの少し優しくなっていた。

「それがスポンサーに対する礼儀だろうな」佐藤も同意した。

楠瀬はタオルで頭や焼けた顔をごしごこすりながら、ここ一週間、海獣を観察していて分かった事を話し始めた。

あの怪物達が鰭脚目の一種である事は間違いないと思われる。

鰭脚目には三つの科がある。即ち、
アシカ科（Otariidae）

セイウチ科（Odobenidae）

アザラシ科（Phocidae）

の三つである。一見した通り、サスマタの後ろ脚は一部身体の筋肉に包まれており、陸上の歩行には役に立たないだろう。そういった見地から見れば、あの怪物はアザラシの仲間である。しかし後ろ脚の構造はアシカ科の特徴をも持っているのだ。さらにあの巨体。それにあの牙。そして薄い体毛。これらはセイウチとみまごうばかりだ。セイウチは北極圏の動物だ。冬の日本海でも彼等には暑すぎるだろう。はっきり言ってしまえば、かつて確認されたいかなる鰭脚類とも違う、新種の動物なのである。

アザラシのハーレムには、マスターブルと呼ばれる雄がいる。これがすなわちボスである。あの白髪の老獣、サスマタがそうだ。サスマタはマスターブルの威厳に賭けて何者をも巣に寄せ付けないだろう。巣とはこの場合、あのピラミッドだ。

もう一匹の雄、ギンカクは本来ならばサスマタの目を盗んで雌獣と交尾しようとするか、力づくで王座から引きずり下ろそうとする、つまりチャレンジャーブルの立場なのだが、不思議な事に彼はそれをしない。目立たぬくらい周到にサスマタをバックアップする名参謀、いわばサスペンダーと呼ぶべき存在だろう。不思議と知性を感じさせる獣だよ、と彼は秋葉と同じような印象を受けた事を告白した。

「くれぐれもマスコミなんかに公表するな」

楠瀬はまるで脅すような口調でそういうと、潮風に曇った眼鏡を外し、それを丁寧にタオルで拭いた。鋭い眼が秋葉をじいっと睨んでいる。

「誰にとってもためにはならない。へたすりゃ、死人が出る」

そして、楠瀬自身が四年も前にノルウェー海で遭遇している事を打ち明けた。

四年前、ノルウェー海に点在する島の漁民が、仕掛けた網を悉く食い破るあの海獣達に手を焼き、討伐隊を結成して退治に向かった。それぞれの島からトド撃ちの名人が集結し、総勢十二隻の高速船による攻撃だったが、半数以上の船が海獣の体当たりで海の底に沈んだ。海に落ちた猟師を奴は丁寧に一人一人牙で噛み砕いた。結局、あの魔物のようなマスターブルの牙を片方折るのが精一杯だった。サスマタは断じてあの時のマスターブルだ。だとすると、彼らは一万キロもの距離を旅してこの地に辿りついた事になるのだ。ハーレムには生後六か月に充たないバップ（幼獣）が二、三匹いたが、おそらく何千キロもの航海の間には体力のない者やバップがたくさん死んだはずである。バップのいる集団は普通、長距離の移動はしないものなのである。しかし、彼等はこの地へ辿りついた。しかも島人の証言によると、何度も往復しているらしいのだ。そうまでして彼等をこの地へ駆り立てるものは何なのか。あの自走式浮遊構造物が彼等の約束の地なのか。ここにいったい何があるというのか。

「何もありゃしねえさ」

佐藤はヤカンから皆にコーヒーを注ぎ足しながら、いった。

「退屈な夜が終わるとからっぽの朝が来て、糞みたいな一日が始まる。暇さえありゃあ、餓鬼は干し鱈を噛み、親父は焼酎をあおってる。春先は猫が鳴きわめき、ときどき新潟県の議員候補がわめく。夏には観光客がほんの少し賑わうが、そのぶん奴等の引いた後の寂しさは泣きたいほどだ。世界中の漁村と同じさ。気のきいた奴ならとっくに本土の街に渡ってるよ」

陽気な佐藤の瞳がふいに昏く、沈んだ。

「そこへ来て、このバカ長いシケだ。たまに海が凪ぐ日にゃ、今度はスチームバスのような濃霧が立ちこめる。地球がどうなっちまったか知らないが、これじゃ漁にも出れねえ。みんな家の中で腐っちまって粉ふいてるぜ。腐りたくとも、皆、焼酎浸けときてる」

佐藤はカハハッと笑った。

「だけど飲むしかねえんだ」

「それで君もこの仕事を引き受けたのか」

「俺？　馬鹿言うな。俺は遊び人さ。暇つぶしだよ。嫌になりゃ、手を引くぜ」

「それで、対策は？」

秋葉は、紅潮した顔でぼんやり考え事をしている楠瀬に聞いた。

「あの海獣達をここから追い出すには、どうしたらいい？」

「……俺の話を聞いていなかったのか？」楠瀬はゆっくりと秋葉に焦点を合わせると、床の上にマグカップを乱暴に置いた。そして大袈裟に目を見開いて唸った。

「あの怪物は恐ろしく賢い。そして強い。近づいただけで俺達は海の藻屑だ。魚の餌になるんだ。

大上段に振りかぶって攻撃の素振りを見せれば、その微細に気配を感じ取り、大洋を自由に逃げこむ。そして海の中から俺達を始末するチャンスを狙うだろう。地球の七割を占める海が彼等のテリトリーなんだぞ。陸地なんぞという、海面からちょこんと顔を出したでっぱりとは比較にならないほど膨大で豊饒な世界の王なんだ。原生林なんか苔みたいなものだ。奴等にすりゃ、人間なんぞ三割の陸地のそのまた海辺にへばり付く、フナムシみたいなひ弱な生物なんだ。対策だと？　こっちが聞きたいくらいだ。くれぐれも馬鹿なマネはするなよ。中途半端に奴等を怒らせてみろ。どれだけ島民に被害が及ぶか、想像も出来ない。そうすりゃ、国東建設は新たな責任問題を抱え込むことになるぞ」

「そんなに威張るなよ。君が雇われたのは、コーヒーをサービスさせるためじゃないんだぜ」

楠瀬は、秋葉の冷静な口調に恥じたのか、僅かに俯き、咳ばらをした。

「今は、観察するんだ。冷静に忍耐強く。それだけだ。奴等がなぜ一万キロもの長旅に耐え、暑苦しいこの島へやってきたのか。その理由を探るんだ。なぜ餌の少ないこの地へ留まるのか、何を餌にしているのか。それを早く知る事だ」

「餌がすくない？　佐渡島くらい豊饒な海はないぞ」

日本海は南から暖流の対馬海流、北からは寒流のリマン海流が流れこむ。暖流は表層を流れ寒流はその下で対流をくり返す。このため、冷水系のニシンやタラ、暖水系のブリやイワシの両方がとれるのだ。また溶存酸素の量も多く、オホーツク海や東シナ海に比べて二倍とも三倍ともいわれており、サケやマスもうなるほどいる。特に佐渡はイカ王国といわれたほどの漁獲量を誇っていた。少なくとも秋葉がこの島を出るまでは。

「いつの話しだいそりゃ」

佐藤が自嘲的に笑った。

「この島じゃ、何年も前からイカはとれないよ。ちょうどルビコンが建った頃からかな。イカだけじゃない。ニシンもタラも蟹もいなくなっちまった。この島はもうおしまいだよ」

「そうか……」秋葉は胸のつまる思いでそういった。

楠瀬は大きなバッグの中から直径一メートルほどのリング状の物を取り出した。横から佐藤が、アフリカ象のカチューシャだ、と真面目な顔で言った。バンドの太い部分には透明なクリスタルカバーがついていて、液晶表示のレベルゲージが見えた。その両脇に小さな穴が三つあいていた。

「これは一種の水圧計を兼ねたスピードメーターだ」楠瀬は説明した。

「こいつを奴の首につける。この穴を通過する水流の負荷を記録して海獣どもの最大泳動力と潜水深度が分かる。華奢に見えるが恐ろしく丈夫だ」

楠瀬はそのリングを力一杯、グイグイと捻ってみせた。弾力があり頑丈そうだった。

「まさか……サスマタにつけるのか？」

秋葉は目を丸くした。

「サスマタに？　冗談じゃない」楠瀬は厳しい顔でそうたしなめたかと思うと、突然、相好を崩した。

「奴等の中に一匹、人なつこい雌がいるんだ。近づくと甘い香辛料の香りがしたんで、キャラウェイと呼んでる。彼女に取り付けるんだよ」

リングの先端には嵌め込み式のロックがついていて、両端を入れ込む事で輪の大きさを十段階に調節できるのだ。

「早いほうがいい」秋葉が言った。

「いつやる?」

「明日だ」

楠瀬は唐突に立ち上がると、居住区モジュールへと通じるドアに向かって歩き出した。

佐藤は、彼の背中に忘れ物だよ大将、と声を掛け、ホットジャーを手渡した。それから秋葉に夜食はあるのか? と聞いた。

「ああ、握り飯がある」

「中身は?」

「ああ、……たぶん梅干しだな」

秋葉も物足りなさに気がついた。

佐藤はしょうがねえなと言いながらタッパウェアを渡した。中身はリンゴのサラダだった。薄くスライスしたリンゴに脂肪分の少ないブルーチーズが載っている。秋葉は凡そ漁師らしからぬ小粋な差し入れに驚き感謝した。

「ありがたい。君が作ったのかい」

「俺が？　まさか」

「そうか恋人だね。まったく感謝だな。ブルーチーズに目がないんだ」

「これに？　フランス娘の恥垢を掻き集めて練った奴だぜ」

佐藤はまた明日なッ、と笑って、地下ドックへと下りていった。

「きちんと寝ておけよデスクワーカー」

楠瀬もまるで潜水艦の内部のような狭い通路を早足に居住区モジュールへと消えた。

秋葉も急に寒けを感じて居住区に逃げこんだ。楠瀬のいない部屋に飛びこみ、エアコンを動かし、部屋が暖まるのを待った。落ち着くと、彼は、ポケット瓶に残ったウイスキーを一口飲んだ。飲みながら、部屋に備えつけのパソコンをセットアップして、伊丹に送るため海獣に関する報告書を打ち始めた。

数十分ほど経過して手を休めた時だった。

ふと、壁を伝って聞こえてくる哀愁に満ちたサクソフォンの音色に気がついた。楠瀬の部屋からだ。不思議な手癖を持ったアルトサックス。まるで吹き曝しの荒野で蜃気楼に語りかけているような、孤独で優しげでセンチメンタルなブロウだった。

自然に窓の外に目がいった。

鉛色の水平線と黒く厚い雲に挟まれた、わずかな空間が、トマトを潰したように赤く燃えている。全神経が、その熱く熟れたエリアに吸いよせられる。そこは、雲もなく雨も雪も降っていない場所なのだ。大きな夕陽が水平線に滲むように沈んでいく。彼方には大陸があるはずだった。秋葉はしばし腕を止め、夕陽の沈む海の彼方にある大陸の情景を思い描いていた。

核廃棄物。特に高レベル核廃棄物——この放射能を帯びたゴミの処理ほど人類が解決を切迫されている問題はないだろう。このゴミの発生源として民間レベルでは主に原子力発電所があげられるが、その電気は我々の生活にもはや欠かせないエネルギーである。これまでこの電気エネルギーを得るため、もっと安全な代替案が模索された。しかし必ずしも経済的とは言えない様々な理由から、全国的な実用段階には至っていないのが現状である。実用化まで我々の生活を停止するわけにはいかない。すでに原子力発電所を所有している国は四十五カ国にのぼっており、ウラン価格の急落や先進国の補助もあって、貧窮にあえぐ小国もウラン保有の動きが出てきた。この流れは止まらないのだ。

日本では、かつて廃棄物集合体はフランスやイギリス等に送られ、再処理工場でプルトニウムを取り出した後に青森の六ヶ所村の貯蔵施設に輸送され、保管されていた。しかし近年の再処理工場での相つぐ大事故、結果的に廃棄物の量を増やしてしまうような核燃料サイクルの欠陥、そしてウラン燃料のだぶつきなど、「再処理」という工程そのものの効率の悪さがクローズアップされるに従い、結局、アメリカやスウェーデンの採用しているワンスルー方式（原子炉から出た使用済み燃料を再処理せず、そのまま廃棄物として貯蔵にまわす）が日本においても採用された。

原子炉から出た使用済み燃料は一本が四メートルほどの細長いパイプ状のものだ。だいたい十本ほど束ねられ、六ヶ所村の処理施設で安定処理される。それを、冷却のため貯蔵用プールで三十年から五十年もの間、中間貯蔵していたのだ。しかし、核廃棄物の増加でその貯蔵用プールはすでに限界に達していた。このため中間貯蔵と最終処分を兼ねたプロジェクトが必要であった。

世界的に見た場合、最終処分の方法として、岩石中に埋め込む地層処理が主流であるが、地下水の汚染問題など、いずれの国も最終処分地が未だ決定しないほど複雑な問題が山積している。特に国中のあらゆる場所で地震の頻発する日本の不安定な地層には、この処分法は安全性に欠く不適切な案といえる。

そこで、我が国では最終処分地の代案として「海洋底下処分」が選択されたのである。これは核廃棄物を専用容器に密閉し、二千メートル以上の深海底に貯蔵処分するというものだ
海洋は表層こそ水流が混合しているが、その層の下では混合は僅かであり成分の元素の移動は少ない。これが深海の塩分濃度一定（三四・七％）の原因にもなっているのだ。深海における汚染源は大量の海水で無限に希釈され水平に分散される。表層の生物圏にはほとんど、届かない。そして元より、深海は豊饒な生物圏ではない。間違って民間人が立ち寄ってしまうという事故が起こる可能性も、極めて少ない。

また海底堆積物には未固結粘土が多く、これは大抵の放射線核種を吸着し、海水の浸潤はわずかである。この粘土は数百万年安定したままであるとの報告もある。

また、この海洋投棄には地層処理にない、いくつかの利点がある。

㈠ 再処理したばかりの廃棄物は高熱を発しており、これを冷却するため三十年から五十年もの間、冷却するための中間貯蔵の施設が必要だった。しかし深海の一～四度の冷水によりこの工程が約半分に省略される。

㈡ 万が一、放射能が廃棄物パッケージの中から漏出した場合、パッケージをすみやかに回収、再加工を施さなければならないが、そのための工程が比較的容易である事。

これらの条件により、海洋投棄プラント計画「プロジェクトルビコン」が国際原子力機関の提案で発足した。そして各国の電力会社が主体となって処理事業に乗り出し、結局、海洋建造物のトップランナーである国東建設が、この核廃棄物深海投棄プラントの設計建造にあたった。それが「ルビコン」である。

ルビコンはすでに太平洋と大西洋に建造され、稼働している。そして日本、台湾、韓国、そして一部ロシア等の原子炉から出された廃棄物を専門に受け持つのが、佐渡島沖に建造された「ルビコンⅢ」なのだ。

再処理した高レベル核廃棄物はガラス固化体に溶かし込まれ、安定材で密封、さらにステンレスの容器に入れる。この容器はキャニスターと呼ばれ半径五十センチ、長さ百五十センチの円筒形の筒である。廃棄物キャニスター一本の総重量は約七トンにもなる。この段階では、固化体は猛烈な放射線を放ち、また放射線崩壊に伴う熱が発生し、中心温度は約五百度にも達する。そこで「キャスク」と呼ばれる放射線熱遮断容器に密封し、ルビコンまで海上輸送するのである。ガラス固化しない使用済み核燃料も同様にこの「キャスク」に密閉して、海洋処分する。

問題は「キャスク」の大きさである。作業員の健康に影響を及ぼさないよう、キャスクの密閉は厳重を極め、使用済み核燃料パックの放射線を定められた規定範囲（投棄物表面の線量当量率は一センチ平方メートルあたり五百マイクロシーベルト以下）までに抑えるには、十五センチのステンレス鉛で幾重にもシールドしなければならない。キャスクの小型化、軽量化のめざましい発達により、コスト重量とも大幅に軽減されたとはいえ、キャスクの重量はキャニスターを含めると一本あたり、十二、三トンにまで達し密閉容器だけで、廃棄物本体の十倍の重量をしめることになる。さらに、これをそのまま、深海へ最終処分となれば、海水によるキャスクおよびキャニスターの腐食、そしてそれに伴う、核廃棄物の海洋への溶解という問題も生じる。だが数千年というオーダーで密閉容器の安定を守るのはいかなる材質においても不可能なのだ。

それならばと、国東は、この問題を逆に考えた。つまり、いっそ不可能ならば「長期間の安定」よりも、「短期間での交換」を提示したのだ。この核廃棄物キャスクに防水性の高い「衣」を着せて、この衣を短期間のサイクルで繰り返し交換する、という発想である。この「衣」は、特殊樹脂は（ソフトキャンディ）と呼ばれる高い防水性を持った軟性セラミック樹脂で、放射能のバリアーとともに、ショックの緩衝材としての効率も高く、さらに深海の猛烈な水圧から廃棄物キャスクを保護する役割もしている。このセラミック特殊樹脂によるパッケージングプランこそが、核廃棄物の深海投棄を可能にしたと言っても過言ではない。キャスクそのものも、二千メートルの水圧下で安定するよう接合部分の改良がなされた。ソフトキャンディで保護された「キャスク」を深海で貯蔵し、ガラス固化体の使用済み核燃料の冷却が終了したら（約三十年間が必要）、速やかにキャスクを回収、中からステンレスキャニスターを取り出し、これをソフトキャンディでオーバーパック、再び深海へ沈め最終処分する。コストのかかっている「キャスク」はリサイクルに回し、新しい廃棄物キャニスターの防護に再び役立てるのである。

この作業を担うルビコンは、二つのシステムからなる海洋構造物である。

まず、コントロールセンターである「メインステーション」。これは海上から二〇二メートルもの高さの重力式プラットフォームである。海底油田の採掘基地にも似たこのプラットフォームは、最上部のコントロールタワーと、発電システムや動力システムを内蔵したパワーデッキさらに最下部のファクトリーデッキからなる、三層の構造物なのだ。ファクトリーデッキの下の海は、消波装置によってさざ波一つたたない作業用ドックになっている。廃棄物運搬船は、このドックに入船し、核廃棄物キャスクをオーバーパックするため荷降ろしするのである。

ドックの天井、つまりファクトリーデッキの裏に縦横に走っているレールはスライドクレーンの通り道である。キャスクはクレーンによってファクトリーデッキの内部へと運ばれ、そこで特殊樹脂（ソフトキャンディ）による被膜処理がなされる。被膜は約五十センチの厚さで施されるが、ゼリー状の弾力に富んだこの膜は熱に強く衝撃にも強い。またこれを深海に沈めると全方位からの水圧で密度が増し、「キャスク」の圧壊を防ぎながら、安定するのだ。

「ソフトキャンディ」で処理された廃棄物キャスクは、「メインステーション」に隣接する第二のシステム「ピラミッド」へ運ばれる。

この海上浮体建造物「ピラミッド」は、自走スラスターによって、メインステーションから離脱、廃棄物パックを積んだまま海上を走り、日本海溝の処理ポイントで停止する。またピラミッドには、無人深海探査シャトル「ダイバード」が内蔵されている。「ダイバード」は廃棄物パックを二千メートルもの深海貯蔵ポイント、通称（サイレントシープ）と呼ばれる地点へと沈降させるための、無人潜航艇である。

ピラミッドの内部にはリボルバーの弾装のような射出装置があり、廃棄物パックはその射出装置に弾丸のように詰め込まれた後、そこから次々にダイバードへと送り出されていく。ダイバードはその廃棄物パックを二つずつ抱え、順々に二千メートルもの深海へ運んでいくのである。

また「ダイバード」には、深海における廃棄物パッケージの放射能漏れなどを常に監視する役割もある。各種テレビカメラとともに、核廃棄物の放射線量を測定するモニタリングシステムが装備されていて、安全確認のため定期的に沈降ポイントへの調査潜航が行われている。その高性能の深海作業能力は様々な海洋調査機関から引っ張り凧で、オフのスケジュールは彼等からの貸し出し要請が殺到するという人気ぶりだ。

以上、すべての作業は、放射線防護されたコントロールタワーからの遠隔操作で行われ、直接人の手が触れる工程は、基本的には皆無である。

すでに日本海の海底には、一九九八年にフランスでガラス固化体に処理され六ヶ所村に返還された廃棄物キャニスターが約百トン（二百本）、さらに再処理しない使用済み燃料が「キャスク」とともに百トン（七十本）が眠っている。

「キャスク」や「キャニスター」を覆うソフトキャンディの衣は、ステンレスの本体が海水に触れないよう、十年以内の交換が義務づけられている。


秋葉は、自分にとってこのプロジェクトとの出会いは運命だと思っている。

秋葉は私立の電気大学を卒業後、国東建設の傘下である、「フジタ海洋開発」で深海作業艇〈ラムセスシリーズ〉の建造に従事していた。秋葉はラムセスの配電システムの設計を担当していたが、電気関係の故障を一瞬で見抜くその目の確かさは、もはや特殊能力といっていいほどだった。神経のように錯綜する配線網のどこにトラブルが生じたのか、時には故障発見データロガーの表示よりも正確に言い当てて、周囲を驚かせた。逆に彼が一度で記憶できない回路図ならば、それはどこか合理性を欠いたシステムなのだ。また彼の設計する配電システムも独自で斬新かつ合理的なものだった。大型マシンの電気回路図は抵抗、インダクタ、キャパシタ、電源、電流、電荷電圧、鎖交磁束、スイッチ、等を示す記号が複雑に組まれたユニットの、膨大な量の集合であり、実在の電気回路を抽象的な回路へと変形させたものである。そのため実際の配電システムに生じた問題点を解析するにはその抽象理論は、必ずしも有益であるとはいえない。したがって通常は、回路シュミレーターを使って結果の吟味検討を図るのだが、秋葉はそれすら使わず、現実の回路非線形特性をも考慮に入れた抽象的回路モデルを作成して見せた。

国東建設は海底油田建造のノウハウや、核廃棄物の貯蔵庫を持つ実績、そして深海作業艇の技術を結集し「ルビコンプロジェクト」をスタートさせ、秋葉も加わることになる。

秋葉は当初、ルビコンの要とも言えるマシン、ラムセス7型深海作業用無人シャトル「ダイバード」の建造に当たったが、やがてルビコンプロジェクト全体の調整に意欲を見せ始め、リーダーとして頭角を現す事になる。理由は、ルビコン発足以前の核廃棄物処理体制の現状であった。あまりに場当たり的なプラン、設定の曖昧な放射能の安全基準、それすらクリア出来ない廃棄物容器。さらに放射能測定値の捏造や改竄、仮処分場の選定の住民感情を無視した強引さ。それらを巡る不透明な金の流れ。あまりに杜撰だった当時の管理体制の実態を知るにつれ、いつしか秋葉の胸に義務感のようなものが芽生えていた。これは、誰かが、やらねばならぬ事だと。彼がプロジェクトのリーダーとして頭角を現すことになる。システム全体を見抜く目は、配電図であろうと、巨大プロジェクトであろうと、一度頭に描いてしまえば、彼にとっては同じ事なのだ。彼の広範な知識や社交的な性格も幸いして、やがて八人いるトータルディレクターズの一人としてシステム全体を管理するようになる。彼等のチームは通称「アクエリアス・オクト」と呼ばれている。由来は、彼等の着ているユニホームに描かれたプロジェクトのトレードマーク〝水瓶を抱く乙女〟のイラストからきている。婦人人権団体からクレームが来たほどのエロティックなデザインだったが、「アクエリアス・オクト」のユニホームにはさらに、それに大蛸がからみついているのだ。

彼の考える調和の象徴、具現化されたバランスの結晶。それがルビコンなのだ。彼はそう信じてきた。だからとりつかれた様にプロジェクトにのめり込み片時もルビコンが頭から消えることはなかった。より海洋環境と調和させるため、よりバランスよく、より美しく、世界中の海に、無くてはならぬ物として、浜辺の見張り台のように、建造される日が来る。秋葉は本気でそう考えているのだ。

三

翌日、二ッ亀島沖海上は凪いでいた。

秋葉はテラスへ出て、日課のストレッチで身体をほぐす。外は雲の中にいるような濃密な霧が立ち込めていた。深呼吸すると肺の中にむせるような、どっしりと重い空気が入り込み、溺れそうなほどだった。水平線も霞み、見えない。

波の音すら聞こえない沈黙。漁船のエンジン音がかすかに響いてくる。朝靄の中を走る影がこちらへ近づいてくる。やがて霧に浮かぶ影が実体を現した。

約束の時間ぴったりに佐藤の漁船は霧の中から現れた。まといつくような霧を振り切り、その小さな漁船は不法侵入でもするかのようにひっそりとルビコンのドックに入っていった。秋葉も室内に設置されたモニターでドックに入った「ティダアパアパ号」を確認すると、カードキーを抜き取り、管制モジュールへと急いだ。

管制室に入ると、ウェットスーツ姿の楠瀬があのスピード計の発信機をチェックしている最中だった。三個用意したリング型のスピード計は、海獣に取り付けロックしたと同時に発信を始めるようセットされている。ロックは二十四時間後に自動的に解除され、海獣の首から外れる。後は海上に浮かんでいる首輪を発信機を頼りに捜し出し、回収すればいいのである。楠瀬は旧式のラジオのような型の受信機の周波数が首輪の周波数と同調している事を確認すると、それを三個ともバッグの中にしまいこんだ。

佐藤はカンカンカンと陽気に階段を上り、管制室に入るなり朝食の用意を始めた。石油ストーブの上で湯気をたてているヤカンにコーヒー豆を入れ、もってきた可愛いバスケットからラップで包んだサンドイッチを出して、皆に配った。サンドイッチは自家製のハムと庭で栽培したルッコラの葉をはさんだものだった。強い塩味でコクのあるハムとほろ苦いルッコラの野性味が絶妙に旨く、シンプルだがしっかりした朝食になった。

(まいったな。俺の趣味にぴったりだ) 漁師町の女にはない、妙なセンス。佐藤の恋人に対する興味が秋葉の胸にむくむくと沸き起こった。「なんだか、君の恋人に会いたくなってきた」

秋葉がそう言うと、佐藤は得意気な様子を隠そうともせず大きく頷き、ヘヘッと笑った。秋葉は次ぎに楠瀬に向き直り、一度聞きたかったんだが、と言って以前から不審に思っていた疑問を彼に尋ねてみた。

「君は進んで名乗りをあげたらしいね。この仕事のどこに引かれたんだ?」

「俺は海洋動物の生態学者だ」

彼は虚空の一点を見つめながら、この贅沢なサンドイッチを味わおうともせずコーヒーでいっきに胃へ流しこんだ。

「あの海獣に興味があるのさ」

「しかし、君の専門は無脊椎動物のはずだろう？　奥さんのミリアナ女史は大型哺乳類の専門家だったはずだが、君は専門外じゃないのか？」

「悪いか」

「良い悪いの問題じゃないだろう？」

取り付く島のない言い様に、秋葉はむくむくと沸き上がる苛立ちを押さえる事ができなかった。

「クライアントとして君の適性に多少の疑問がある、といいたいんだ」

楠瀬は自信に満ちた表情で、フンと鼻をならし、ソッポを向いた。

「未知の生物に適性も糞もない。あの怪物には誰も対応できないだろう。この俺を除いてはな」

楠瀬は彼を無視してコーヒーで口の中を濯いだ。それから秋葉にちらりと目をやり、ところで君は何の役に立つんだ？　と聞いた。秋葉が溜め息をつき、再び口を開こうとした時、佐藤がハイハイと手を叩き、その場の雰囲気を救った。


秋葉達を乗せた漁船はゆっくりドックを出た。

生暖かい南東の風、微風。しかし太陽は見えない。北欧の白夜とみまごうばかりの弱々しい仄かな陽光。溺れそうな濃霧の中を、自ら迷い込むように船は進んでいく。

やがて霧の中に海獣の巣くうピラミッドが見えて来た。

船首に立って双眼鏡を覗いていた楠瀬の表情が、ふいに厳しくなった。その眉間の皺は困難とは逆にチャンスを現しているのだ。ピラミッドを占拠する海獣の群れ。折り重なるようにもたれ合う灰色の巨獣達。しかしそれはすべて雌獣だった。ハーレムにサスマタとギンカクの姿がないのだ。海は静かだ。イケルゾ、と小さく呟くと、楠瀬はバッグからリングを三つとも取り出し、キャビンの中の佐藤に目で合図した。佐藤はハーレムから百メートル地点で漁船を停止させた。キャビンを飛び出した佐藤は、山猫のように素早く右舷デッキへと走ると、投錨し、そこに括り付けてあった大型ゴムボートを外し、海上に投げ込んだ。楠瀬はそれを見て頷き、ビニールに包んだアルトサックスをボートに投げ、彼自身もシュノーケルとフィンをつけて海に飛びこんだ。それから佐藤に、ボートに来るよう手招きした。佐藤は頷き、リングを一つずつゴムボートの楠瀬に投げ、それから大きく深呼吸して、ゴムボートに飛び乗ろうとした。

突然、秋葉の手が佐藤を制した。

「俺が行こう!」

秋葉はそう叫ぶなり、右舷甲板からゴムボートに飛び乗った。勢い余った彼はボートの中に転がりながら黒い頑丈な縁を掴み、辛うじて冷たい海に落ちるのを免れた。

「無理するなよ、デスクワーカー」

楠瀬があきれたように声を掛ける。

「大丈夫だ、心配するな」

「君の跳ねあげた泥を被るのは御免だといったんだ」

秋葉は進んでオールを握ると、むきになって漕ぎ始めた。

楠瀬はフンとせせら笑うように唇を歪めていたが、すぐにボートのへりに腰かけ、ハーレムをじっと睨んだ。やがてボートが彼等のライフラインである距離百メートル地点へと近付いた時、楠瀬は秋葉が懸命に漕ぎ続けるオールを足でグイッ、と踏みつけた。

「止まれ……」

静かだった。緊張がこめかみを襲う。

楠瀬がビニール袋からサキソフォンを取り出し、マウスピースを口にくわえた。奇妙な手癖を持つ彼の沈み込むようなブロウが響き、霧の中へ流れていった。

突然、ハーレムの中の雌の一匹が、クッと首をあげた。そして彼らを見た。音に合わせるように頭を揺すっている。明らかに楠瀬の吹くサックスの音に反応しての行動だ。

「キャラウェイだ……」楠瀬はサックスから唇を離して、彼女の名を秋葉に告げた。

「彼女が近くに寄るとあの巨体から沈香の甘い薫りが立ちのぼる。それでキャラウェイと名づけた。好奇心旺盛で怖いもの知らずの、気まぐれなお姫様だ」

楠瀬のサックスが再び唸りをあげると、彼女は巨体を躍らせ、ピラミッドの円盤部のなだらかな斜面を滑り下り、そのまま海に潜った。すると好奇心の強い雌がもう一匹、彼女の後に続いて海に入った。

「くるぞ……」

楠瀬は眼鏡をとって、シュノーケルのぶら下がるゴーグルを付ける。リングを二本持ち、熱い風呂に入るように静かに海に滑りこんだ。彼は緊張した面持ちで立ち泳ぎしながらじっと待つ。ただ待つ。ボートの中で秋葉はじっと見守るだけだ。数分が経過した。

気が付くと、静かに揺れる海上に音もなくキャラウェイの顔が突き出ていた。体の小さな雌にしてこの体躯。牡のトドのような巨体。だが優しげな黒い瞳。牙もなく、タテ髪もない。愛敬のある鼻をひくひくと動かしている。

「動くなよキャラウェイ、プレゼントだ。そのまま、じっとしてろ」

楠瀬は彼女を安心させるかのように何度となく頷きながら、立ち泳ぎで少しずつキャラウェイに接近していった。彼の荒い息づかいが聞こえるようだった。手に持ったリングの両端を握り、そっと開く。それを彼女の首にゆっくりとまわした。リングが彼女に直接触れないように気をつけながら。緊張した面持ちの楠瀬の顔がキャラウェイの頬髭に息がかかるほど間近に迫った。だがキャラウェイは動かない。まるで恋人からネックレスを送られる処女のようにじっとしている。楠瀬がリングを彼女の首に合わせて調節し、首の後ろでロックしてしまうと、初めてキャラウェイは空に向かって、短く、鳴いた。もう一匹の浮気な雌にも、同じようにネックレスを送ると、楠瀬は大きく安堵の息をついた。

「ビーヴァ！」漁船の甲板から佐藤が喝采を送った。

楠瀬は緊張で熱く火照った顔を冷やすように海に沈みながら、海面からブイサインを突き出し、空に掲げた。口から塩水をピュッと吹き再び浮上した時、ボートへと戻って来る彼の表情は明るかった。


秋葉の顔にも思わず笑顔が浮かぶ。成功だ。

秋葉はボートの上で立ち上がった。

その彼の身体が、突然、前方にのめった。ボートはふいに起こった背後からの大波に煽られたのだ。あわててボートの縁に両手をつき、バランスをとった。後ろを振り返った時、彼は喉を鳴らし、息を飲んだ。やっと心臓が動き始めた時、掠《かす》れたような悲鳴が漏れた。

ボートのすぐ後ろ、手の届く距離に、まるで南海の島に起立する巨石像のような堂々たる頭部が海上に浮いていた。樹齢数千年の巨木の幹のように太い首。ベルベットのようになめらかな皮膚。熱い身体からは湯気が立ち、銀色に輝くタテガミからは水が滴っている。美しく誇り高い海の獣。ギンカクだった。

その生物学のスケールを超えた巨大さに卒倒しそうだった。秋葉の頭は、海へ逃げこめ、と命令していた。しかし、どんなに身体を捩ろうとしても動かない。全身が金縛りにあったように硬直している。しかも彼の眼は海獣の大きな瞳に釘付けになったままだ。

「動くな、秋葉っ」

楠瀬のうわずった声が背後から飛んだ。沈着冷静な彼すら動転している。野性の動物を眼の前にして、あわてた素人が急激な行動にでる事ほど危険な事はない。彼は自分のうわずった声に気が着き、すぐに落ち着いた口調でもう一度秋葉にいった。

「そのままだ、ゆっくり眼をそらせて……顔をふせろ……」

だが、秋葉はますますギンカクをしっかり見据えていくようだった。佐藤は漁船から身を乗り出すように凝視していた。デッキの手摺を握る手にじっとりと汗が滲んでいる。

(それにしても何という美しい牙だろうか……)

秋葉は恐怖に竦みながら、なぜかそう思っていた。セイウチのように大きくはないが、太く頑丈そうで、蛍光物質が詰まっているように輝いている。眉間から背中へと続くタテガミもグラスファイバーの束のように透明な輝きを放っている。秋葉は無意識のうちに足もとに転がるスピードメーターリングに手を伸ばしていた。そして巨神に貢ぎ物を捧げるかのように、そのリングを眼の前に差し出した。

ギンカクは動かない。楠瀬も驚愕のあまり動けない。佐藤も息をつめて見守るだけだ。秋葉はリングの両端を開き、弾力のあるボートの縁に膝をついて、海獣の顎の下の一番細く見える部分にまわした。不思議に恐怖は感じない。意外に硬いタテガミの、突き刺さるような感触を手に覚えた。風洞に響くうなりのような荒々しい鼻息が顔にかかる。

カチン、という音がして、リングがロックされた。途端、ギンカクは弓なりに背をそらして、あおむけに海中へダイブした。強烈な波がゴムボートを揺らし、秋葉はひっくり返った。起き上がるとギンカクの姿は大渦を残して消えていた。秋葉は、ギンカクの消えた海面を茫然と眺めながら、我に帰った。

佐藤が息も絶え絶えといったふうに、ブラボゥ、と呟いた。

楠瀬はボートまで泳ぎつき、反動をつけて乗りこんだ。マスクをむしり取り、厳しい表情で秋葉を睨みつけると、人さし指を彼の眉間に突きつけ、何か激しい言葉を言おうとした。だが楠瀬の口からは溜め息しか出なかった。彼はあきれたように首を振り、そして押し黙った。

「君の言いたい事はわかる」秋葉は疲れ果てたようにぐったりとボートの縁に凭《もた》れていたが、なぜか言い様のない不思議な昂揚感が心に沸き上がってくるのを感じていた。

「だが、自分でも分からないんだ。なぜあんな無茶をしたのか。気がついた時はもう奴の首に手が回っていたんだ。信じてくれるか？」

「信じるさ。パートナーの脳味噌が干からびたアンズほどしかないなんて、思いたくないからな」

楠瀬は指で小さな輪を作って、吐き捨てるようにいった。

「あんたは素人だ。俺が動くなと言ったらそれに従うんだ。分かったな。俺はあんたの首無し死体を港まで運びたくないから言ってるんだ！」

「そう怒るなよ」秋葉は急にドキドキし始めた心臓の鼓動を悟られまいと投げやりな調子でニヤリ笑って見せた。

「未知の生物に素人も玄人もないさ。そうだろ？」

楠瀬は唇を噛み、黙ってゴムボートのオールを握ると、「ティダアパアパ号」に向けて、力任せに漕ぎ始めた。秋葉は彼のそんな表情を見て、一矢報いたような気がした。彼の全身は興奮で震えながらも、口許はなぜか緩んでいる。

「ティダアパアパ号」の佐藤は、ゴムボートの二人に笑顔で手を振っていた。

四

ルビコンへ帰還してからも、楠瀬は不機嫌だった。

彼は管制室の中でウェットスーツを脱ぎ捨てると、コントロールパネルの上に乱暴に放り投げた。その行動を秋葉に詰られると、その言葉尻をとらえて喰ってかかった。楠瀬は再び秋葉の無茶な行動を蒸し返し、話の俎上に載せた。

「あの時ハーレムに雄は一匹もいなかった。俺達は雄のいない隙にハーレムのメスに近づいた。そこへギンカクが現れた。どういう事か解るか？　爆弾を抱えて地雷原を転げ回るようなものだ。メスを守らなければならないブルは自分の父親でもズタズタに引き裂く。君がここでコーヒーを啜っていられるのは、人生にそう何度とない奇跡なんだ」

綿のパンツだけで上気したように喋り、裸足のまま歩き回る楠瀬。それをぼんやり眺めながら秋葉はコーヒーの香りに酔っていた。彼の胸はまだ高鳴っている。ギンカクに触れた瞬間、身体の奥で何かのスイッチが音をたててオンになったのだ。あの海獣の息吹き。分厚い表皮の奥にたぎる底知れぬ力。そしてこの特異な土地の持つ神話的エネルギー。まるで血に刻まれたコードが目覚めかけたような気持ちだった。

「人徳だよ」

佐藤がフハハッと笑った。彼はあくまで楽天的だ。

「ギンカクはあんたを気に入ったのさ、ミスター」

「何が人徳だ」

楠瀬は大袈裟な手振りで天を仰ぎ、そっぽを向いた。

「大将はやっかんでるのさ」

佐藤は華のある笑顔を振りまきながら、さらりと言った。

「何度ラッパ吹いてもギンカクは振り向いてもくれない。それなのにあんたは一日で引き寄せてしまった。大将、気にいらないのさ」

楠瀬の表情が一瞬、強ばった。

あまりにも不用意な言葉。秋葉は舌打ちした。佐藤にはおおよそ悪気というものがない。しかし、今の一言は余計だった。こんなミもフタもない言い方をすれば楠瀬は子供のように臍を曲げるに決まっているからだ。

「君はもう、連れて行けない」

案の定、楠瀬は秋葉の最も恐れていた言葉を口にした。

「なぜだ」秋葉は狼狽した。なぜこんなに狼狽するのか自分でも不思議に思う程だった。

「危険だからだ。君は野性動物の怖さを知らない。いや、無視している」

「自分の身体だ。君に使い方を指示される覚えはない」秋葉は次第にムキになり、自分でも気がつかない内に語気が荒くなっていった。

「ルビコンの責任者は僕なんだぞ！　誰が何と言おうとついていく。だめなら別の船をチャーターしても行く」

「アイツに近づこうなんて馬鹿は俺ぐらいだと思うよ」佐藤が秋葉をいさめた。

「誰も船を出そうなんて物好きは……」

「じゃあ、ゴムボートを貸してくれ！　自分で漕いでいく」

楠瀬と佐藤は猛烈な剣幕でまくし立てる秋葉をぽかんと口を開けて眺めていた。長い沈黙ののち、彼等は互いに顔を見合わせて意味ありげな含み笑いを始めた。佐藤はこめかみを指で押さえて俯き、肩を揺らして笑っている。

「ホウ、ホウ、ホウ」

楠瀬は感心したように喉の奥で低く唸った。彼は腕を組み、ゆっくりとコントロールパネルに腰を下ろした。人を見透かしたように頷く彼の口許には、不思議なほど優しい笑みが浮かんでいる。

「さてはあの怪物に魅せられたな、デスクワーカー」

秋葉は押し黙った。

「悪い子だ」

楠瀬は太い指で秋葉の胸をズンと突き刺した。突き刺しながらくっくっくっ、と笑っている。

「なんて悪い痩せっぽちなんだ」

「俺だってこの島を離れたいんだ」

今度は佐藤が口を挟んだ。

彼はキャスターのついた椅子を手繰り寄せ、それに腰掛けた。

「でも、離れられない。理由はあんたと同じだ。サスマタ、ギンカク。あの海神だよ」

「海神……?」秋葉は眉をひそめた。

「イガシラセ。佐渡の先住民族の神様さ」

「酒が必要だ」

楠瀬は立ち上がり、自分の部屋にウイスキーを取りにいった。

「とてもじゃないが、ルビコンの技術者にシラフで話せるシロモノじゃない」

だが、楠瀬は自分が持って来たバランタインの茶色い瓶を窓に透かした途端、すまなそうに、うう、と唸った。瓶には褐色の液体が三ミリほどしか残っていなかった。

「オーケー、飲みに行こう」

佐藤が言った。

「行き付けの店を、ああ、今日は日がいいや、あんたらラッキーだ。勘定はスポンサー持ちだ」

「スポンサーは気が進まないと思うぜ」

楠瀬はフフンと鼻で笑った。

「この島を核の墓場にした張本人だからな。島の海を汚した彼が、島の酒を飲めるかね」

秋葉はかつて何千回も浴びせられたこの中傷に対して、これまた何千回と繰り返してきた言葉で事務的に返答した。

「ルビコンシステムは、この海を、不法投棄などの汚染から守るために造られたのです」

五

秋葉と楠瀬と佐藤を乗せた漁船は、外海府の北の突端をぐるりと回り込んだ。

秋葉は佐渡が島へ直接渡る事に乗り気ではなかった。何といってもルビコンⅢの敷設地に佐渡が島沖を選択した張本人なのだ。自分の故郷を核の墓場にした後ろめたさが、秋葉の胸を曇らせる。敷設地の設定は偶然だった。島への感情とは何の関係もないが、もし知人に会えば、やはりそれでは済まないだろう。

鷲崎港に入った時、すでに陽は深紅の尾を残して島の向こうに沈んでいた。その港は堂々たる包容力で彼等を迎えたが、人の気配はなかった。港の市場や番小屋に明かりはなく、廃屋のようにたたずんでいた。停泊する漁船もすでに夕闇の中に沈み、主を待つ犬のように寂しげだった。海へと続く長大なコンクリートの桟橋だけが、夕日に照らされ赤く浮かびあがる。空には凍りついたような満天の星。海からの風は冷たい。灯台は黙って灯をともし続ける。岬の小高い丘に集落の灯がちらちらと光っている。懐かしい港の情景。秋葉はふいに胸がつまった。それは確かに郷愁だったが、同時にもっと原始的な、血の持つ帰巣本能のようなものも感じていた。この土地の磁場に、血が反応しているかのようだった。だが港に生臭い魚の臭いはなかった。そのかわり干からびた魚の匂いとすえた黴の匂いがあった。この港に大規模な水揚げが、もう何週間もないのだ。

港の駐車場に佐藤のベンツが停めてあった。驚く二人を後部座席に押しこめると、佐藤は海岸線をめぐる大佐渡ドライブロードを少し走った。

間もなく、ベンツは道路沿いに建つ二階建てパブの駐車場に入った。パブのフロントで明滅するネオンの看板には「MOZZ《モッズ》 Café《カフェ》」という文字が輝いていた。看板のネオン管こそ外国人の描いた文字のようにいびつだったが、冷たいアールデコ調の外装はひなびた漁港のパブとは思えないほど上品だった。入口に官能的な表情の美しいマリアの蝋人形が立っていた。痩せてアバラの浮いた彼女の腹は大きく縦に裂かれ、人体解剖模型のように内臓を露出させていた。ドアに描かれた絵には、背中に羽を生やした一つ目の天使達がラッパを手に持ち、客に微笑んでいた。

ドアを開けると、店内は思いのほか賑わっていた。テーブルにはポーカーに興じる男達、将棋を指す男達、一人で本を読みふける者、何やら絵を描いている者までいる。各々が自由にリラックスした様子で酒を飲んでいる。しかし自堕落な雰囲気ではない。秋葉は、皆を包んでいる、ある種の高揚感を感じていた。皆、何かを静かにじっと待っている、という熱気が、男達の服に染み付いた潮の香りとともに濃厚に漂っている。

佐藤は二人を檜の、恐ろしく幅のある一枚板のカウンターに座らせ、自分も座った。二メートルもの距離の彼方で、小太りのバーテンダーが微笑んだ。首に食い込んだタイが曲がっていたが、不思議とだらしない印象はなく、むしろ愛敬を感じる。極端に小柄な彼は、高く広いカウンターの奥から苦労して手を伸ばすと、並んで座った三人の前に一つずつ、奇麗に磨かれたショットグラスを置いていった。

「カクテルを頼もうと思っていたんだが」秋葉が言った。

「まさか」バーテンは目を見開き首を振った。

「なぜ、分かる？」

「それが仕事ですから」

秋葉は、ははっと笑って楠瀬を見た。彼が何か文句を言うと思ったのだ。彼はじっと腕を組んでウェイターを睨んでいた。楠瀬は唐突に、おまえは背が低すぎる、といった。バーテンは、でも私にはぴったり丁度いいんですよ、と言い返した。ここで楠瀬もにやりと笑った。

「何をお飲みになります？」

「ラム」楠瀬がうなった。

「ダーク」

「それなら、おまかせを」

秋葉も同じものを頼んだ。佐藤も迷ったあげく同じものを頼み、コークを追加した。

「なんとなく華のある店だね。そのくせ落ち着いている。良い雰囲気だ」秋葉が上着を脱いで、背もたれに掛けた。

「漁師村のバーなんだから、もっと荒っぽいと思ったよ」

「あいつら、イカ釣りの漁師だ」佐藤は椅子にすわると、背後の常連にチラリと目をやった。

「ああやって陽気に振舞ってはいるが、みんな、赤ん坊を（あれ）でやられちまってな」

「あれ？」

秋葉が訝しげに皺をよせた。

「あれって、何だい？」

「……ビューレック・ペトル症候群か」

楠瀬がいまいましげに、舌打ちした。

「そう、そのぺとり病さ」

「いったい何なんだ、そのぺとり病っていうのは」

「あれ、あんた、知らねえのかい？」

佐藤は驚いたように、言葉に詰まった。

「…意外と世事に疎いんだな。生まれて間もない赤ん坊がな、その、つまり……」

佐藤は、言いづらそうに言葉を濁し、助け船を求めるように、バーテンにちらと視線を送った。

しかし、バーテンは、酒の席の話題じゃない、とでも言いたげに、首を横に振った。

「まったく男なんざだらしないもんさ」

佐藤はあえて細かい説明を避けた。

「（あれ）を目の当りにしちまうと、もういけねえ。起たねえ。家に帰れねえ。朝から晩まで店に入り浸って、あわれな仲間と一日をやり過ごしてる。情けねえよ」

「でも、今日はちと違うぜ。みんな目が輝いてるだろ？　肌で分かるのさ。感じているんだ。（大海跳）が近づいている事をな」

「大海跳……？」

秋葉はまたしても聞き慣れない言葉に、眉をひそめた。

佐藤は、秋葉の顔を覗き込み、にやりと笑った。

「贈り物だよ」

「海神の贈り物さ」

カウンターには誰もいない。ただ片隅の暗がりに、インディアンの酋長のような髪飾りをつけた老人が座っていた。老人は秋葉に軽く会釈したような気がして、秋葉も会釈を返すが、よく見るとそれは人ではなかった。椅子の背もたれに止まっている、馬鹿に大きなミミズクだった。ミミズクは秋葉と眼が合うと、驚いたように大きな眼をパチクリさせながら、大きく脚を開き、隣の椅子の背もたれに移った。そこで彼はくるくる首を廻し、秋葉の様子を窺う。彼が気に入ったのか、ミミズクは奇麗に並んだ背もたれを順々に渡りながら、苦労して秋葉の方へ近づいてきた。秋葉の隣の席に来ると、彼は秋葉の顔を黒い水晶のようなでかい目玉で覗き込み、喉の奥で、ククッと鳴いた。

「ところで……」

とりあえずミミズクを無視し、秋葉が佐藤に尋ねた。

「サスマタ達はいつから？　僕はルビコンの視察で飛び回っていたので、知らないんだ」

「あの怪物はここ数年、冬になると毎年やってくる」

佐藤の目が厳しくなった。

「最初は岩礁で暮らしてたけどよ、そう、あんたらがルビコンを作ってからだ。あの上に巣くうようになったんだよ」

「毎年だって？　よほどうまくマスコミを煙にまいてるらしいな」

「テレビ放映されたぜ、最初の年さ」佐藤が両手を広げておどけた。

「ところがそれ以来、マスコミはぱったり来なくなった。反響がなかったんだろうな。大変なニュースだと思うが、どうなってるのかな、あいつら。名前も知らない芸能人の恋人探しよりはよっぽど面白いと思うんだがな」

「ほったらかしか……。怪物に、長居してくれといってるようなもんだな」

秋葉の眉間に皺がよった。

「あんたらはよっぽどあの怪物が邪魔らしいね」

佐藤は不思議そうに秋葉へ顔を寄せた。

「なぜだい？　俺達は別に何とも思っちゃいないんだぜ」

「しかし……」秋葉は驚いて目をむいた。

「怪物の犠牲になった漁師もいるんだろう？」

「ああ。俺の親父もあの怪物に噛み殺されちまった」

秋葉はしばらく言葉が見つからなかった。

「……憎いだろう」

「憎い？　感謝してるさ」佐藤は笑った。「嘘じゃないぜ。あのキチガイ親父を葬ってくれたんだ。おかげで俺は自由になった。サスマタ様さまだ」

そこまで言うと、佐藤はグラスをいっきに煽った。

佐藤の話によると、三年前、佐藤の父親を先頭にサスマタ討伐隊が組織されたという。だが、幽霊船のように港に戻ってきた漁船に、討伐隊のの姿はなかった。彼らの手足だけが、戦利品のようにきれいに並べて置いてあった。

「サスマタはあんな醜い顔してるが、この島の連中にとっちゃ、神様なんだ」佐藤は味噌汁を飲むような音をたててラムを啜った。

「連中はあの醜い怪物が、神話に出てくる海神だと思ってる。『乾天秤九受の講』によると、まあこれは佐渡島の先住民族といわれるイヌイの神話なんだが……」

イヌイの神話は、秋葉も子供の頃、何度か耳にしたことがある。年配者の集会では必ず聞かされた物語だが、記憶にとどまるほど真剣に聞いた事はなかった。

「サスマタが、つまり、海神イガシラセが、島が天災に見舞われる前に、子供達だけを楽園へ運んでくれるらしいんだな。海のむこうには龍宮城のような楽園があって、子供達の魂はそこであらゆる苦痛から開放されて静かに暮らしてる、というわけさ。きっと、ビューレック・ペトル病で死んだ自分の子供と、重ね合わせて崇めてるんだろ」

「君も信じているのか？」

秋葉は佐藤に聞いた。

「俺？　俺は別に信じちゃいないさ」

佐藤が言った。

「乾天秤九受の講なんてのはお偉い学者さんが、とっくに贋作の烙印を押してるヨタだぜ。もし俺がイヌイの末裔だとしても、なんで神話の通りに生きていかなきゃならねえんだい？　実際、もうこの島にゃ、うんざりしてんだ、俺は」

「まあ、どの国にもある典型的な神話だ」楠瀬が口を挟んだ。

「滅びの時、楽園への脱出、転生、神々の戦い、大鳥による子育て。アダムとイブ。まったく類型にして典型だ」

楠瀬は一人でウンウンと頷いている。

「まあ、そんな話は別にしても、海獣は自分達からは攻撃はしない。ハーレムに近寄らなければ、おとなしいもんだ。だが、一度あの怪物に対抗しようとした者は地獄の果てまで追い詰められ、奴と一騎討ちせざるえない状況に追いこまれるんだ」

楠瀬はウェイターにつまみのピスタチオナッツを頼んだ。

「奴らを追い払うのは反対だ。何も良いことがない」

「君はその為に雇われたんだぜ」

楠瀬がフンと鼻を鳴らした。「あの怪物はなぜここへ来た？　俺はなぜここに来た？　君はなぜ『核の墓場』に自分の故郷を選んだ？　すべて偶然か？」

「何が言いたいんだ？」

「機械が動き始めたんだよ。イヌイ神話という機械がな。あの放射性廃棄物処理施設に集まるすべての人、物、動物。太古の土俗神。それらが何か得体の知れない糸で繋がり、やがてあるポイントに収束する……。なぜ、それが動き出したのか。いつ、誰がスイッチを入れたのか。どうだ秋葉。そいつを知りたくはないか？」

「何をオカルトめいた事を……」秋葉は久しぶりのアルコールで目が回っていた。

「冗談だろう？」

「そう、冗談だ」彼は眉一つ動かさずにそう言った。

秋葉はナッツをすべてミミズクに喰われている事に気がつき、バーテンに替わりのブルーチーズを貰って、少し考え込んだ。

そう地上に生命が生まれ文明が起こる遥か以前から、海洋は生物で溢れていたのだ。先カンブリア紀からデボン紀に至る膨大な年月、海洋生物達の時代が続いたのである。海に溶け大地に染み込み森が記憶しているのは、彼らの魔的時間なのだ。陸上を我が物顔で闊歩する人類すら彼らの血を受け継いでいる。だから我々は神話を紡ぐ。血や肉の記憶を紡ぐ。物語りだけが世界と個人の関係を表現できるのだ。宇宙のしくみを表現できるのだ。生命の理と秩序とあるべき姿を表現できる。そして今度はその神話が逆に世界を宇宙を動かしてゆくのだ。

「何にせよ君はあの怪物に魅せられとりつかれた」

楠瀬の唸り声が、秋葉のとりとめのない考えを中断させた。

「ここから逃げても、あの怪物は夢の中まで追ってくるぞ。この島にどんなカラクリが働いているか見届けるんだ。いいか、秋葉、最後まで、投げるなよ」

「もう、そのつもりだ」

ふいに背後の客の間でざわめきが起こった。パブの奥にある小さなステージにスポットライトがあたり、スタンドマイクが浮かび上がっている。

そのステージに、色鮮やかな花柄のパレヲ（腰巻き）を纏った女性コーラスが、ふたり登場した。

店内のいかつい男達は皆、ステージを凝視している。カードを配る手を休め、分厚い本を膝に置き、不漁のうさを吹き飛ばすような馬鹿話もぴたりと止んだ。

ステージに音楽が流れだす。何種類ものパーカッションが織り成す神秘的なリズム。ゴング。バンブー。ブァイブ。二人の美女は音にあわせて、腰をサカナのように左右に振りながら、何度も交差する。旋回する。ステージの背のスクリーンに南の島の夕日が映しだされた。秋葉はこの田舎じみた演出に苦笑した。しかし、楠瀬はこの音楽に少し関心を示した。

「ふうん」彼は首を捻って横目でステージを見た。

「結構、複雑な事をやってる。リズムは東南アジアの民族音楽。タイやインドネシアのリズムが混ざってる。ポリネシアの美しい合唱法。日本の民謡の旋律も聞こえる」

やがて、チープなシンセが奏でる哀感を帯びた美しいメロディーに乗って、舞台のソデから女が現れた。真打ちの登場に観客が沸いた。彼女は、その赤茶色の髪に金色の巨大な冠を被り、バリ島のレゴンダンスの踊り手を思わせるきらびやかな衣装を纏っていた。女はダンスの女神だった。その女神は両端の従者に合わせて、腰を振る。大樹のゆらめきのような動きだ。しかし、肉体の各パートは繊細に素早く動き続けている。その一見、単調とも思えるその踊りはしだいに催眠的な効果を及ぼしはじめ、見る者を異次元に引き込んでいった。指先にまで精霊がのりうつったかのような繊細さと軟らかさを表現しながら、ふいに体を弾くようにシャッフルする。その力強くダイナミックな躍動感。彼女が跳ねるリズムにあわせてアンクルに巻いた銀の鈴束が軽やかに鳴り、全身から垂れ下がる重量感のある金飾りが鋭い音をたてながら揺れた。

突然、彼女が声を出した。

その瞬間、秋葉の背筋を不可知な触手が愛撫した。ざあっと鳥肌がたった。空気が変わってしまった。上手い、などという生優しいものではなかった。それはまさに魔術だった。歌の女神がひょういしたかのような圧倒的な歌声。強烈な歌のGに全身がゆがむ。それに耐える観客の肉体から別種のエネルギーが沸き起こり、彼女にフィードバックする。その華奢な喉から唇をとおって発せられたのは、大気を振動させる音波だけではないのだ。同時に発信された電気的な信号は、聞く者達の全細胞に同調し、共鳴した。

歌の内容は分からない。各国の言葉がクレオール語のように混ざり、四か国の言葉に堪能な秋葉にも聞き取れない。もとより聞き取る気などなかった。歌の意味など理解するより、彼女の声そのものが持つ魔術的な快楽に酔いしれているほうが、よほど自然のような気がした。

彼女の歌は音楽にあわせ目まぐるしく転調する。突然、狡猾でサタニティックな身振りで観客を挑発したかと思うと、無垢な少女のような瞳で祈るように歌う。切々と観客に訴えながら、ふいに身をかわし、愛らしい子鹿のようにはしゃぎ、狂女のように絶叫する。その精霊と交わっているかのような彼女の一挙一頭足に観客が魅了され反応していた。

音楽がテーマらしき旋律を奏で始めた。胸に迫るような哀感と郷愁とアニミズムの匂いを撒き散らし、地球をふかんで見るような広がりを持ったメロディ。さらにそのテーマが陽気に転調し、従者の可愛い合の手に答えながら、女神は笑顔を振りまく。そして、再び悲しげで壮大なテーマへ。そのパートでの彼女の歌は圧巻だった。潮気で蒸せるパブの中は熱帯の甘く濃密な空気で満たされ、スクリーンの夕焼けが本物以上に胸に迫ってくる。世界を燃やし尽くすような夕焼け。樹々の黒い陰。マングローブの森。秋葉の目にいつの間にか涙が溢れていた。

これが歌の力なのか……。

ふいに楠瀬が呟いた。涙こそ流していないが、彼もまた打ちのめされていた。カウンターから身を捩るようにしてステージを見つめる彼の眼は、驚愕と感動で大きく開かれたままだった。

「いい歌だろう」佐藤がにやにや笑って茫然としている二人を小突いた。

それから彼は誇らしげに頷きながら、きっぱりといった。

「あれが、俺のオンナだ」その瞬間、秋葉と楠瀬は惚けたような表情で同時に佐藤を見た。

佐藤は得意気に笑いながら、何て顔してやがる、と怒鳴った。

「そう、毎日あんたらに弁当を作っててるのはあの子さ。名前か?」

ステージが終わり観客の荒っぽい拍手と歓声が渦巻いている。佐藤は楠瀬の耳の側で叫ぶようにいった。

「イオっていうんだよ。榊原伊緒だ」


しばらくしてパブの客が落ち着いた頃、非常口の暗がりからイオが姿を見せた。彼女はステージの格好とはうって変わったラフな服装をしていた。Tシャツに、屈強な土木作業従事者が着るようなくすんだ色の作業着をひっかけている。しかし華奢に見えるその身体は、たった今獲物を倒したばかりの雌獣のように息づいていた。大きな瞳。広い額。薄い唇。黒蜜を塗ったような褐色の肌。どれもがエロティックに熱を帯び、潤んでいた。彼女は浜辺に打ち上げられた椰子の繊維のような赤茶けた髪を、後ろで一本に束ねながら、緊張を静め、息を整えている。

佐藤は顎でイオに合図を送った。佐藤は皆をテーブル席へと移し、イオも座らせた。簡単に紹介を済ませると飲み物をオーダーした。秋葉も楠瀬も先ほどの歌の余韻と眼の前にいるディーバに気押され言葉が出ない。やがて、佐藤に寄り添うように身を寄せるイオを無遠慮にじっと見つめていた楠瀬が、やっと口を開いた。

「感動したよ。イオ」

彼の声が微かに甘くなったのに秋葉は気がついた。

「何を歌ってた?」

「……乾の神話。キナとカジツワの物語」イオが言った。瞳が潤んだように熱い。彼女も興奮から冷めきっていなかった。

「面白そうだな。聞かせてくれるか?」

「知ってるくせに」

イオが見透かすように、クスクスと笑った。

「そう言うな」楠瀬が笑った。

「あんたの声をもっと聞いていたいんだ」

イオは隣の佐藤にむかって照れ臭そうに笑いながら、彼の胸に顔を埋めた。

「必要ない。あれは偽書だ。歴史的価値はほとんど、ない」

「いや、話してほしい」

秋葉がいった。

「僕は詳しくは知らないんだ」

「こいつは乾天秤九受の講に書かれてるんだがな」

佐藤がイオとチラチラ視線を交わしながら言った。

イヌイは「乾」と書き、古史古伝であり偽書異端として無視されてきた奇書『乾天秤九受ノ講』によれば、かつて佐渡に集落を築いたと言われる渡来民族である。この古文書は日本に渡来し、王国を築いた朝鮮系騎馬民族が、その乾の奇異な物語や思想を書き記した覚え書きを編纂したものだという。『乾天秤九受ノ講』は、前半部分が乾の創世神話のようなもので占められ、後半は「天秤」と呼ばれる独自の思想が描かれている。

しかし、実は乾というのは民族の名称ではない。彼らの神話に登場する海の彼方の楽園・「イヌイ国」がその由来である。程度の低い動物霊などと交信したり、鳥獣と話したり、天候を予言し作物を選定し水脈を当てたり、豊作豊漁のアドバイスしたりする彼ら一族を総称し、「イヌイ」といったのだ。祭礼や葬式の時に呼び出され、彩りを添えたりと、どちらかと言えば、位の低い神事者であった。

ただ葬儀、特に海難事故や流産のような遺体の無い葬儀に限っていえば、彼らの存在はかなり重要だったようだ。肉体のない死者の魂を転生させるのに、彼らの天秤が必要なのである。その際、イヌイの男女には別々の役割があった。男は草や樹で小さな東屋を造り、そして女は遺品を練り込んだ土偶を造る。土偶に死者の魂を導き入れ、小屋に納め、一緒に燃やすのだ。あとは、その灰を「海神の天秤に乗せ」ればいい。

しかし彼らは乱獲や土地の荒廃などのように、生活環境が著しく破壊されると判断した場合、時として豊作豊漁とは逆のお触れを出すこともしばしばあった。そんな時も彼らは涼しい顔で「天秤が動いたのだ」と言い、平然として動じることがない。そんな彼らが次第に疎んじられ、忘れ去られていったのは至極、当然のことといえるだろう。

乾の崇める神は、海の守護神イガシラセである。神を表す「シラセ」という言葉は「知らせ」のことであり、災害や豊漁を「知らせ」る者という意味である。イガシラセはむろん天皇の系統とは別の土着神であり、「天秤」を司る海神だという。

この『乾天秤口授の講』が、原本である『覚え書き』を大幅に変形させた事であることは間違いがないと思われるが、天秤という思想には注目すべき点も書かれている。

例えば、天秤を狂わすものに「島ごもり」という厄災の記述がある。これは長期間、一つの場所(例えば島など)に留まる閉鎖的な部族に子宝が恵まれず、やがて部族そのものが滅びる、というものだ。何度も繰り返されこの物語は、あきらかに近親交配による遺伝病の蔓延に対する警告であろう。さらにいえば、現在、世界中の、特に離島を中心に蔓延しつつある新生児病「ビューレック・ペトル症候群」にも対応すべき点があるように思う。

乾の者は互いに引かれ合うため、特に心に留めておくように注意している。彼らはこの思想に従い、徹底して漂浪の民を貫き、海を越え各地へと散っていった。乾の研究者の中には、北海道のアイヌ民族や北方のイヌイット（エスキモー）らが乾の名を冠した民族ではないか、という者もいる。近親婚のタブーは例えば部族間交流などで解消する場合が多く、このように放浪を命じることは珍しい。

さらに特異なのが彼らの転生に対する考え方である。

イヌイにとって「魂」とは、特に霊的なものではない。それはいわば（死者の情報）である。万物に存在する天秤はその情報を伝える、伝達物質のようなものだ。天秤は響き合い、様々な相を展開しながら、河が支流を集めて海へと向かうように、ある流れを作り出す。その流れの中で、ある（澱み）のある場所に「生命」は自然に転生する、という。生命は確かに巧妙で奇跡的とも言える緻密なシステムだが、河の澱みが見せる一瞬の相であり、次の瞬間、その相は崩れて、別の相に移行する、という仏教にも通ずる考え方、激流も澱みも、どれも魂のひとつの表情にすぎない、とする彼らの天秤思想からは、現代物理学でいう液体から個体へ移る中間の相貌「二次相転移」やカオス理論を想起させる。

「二百人の子供達を運んだというイヌイ島だが……」楠瀬が腕を組んで、ふうと頬を膨らませた。

「二ッ亀島の記述は確かに正確で描写からもそれが二ッ亀島である事がわかる。しかしその沖にあると記されているイヌイ島は現在、どこにも見あたらない」

「海底地震で沈んだのさ」

佐藤が事もなげにいった。

「イヌイの頃はあったんだろ」

「アキバに聞いて見ろ、そんな形跡があったかどうか」

「あの海域の地質は念入りに調査されたよ」

秋葉はそう答えたが、彼もそわそわして落ち着かない。イオから何かを感じたのか、眉間のあたりが疼き、止まらない。

「海底火山帯に核廃棄物を捨てるわけにはいかないからね」

ルビコン建造のためには候補海域の調査を綿密に行わなければならない。佐渡が島沖で行われた海底物質の地質年代的研究によると、ここの海域の粘土鉱物は少なくとも数百万年の滞留時間のうちに乱されていないという事が判明した。玄武岩も深海環境によって影響を受けていない事も分かった。ルビコン建造に適した極めて安定した海底域なのである。

「あそこに島と呼べるようなものは存在しなかった、と断言できるね」

「そう言う事だ。ではイヌイ島とは何なのか」

「いやに、熱心じゃないか」

秋葉が口を挟んだ。

「あれは偽書で価値は無いのだろう?」

「歴史的価値は無くとも、もっと重要な意味がある」

楠瀬はイオにぐいと顔を近づけた。

「乾天秤九受の講は創世神話じゃなく…予言書なのさ」

「はん、これからイヌイ島が海からせり上がってくるのかい？　大将、聞いてなかったのか？　あそこは牛みたいにおとなしい場所なんだ。島はできないよ」

「すでに存在してるのさ。イヌイ島は、ここにいるアキバが造った」

「……ルビコン？　フハハッ！　頭、大丈夫かよ大将」

「おかしいか、佐藤」

喉の奥で笑いながら、楠瀬はイオの瞳をじっと見つめ、熱っぽく話し続ける。

「世界中の神話には共通の構造がある。なぜだと思う？　神話は民族の生理を刻み込んだものだ。生理は自然の影響下にある。つまり物語は自然の律動に沿って描かれるんだ。特定の場所に発生するハリケーンや渦巻き。巧妙な免疫システム。天体の運行。これらのメカニズムは見事な物語だ。自然のメカニズムこそが物語であり、神話なんだ。だから生理に忠実に従った創造物は、すべて神話的構造を持っている。高い塔も。音楽も。捻子《ねじ》の一本も。逆に言えば、神話は運命の設計図だという事だ。乾神話も極めて陳腐な物語だ。しかし、陳腐に感じるという事は、それだけ我々の肉体や、生理や、行動や、自然のシステムを忠実に再現した、という事だ」

（ははあ……）

楠瀬の話に、秋葉はぴんときた。彼は自分の妻であるミリアナ・ハルキアスの著書『動物行動の神話性』を元ネタに話をしているのだ。

「神話の歯車が動き出した」

楠瀬はイオの耳元で囁く。

「君がスイッチを入れたのか?」

「面白い人ね。ほんとに科学者なの?」

イオは笑いながら立ち上がると、佐藤のブルゾンを手に持って彼に目配せした。楠瀬の視線は、まだ何か言いたげに、イオに縋り付く。イオは楠瀬にオヤスミをいったあと、一瞬、秋葉と目を合わせた。秋葉には彼女の瞳が何かメッセージを発信しているように思えた。もちろん、女性の目というのは常に相手にそう思わせるよう神が拵《こしら》えた事も、秋葉は十分知っている。

「それじゃ、支払いはたのむぜ」

佐藤も立ち上がった。

「この店の二階は簡易宿泊所になってる。寝ていけよ秋葉サン。明日また迎えにくるよ。じゃあな」

イオが佐藤に連れ出されてしまうと、お開きという雰囲気になった。漁師達は満足気な表情でテーブルに金を置き、荷物を手にふらふらと店の二階へと上がっていった。

「俺は興奮した」

楠瀬はしばらくしてぼそっ、と言った。

「旨い酒を飲んだ。いい歌を聞いた。あとはキャンディストアで夢を見るだけだ。すぐ近くにいい店があるらしいぜ」

楠瀬は席を立ちながら秋葉に耳打ちした。

「一緒に、くるか?」

「結構だ。そういう店に良い思い出がないんだ。今夜は酒でいく」

「なるほど」

楠瀬は残りのラムをいっきに喉に放り込んだ。

「納得のいく仕事。旨い酒に素晴らしい歌。しっくりきてる。幸福な夜だ。吐息が聞こえるほどの近くで、可愛いおねえちゃんが手招きしてる。あたしを買って、と囁いてる。買わない奴は貧乏人かインポだ。そいつには何も成す事は出来ない。不味い固茹で卵でも食ってりゃいい」

「女を買いにいく言い訳にしちゃ、随分と長いね。君もやっぱり人間なんだな」

楠瀬はにやにやと笑いながら、ポケットから洗いざらい小銭を取り出すと、それをテーブルの上にすべてぶちまけた。すっかり酔っ払い、楽しそうだ。

「愛のあるセックスは確認に過ぎないが、愛のないセックスは違う。それはな、アキバ。愛そのものなのさ。チャオ」

楠瀬が出ていってしまうと、秋葉は再びカウンターににじり寄り、小柄なバーテンダーにバーボンを注文した。彼がショットグラスに注いだのはオールドリップの十二年ものだった。口に含んだ瞬間、前頭葉を直接溶かすような酒だった。アルコール分は強い。五十二%の真実。デンマーク産のブルーチーズが肴だった。

「イカの不漁が続いているんだって?」

秋葉は冷たいミルクを頼み、それをバーボンの入ったグラスに注いだ。まろやかに凝固するたんぱく質。グラスに滓が付着するため、バーテンには嫌がられる飲み方だ。

「君はなぜだと思う?　あのルビコンのせいだと思うかい?」

「さあ、私にはわかりません」

「君も核廃棄物から放射能が漏れて、イカがいなくなったと思ってる。だがね、それはありえないよ」秋葉はしたたかに酔って朦朧としていた。気持ちは非常によかった。しかし、口から出る言葉はなぜか愚痴のようにくどくど、言い訳がましかった。酒を覚え立ての餓鬼がバーテンに甘えてるのと一緒だ、と彼は思い、抑えようとした。しかし、思うようにいかなかった。

「そもそも、二千メートルの深海で多少の放射能が漏れたところで、イカの生息域に影響がでると思うか?　ほんとうはどう思ってる?」

「水産資源の枯渇でしょう。地球規模で起こってますよ」

「言うね。良いことを教えようか。ルビコンを建造したのは俺さ。もう一つ教えよう」

彼はバーテンに絡んだ。

「俺はこの島の生まれなんだ」

「それはそれは」

バーテンは言った。

「御両親に会いにいらしたんですか」

「二人とも死んだよ」

「それは……失礼いたしました」

「何、いいさ。とっくの昔だ。金北山の登山の最中、カミナリに打たれたんだ。信じられるか？　カミナリだぞ。あの猪野峠でね。そんな馬鹿な話、誰が信じる？　でも事実なんだよ。二十年以上も昔の話だ。親父も母も首から背中にかけて、こう、ブルドーザーのキャタピラに轢かれたような、凄まじい傷痕があったよ。父親は真面目だけが取り柄のつまらない男で、母も少女じみた妄想にふけりがちな人だったが、あんな惨い死に方をするほど悪い事はしていない。僕はまだ中学生になったばかりで、島を出なきゃならなかった。自分が本当にひ弱な存在なんだと、心底、思い知ったね。新潟の叔母の家に向かうフェリーでも、その金北山を睨つけていたよ。たまたま乗り合わせた知り合いが僕の襟首を持ち上げて言ったんだ。こんなところで島を睨んでいちゃいけない。お前の居場所はここじゃない。お前は舳先に行け。そこに立って自分の未来を見つめろ、ってね。その人の顔だけがなぜか脳裏に焼きついている。なあんて孤独な人なんだろう、と思ったよ。こんな子供にえらそうな事を言って良い気分に浸ってるなんて。ああ、僕も嫌なガキだよ。でもお蔭で僕は見事に復讐を果たした。この島を核のゴミ捨て場にしてやったんだ」

秋葉はにやにやと笑いながら、さあ、言いたい事があるだろう？　無理するな、といわんばかりに椅子に凭れた。その拍子に手からショットグラスが離れ、床に落としてしまった。グラスの砕ける音が静かな店内に響いた。店内の客が振り向いた。彼は朦朧とした中で我に返り、羞恥心で身を固くした。

「すまない、酔ってしまった……まったく……情けない」

バーテンは知らんぷりしながら、乾いた布でグラスを熱心に磨いている。磨き終わると、彼は手に持ったグラスを照明にかざすように高々とかかげた。それからグラスを持つ手をぱっと離した。グラスは彼の足下で木端微塵に砕け散った。彼は首をすくめて両腕を広げると、うなだれている秋葉に、楽しげに笑いかけた。

秋葉は恥ずかしげに頷いた。それから水を注文し、店内に流れるギターの音に耳を澄ませた。パコデルシアのスパニッシュギターだ。満開の花が一斉に零れ落ち、それを一身に受けているような、狂おしく官能的な旋律がなだれをうってせめてくる。突然、ギンカクの皮膚の感触が稲妻のように脳裏に浮かんだ。その後一瞬、秋葉は眠りに落ちたが、身体を揺すられ、眼を覚ました。見ると、いつの間に隣の椅子の背もたれに、あのミミズクが、乗っかっていた。彼は眼をパチクリさせながら、まるで遭難者を救う救助犬のように、秋葉のパーカーから垂れ下がる紐を噛んで、しきりに引っ張っている。

「お前、名前は？」

秋葉がろれつの回らぬ口で、ミミズクに聞いた。

「ゾディアック」

ミミズクは首を上下させながらそう答えた。それからラテン語で、

「クイス・エス・トゥ（では、お前は何者だ）？」

と聞いた。

六

翌朝、秋葉はあわただしい騒音で眼を覚ました。

まだ夢うつつの彼の頭の上を、幾人もの男が跨ぎ、飛び越えていく気配。なんとか目を開き、首をあげ部屋を見渡す。焦点の定まらぬ目が最初に見たのは、乱雑にちらかった布団や枕だった。誰もいない。秋葉の目を強引にこじ開けた歓喜と興奮は、パブの二階で宿泊していた男達が、発情したように我を争って表に飛び出して行く、その物音だった。

二階は彼を残してもぬけのからになっていた。左手首で入れ墨のように青く光る数字を見ると、まだ六時前だ。やっと夜が明け始めた窓の外では、男達の、喧嘩祭のような激しい怒号が飛びかっている。バカヤロウ！　早く乗れ、道具を忘れるな！　そいつは俺の靴だ！　そして豪雨のような靴音。やがて彼等の声はトラックの排気音とともに遠ざかった。外が静まったと同時に、パブの階段を駆け上がって、誰かが二階に飛びこんで来た。佐藤だった。

「いつまで寝てるつもりだ、ミスター」

「眠っていられるはずがないだろう」

秋葉はのろのろと起き上がり、着たまま寝こんだために皺だらけになったインド綿のシャツを手で延ばしながらいった。

「顔を洗って、頭をしゃっきりさせたほうがいいよ」彼は息を弾ませて、そういった。

「早くしないとショーに間に合わないぜ」

秋葉はマウンテンパーカーをはおり、佐藤について外に出ると、佐藤のベンツの助手席に乗りこんだ。後部座席で一人でふんぞりかえっているのは、楠瀬だった。

ベンツは海岸通りに沿って岬を回り、佐藤の漁船を停泊させてある港へと向かった。

秋葉は、早朝あわただしく飛び出していった漁師達の様子を不思議に思い、佐藤に尋ねた。イカ釣りは夜のものだとばかり思っていからだ。佐藤は、今日は特別なんだという事を告げた。

「面白いものを見せるよ。こいつはめったに見れないぜ」

「まだ、何か隠しダマがあるのか?」

楠瀬が後部座席にもたれたまま細い目をせいいっぱい広げていった。

「サスマタ……ギンカク……ルビコン……イオの超絶な歌声、そして昨日の餅肌の超高性能小型爆弾ときたら……」

彼は昨日の夜の女を思い出し、降参したように両手をあげて天を仰ぎ、溜め息をついた。

「なあ、佐藤。教えてくれ。佐渡島にはなぜこんなに驚異が詰まってる?」

ベンツが港に到着した。港には昨夜まであったはずの漁船が一つ残らず消えていた。すべて出港した後だったのだ。佐藤は唯一隻残った自分の船に乗りこみ、エンジンをかけ、沖に向けて発進させた。楠瀬は例によって船首で朝の潮風を受けながら腕を組んでいる。秋葉がキャビンに入ると、舵を取る佐藤の横に昨日の歌姫、イオが立っていた。彼女は、赤い髪を後ろで束ねるとゴムでさっと留め、秋葉に微笑んだ。デジャ・ビュ。どこかでこんな場面が……。その時秋葉は軽い既視感を覚えていた。イオは秋葉から目を逸らさず、ポットからプラスチックのコップにコーヒーを注ぎ、彼に手渡した。

「いったい何が起こったんだ?」

秋葉は熱いコーヒーの香りを鼻腔に通しながら、一口啜り、舵を取る佐藤の後ろ姿に話しかけた。

「イカの大群が来たのさ」

佐藤が前方を見ながら答えた。

「何日ぶりの漁だ。皆、張り切ってる。邪魔したら殺されるぜ」

「それがなぜ面白いんだ?」

「今にわかる」

海上は凪いでいた。風もほとんどなかった。朝焼けが水平線の上に燃え始めていた。しばらくすると、舳先に集魚灯をつけた十数隻ものイカ釣り漁船が、海上で操業しているのが見えてきた。

漁船の輪郭がはっきりし、そこで働く漁師の姿がおぼろげに見えてくると、不思議な事に気が付いた。海面がはしゃぎ狂っているのだ。かなり広い領域が白い泡に覆われ、円形の白い巨大なフィールドが海に出現していた。十数隻もの漁船は、その白く泡立つ海域にすっぽりのまれてしまっていた。どうやら無数の生き物が海面で暴れているようだ。

さらに船が近づくと、秋葉はあっと声をあげた。何かが海から跳ね上がり、大きな弧を描いて、再び着水する。トビウオの群れかと思ったが違った。それはイカだった。

とてつもない数のイカの大群だった。この季節に日本海を南下するスルメイカ。その数万匹ものスルメイカが、次から次へと、飛び上がり、滑空し、再び海に潜っているのだ。信じがたい光景だった。イカが空を飛ぶ？　なんて事だ、と楠瀬が呟く。しかし彼らはその紫色に輝く体を躍らせ、確かに飛んでいた。彼らはろうとから勢いよく水を吐き出し、そのジェット噴射で三角形のえんぺらからミサイルのように空中へ飛び出す。白く泡立つ海域は、無数の彼らが吐き出す噴射水と着水する水しぶきで作られたものだった。

それにしても……何という数だろうか！　美しさと同時に海の豊饒さに対する畏怖で足が震えてくるような光景だった。

十数隻ものイカ釣り漁船が、まるで彼らに襲われているように見える。この圧倒的な生命の群れの中では、どんな漁船団だろうと、靄に浮かぶ陽炎のように頼りない存在のように見えるはずだ。

「……なぜ、イカは逃げない？」

ふいに船首で楠瀬が怒鳴った。

「見ろ、彼らは一つにかたまったまま、動こうとしない」

イカの大群は暴れまわるわりには分散もせず移動もしなかった。はしゃぎ立つ巨大なフィールドはその形を崩すことはなく、群れは円を描くように同一海域に留まっているのだ。

イカの群れが作る泡立つ海域のまわりに、ふと、大きな黒い影が浮かんだのを目の端が捕らえた。巨大な獣の一部のようだった。獣はなめらかな身体の一部を瞬間的に現しただけで、再び、海に消えた。次に、フィールドの反対側で、別の巨大な獣が鼻を突き出し、鯨のように息をつくと、再び潜った。

「サスマタ……ギンカクだ！」

秋葉が叫んだ。

海中で何が行われているのかは、もう明らかだった。サスマタ、ギンカク、そしてメス達がイカの大群を取り囲み、追いこみ、一つの海域に封じ込めているのだ。まるで優秀なシープドッグが羊の群れを追い立て、コントロールするように。イカは逃げるに逃げられず、泡を食って海面に飛び出すだけだ。

「なんてこった……」

秋葉が茫然と呟いた。

「これが大海跳か……」

楠瀬は、その勇壮な光景にみとれ感動の色を露にしながらも、どういう事だ？　と唸った。

「奴らの泳動力なら楽に腹いっぱいイカを食えるはずだ。追いこみ漁なぞ、する必要もない。あそんでいるだけなのか？」

「漁師のためにイカを追いこんでるのさ」

キャビンの中から佐藤が、見れば分かるじゃないかとばかりに、そういった。

イカの群れの中の漁船は、サスマタとギンカクに囲まれ、確かに危うげだった。しかし、さらに近づき、その中で働く漁師達の顔が見えてくると、その思いは消えた。彼らの表情にはもちろん不安などなかった。昨夜パブで見せた、だるそうな表情はどこにもなかった。自動イカ釣り機を装備した船は皆無だった。皆、手釣りなのだ。見ると、両手に奇妙な道具を持って、イカを釣り上げている。長さ一メートルほどの竿に四十センチほどの銅製の柄がついており、その柄の先はさらに角のように二股に分かれている。二つの角にそれぞれテグスとカギがついている。つまりそれを両手に持つ、という事は一度に四本のテグスとカギを操作している事になるのだ。当然、恐ろしく難しく、曲芸に近い竿さばきが必要とされるはずだ。しかし、皆、熟練した手つきで、ひょいひょいと無造作にイカを釣り上げ、さらに竿を握ったままイカを船中に振り落としている。落ちた瞬間、すでに竿は海に向かって振られているのだ。

「ありゃ、ハネゴっていってよ」

船のパラシュートアンカーを下ろし佐藤が甲板にやって来て説明した。

「佐渡伝統のイカ釣り道具よ。浅瀬にいる奴をかっさらう、いっとう難しい道具なのさ」

サスマタとギンカクの巨大な背中が、海上を踊る。ブレスの霧が虹をつくる。漁船はまるで彼らに包囲されているようにも見えた。だが必死にイカを捕る皆の顔からは、汗と誇りが輝き、恐怖など微塵も感じられなかった。跳ね回るイカの大群がつくる霜となって舞い上がり、彼らの頭上には薄く虹がかかっていた。

「そんな……」

秋葉がうめいた。

「郷土資料館にあるようなしろものじゃないか」

「でも、こいつが一番、能率的なんだ」

「流し網でも曳いたほうが早いと思うが」

楠瀬がいった。

「そりゃ大変な事になるぜ」

佐藤が目を剥いた。

「わざわざサスマタが網に突っ込んでくるんだ。そして食い破る。昨年、それで網に引きずられて、漁師が一人死んだ」

それを聞いていた楠瀬が、急に厳しい表情で佐藤を睨んだ。彼の眉間にはザックリと深い皺がよっていた。

「……何と言った?」

「捕り過ぎると、怒るのさ」

「なんだと？」楠瀬はその答えが気に入らないようだった。「獣の分際で……」

「俺が言うんじゃない。イオが言ってるんだ」

「ひょっとして、イオは海獣達と交信できるんだ、なんて言うなよ」

「だって、そうなんだもの」佐藤はきょとんとして、言った。

「いったい何で、大海跳の日が、俺達にわかるんだよ」

その時、イオがキャビンから出てきた。彼女はサイズの合わない作業着の前を片手で合わせながら、自分の飲んでいたコーヒーをカップごと、楠瀬に手渡した。楠瀬はカップを受け取り、イオの顔を見た。風に曝された彼女の赤い髪は柳のように舞い上がり、彼女の表情を巧みに隠す。だが、前髪の奥で燃えるあの瞳の魔力だけは、楠瀬にも伝わった。

「佐渡島か……」

楠瀬がふうと溜め息をつきカップに口をつけた。

「なんて場所だ」

四人は甲板に並んで、自然神と人間との不思議なイカ漁を黙って眺めていた。


嵐のように沸き立っていた海が、ふいに静まり返った。あまりに突然の静寂に、耳がキンとなるほどだった。海原を白く覆っていた泡はすうっと波間に消えていった。漁船は、それが合図であるかの如く、次々に竿を上げ、素早く港へ帰っていく。あっという間だった。漁は終わった。海獣達の姿形も見えない海上は、さっきまでのスペクタルが嘘のように澄んでいた。

「こらぁ、氷が足んねえぞう!」

鷲津港は、昨夜の様子とうって変わって、祭りのような騒ぎだった。岸壁荷役の怒号と罵倒は荒っぽく猛々しいが、それは抑えようもない歓喜の炸裂だ。港に到着した漁船は、我を争って、釣ったばかりのイカを水揚げしていた。船のクレーンで陸に揚げられたイカは、どんどんとコンベアで運ばれていく。まず重さを計って箱詰めにし、氷をしこたまぶち込んで、すぐさま入れ目尾数をマジックで書き込み、そのままセリへ。活魚用と冷凍用はまた別に選別していく。その男達の手際のよさ、見ていて笑いがこみ上げるほどだった。足がつったあ、腰がもたねえ、だめだあ、体が鈍って、などと泣きを入れている男達の顔も、見事に輝いている。

秋葉はこの活気のある港の情景が大好きで、わざわざ佐藤にたのんで「ティダアパアパ号」を港まで戻してもらったのだ。

港の岸壁に沿ってゆっくりと旋回する「ティダアパアパ号」甲板で水揚げの様子を見ていた秋葉が妙な事に気が付いた。女の姿が見えないのだ。この規模の港なら一家総出で働かなければ儲けにならない。しかし、働いているのは男達だけ。彼らの女房子供の姿がないのだ。

「女達は、本土に出稼ぎにいったよ」佐藤が言った。

「野郎どもの漁だけじゃ、とても食っていけねえからな」

では子供達はどうした? 冬休みなら、子供達も重要な働き手のはずだ。

「だから言ったろう。ここに集まった漁師達に倅はいねえ。娘もいねえ。みんな、あれ、にやられちまったんだ」

あれ、とは、ぺとり病の事だ。すなわち、ビューレック・ペトル症候群嬰児溶解現象の総称。ルビコンに纏いつく厄災の影。

秋葉は胸騒ぎを覚えた。

「それは……伝染病……？」

見当もつかんよ、とばかりに楠瀬が首をすくめた。「ひょっとしたらルビコンに原因があるのだろうか。少なくとも島の人々がそう考えているとしたら、プロジェクトの推進に大変な暗雲が立ちこめる事になる。

「ルビコンが建つ前から、あったよ。確かにここ数年、なんだか、増えているように思うけどね」

その時、秋葉の腕を誰かが引っ張った。振り向くと、潤んだような熱っぽい瞳が、見つめていた。イオだった。イオは秋葉の腕を胸に引き寄せ、潮風で冷たくなった頬を愛しげに押しつけた。秋葉の心臓がふいに高鳴る。

「病気じゃないわ、アキバ」彼女は囁くように告げる。

「あれは病気なんかじゃないの……」

七

その日、楠瀬は朝から忙しく動き回っていた。

キャラェイともう一匹の雌、そしてギンカクに速度水圧記録タグを取り付けてから、もうすぐ二十四時間が経過しようとしている。タグリングのロックが自動解除される時間だ。今頃、タグリングは海獣の首を離れ、波間を漂っているはずであった。楠瀬は船の舷側から、タグの音響パルスの周波数に同調させたハイドロホンを吊り下げ、固定し、それをランチボックスのように小さなディスプレイに接続した。秋葉が熱いシャワーを浴び、ドックへ戻ってきた時も、楠瀬と佐藤は黙々と仕事をしていた。ディスプレイを覗くと波紋の映像に青い点が三つ、浮かんでいた。楠瀬は、左側に少しずつスクロールする映像を睨みつけ、方角と距離を割り出す。

「場所が分かった。近いぞ。すぐ出発だ」

楠瀬がキャビンの中から佐藤に合図した。秋葉もあわてて、船に乗る。

「ティダアパアパ号」は逃げるように海上へ飛び出す。凪いでいた海はいつの間にか荒れ始め、大きくうねっていた。（こんな事をやっていて本当にサスマタを追い払う策が見つかるのだろうか……）

ディスプレイの前であぐらをかき、画面を睨みながら、舵を握る佐藤に指示を出す楠瀬。そんな彼をぼんやり眺めながら、秋葉は、妙に満ち足りた気分になっていた。ふいにイオの顔が浮かんだ。褐色の肌。濡れたように潤む瞳。燃え上がる赤い髪。

（待て待て秋葉、何を考えてる？　彼女は佐藤の恋人だぞ……）

彼はにやりと笑いキャビンの壁にもたれて眼を閉じた。船内の焦げたオイルの匂いと、心地好いエンジンの振動に眠気を誘われ、ふいに意識が遠のいた。

「あったぞ！」

佐藤の声で秋葉は眼を覚ました。

揺れる海上に、巨大なリングが浮いていた。リングは赤いランプを点滅させながら波間に見え隠れしている。楠瀬はそれを網ですくい捕った。それは彼自身がキャラウェイの首に巻いた記録リングだった。彼はリングのスピード計の針が示す数字を読んだ。時速約九十二キロ。信じられないスピードだ。イルカ並み、いやそれ以上の泳動力である。もはや最新鋭の熱感知魚雷も追い付かないだろう。

だがそれ以上に楠瀬の眼を見開かせたのは、水圧計の数字だった。なんとこのリングは百八十気圧もの水圧を受けていたのだ。さらに驚いた事があった。なんと水圧計の耐圧ガラスに、微かだが、ひびが入っているではないか！

「百八十気圧……」秋葉も眼を見張った。

楠瀬が表示された数字と白糸のようなひびを、敵のように睨みつけた。

リングは二百気圧まで耐えられる。即ち、二千メートルの深海に落ちても壊れない。その耐圧ガラスにひびが入っているのだから、リングはそれ以上の深度の水圧に曝されたのだ。このリングは外れると水に浮くようになっているから、ロックが解除された後、深海に落下してしまうような事はない。つまりこの数字の表すところは明白であった。

「すなわち、あの怪物は……」楠瀬は視線を虚空に這わせた。「千八百メートルの深海を潜行する能力があるのだ……」

アザラシの謎の深海潜行行動はよく知られていた。ある研究グループがキタゾウアザラシを連続水深計記録装置（ＴＤＲ）で調べた結果、一回二十分ほどの深海潜行を何度もくり返している事が分かっている。海上での呼吸はほんの一瞬であるらしく、酸素によらない代謝系を持っている可能性もあった。酸素が無くなると、代わりに身体の別の要素を燃やしているのだ。

「奴等は何を求めて深海へと危険な旅にでるのだ……？」

「餌を捕ってるんじゃないかな」秋葉が言った。

「餌？」

楠瀬が彼をじろりと睨んだ。

「千八百メートルの深海だぞ。身体を押し潰すような水圧の危険を冒して行くほど、餌が豊富な場所だと思うのか。光も届かず光合成生物もいなく、したがって酸素もない深海に、豊富な餌があると思うか？」

そう深海には何もない。そこには厳しい環境で生きるわずかばかりの微生物、それを食べる小さな甲殻類や空腸動物や小魚しかいないのだ。とても、あの怪物達の巨体をまかなう食物はそこにはない。

「ティダアパアパ号」は次に、ギンカクの首に取り付けたリングを発見した。そのリングに記載された数字はさらに三人を驚愕させた。ギンカクの瞬間スピードは時速百キロを上回り、耐圧ガラスのヒビはさらに酷く、潜行深度は二千メートルをはるかに超えていた。

「奴はアザラシじゃない……」

楠瀬がうわごとのように呟く。

「いや、哺乳類ですらないかもしれない……怪物だ」

「ティダアパアパ号」はさらに三つ目のリングを捜して走る。そのリングの周波数に受信機を合わせスコープをじっと見つめていた楠瀬が、突然ヘッドホンを外して立ち上がり、甲板に飛び出した。秋葉も佐藤も目をこらして海上を見回した。

最初に見えたのは、転覆した船のような姿で波間に漂う怪物の腹だった。

リングはあった。しかし、それは怪物の首に巻きついたままだった。その雌の怪物は、びくりとも動かず、弛緩した巨体をだらりと伸ばし、腹を見せたまま海上に浮いていた。この雌怪獣は、リングが外れる以前にこうして一切の活動を停止してしまったのだ。だから、リングのロックは解除されたのに、怪物の首から外れずにいたのだ。

「……死んでいるらしいな」

楠瀬がいった。

秋葉には楠瀬が興奮しているのが分かった。

「佐藤。こいつを何とか港まで引っ張っていってくれ」

楠瀬の息は弾んでいる。

「こいつはすごい。すごい資料だ」

楠瀬はゴムボートを荒れる海に放り込んだ。佐藤がロープを出すと、楠瀬はそれを口にくわえてデッキからボートに飛び移った。近くまでボートを漕ぎ寄せ、恐る恐る触ってみる。

何の反応もない。怪物の白濁した目を覗き込むが、やはりぴくりとも動かない。指で胴体を強く押すとまだ弾力があり、死後間もない事が分かった。見たところ外傷はまったく無い。彼はリングを回収し、ロープを怪物の巨大な首に巻きつけた。

「あの怪物はいったいなぜ死んだんだ？」

秋葉は、船尾で曳航される怪物から片時もまるで目を離さない楠瀬に、そう聞いた。

「怪物じゃない。奴等も生身の生物なんだ」楠瀬が言った。

「深海への潜行は奴等にとっても危険な行動なんだ。しかし…死の危険を冒してまでなぜ深海へ行くのか……」

「ティダアパアパ号」はルビコンのピラミッド、即ちサスマタ達のハーレムを大きく迂回しながら、港へ向かった。雌の死体があると分かれば、あの賢いサスマタやギンカクがどんな厄介な行動に出るかもしれないからだ。

港はまだ豊漁の余韻でざわめいていた。人々はデッキブラシで地面や汚れた木箱を掃除している。佐藤は「ティダアパアパ号」で曳航した雌海獣を、港のスライディングリフター（船舶の点検修理などに使用される揚陸装置）へと移動させた。リフターを作動させると、水面下の架台が斜面のレールを伝ってせり上がってくる。架台は、そのまま水面に浮いた海獣を抱え込み、岸壁の斜面を揚がっていった。漁師達が寄ってきて手伝った。鯨でも釣り上げたかい？　漁師達は上機嫌だった。しかし、架台に載っているのがあの海獣だと分かると、彼らの表情から笑みが消え、驚きとかすかな恐れが交錯した。

岸壁からは倉庫へとレールが続いていた。架台に載せられた海獣は仰向けのまま、じりじりとその倉庫へ曳き込まれていく。誰一人、口をきく者はいなかった。

怪物の運び込まれた倉庫には、港にいたほとんどの漁師が集まった。彼らはその怪物と秋葉や楠瀬や佐藤を遠巻きに取り囲み、複雑な表情で眺めていた。

「誰か電動ノコを貸してくれ」

楠瀬が言った。漁師達は当惑しながら黙っている。佐藤がどこからか小型の電動ノコギリを持ってきた。さらにナイフやナタ、様々な種類の包丁を揃え、楠瀬に手渡した。

楠瀬は秋葉にハンディビデオでその様子を撮影するよう命令すると、何のためらいも無く電動ノコのスイッチを入れ、海獣の腹にあてた。彼以外の全員が息をのんだ。重く不吉な音とともに分厚い表皮に裂け目をつくると、彼は次に大包丁を手にして、仰むけに横たわる雌怪物の腹に刃を差し込む。力を入れて何度も引くと、怪物の灰色の皮膚が切れ、白い脂肪層が露出した。血液はほとんど出ない。もう一度、力を入れて切ったが、脂肪層は分厚く、内臓は現れない。ようやく内臓が現れた時、脂肪層の厚さは二十センチ以上ある事が分かった。

「皮膚は弾力に富み……硬質のゴムのようだ……」

楠瀬は切り裂いた皮膚の断面に触れ、感触を確かめるように何度もつまんだ。

「脂肪が馬鹿に厚い。北海に比べれば温暖なこの海で、不必要なほどだ…」

彼は細身の柳包丁に持ち替え、それで肋骨に薄く張りついている胸膜を剥がす。肋骨の間から肺が見える。彼は肺を指さしながら、秋葉の手にするビデオカメラに向かっていった。

「なんて小さな肺だ……この巨体とまるで釣り合わない。二十分以上の潜水をする哺乳類の肺とは思えない」

秋葉は解剖を撮影しながら、回りの漁師が気になってしかたがなかった。背中に感じる彼らの視線は、決して好意的なものではない。そしてそれは、さらに敵意に近いものに増幅しつつあるように感じられた。

楠瀬はセーターの袖を歯でたくし上げると、腹孔の異様な臭いをまともに嗅がないよう、口から激しく呼吸しすぐ息を止め怪物の腹に両手を突っ込んだ。彼が両手で抱えるように引きずり出したのは、怪物の胃袋だった。それは大量の内容物で膨れあがり、まるで大恐竜の卵のように大きかった。

「喰ってるぜこの女」

楠瀬は胃袋をごろんと地面に落とし、ぷはあっと息をついた。彼の両手は肘まで血でべとべとに汚れたが、彼は気にもかけていないようだった。彼はさらに小さいナイフを手にし、刃先をその胃袋に軽くつきたて、すうっと刃を引いた。

途端にその巨大な胃袋からまるで生き物のように、どおっと内容物が溢れ出した。そのおぞましさに、秋葉はファインダーを覗きながらのけ反った。佐藤も見守る漁師達も一様に驚きの声を上げた。

「これはいったい、何だ」

楠瀬はあんぐりと口を開け、内容物をしげしげと見ながら、指で探った。未消化のイカ、鱈はすぐに分かった。だがその他の内容物の大部分を占めていたのは、動物学者の彼でさえ見たことのない、得体の知れない生物達だった。

生物達は数種類に大別できた。沢山の触手が身体中から生えているウミウシのような生物は先端に毒々しい花びらが生えており、そちらが頭らしかった。それから毒ヘビのような虎縞模様の五本の足に、ヘルメットのような丸い頭を持ち、頭の上にはコウモリのような羽が生えている生物もいた。さらにケヤリムシのような奴もいた。そいつはチューブ状の身体に昆虫のような脚をびっしりとはやし、その身体は先端で三つの管に分かれ、その管からはススキの穂のような微生物を漉し捕る毛をずるりと吐き出していた。まるで奇形天使の競演だった。それらが海獣の強力な胃酸で、溶けあい融合し混ざりとぐろを巻く様は、とてもこの世のものとは思えなかった。

楠瀬はその不気味なクリーチャーを一匹つまみあげると、取り巻く漁師達に聞いた。

「こいつらを見た事はあるか？　網に掛かった事は？」

楠瀬の問いに、誰もがそれを凝視したまま首を振った。

「どうやら深海生物らしいな」楠瀬はその生物を何匹も取り上げ、バットの上に並べた。

「アキバ、君の言った事が正しいのかも知れん。サスマタ達が深海への潜行をくり返すのは、どうやらこの出来損ないの天使を喰うためらしい。死の危険を冒してまで喰いたい物には見えないがね」

ずらりと並んだ堕天使達を見ながら、秋葉はビデオを下ろした。吐き気が襲い、立っているのも辛かった。

「きっと……格好に似合わず美味しいのだろう」秋葉はそれだけ言うと、ふらふらと表の空気を吸いに出ていった。

その時、一人の老漁師が、もう我慢できんとばかりについに口を開いた。潮臭い取り巻きの漁師達は皆厳しい表情だったが、彼はとりわけ厳しい顔をした。

「あんたら……サスマタの雌を殺して、腑分けして、ただじゃすまねえぞ」

「俺達が殺した訳じゃない」

佐藤があわてて、皆に説明した。

「誤解してもらっちゃ困る。俺達が発見した時はすでに……」

「俺達が殺したら何だと言うんだ？」

楠瀬が佐藤を制し、すくっと立ち上がった。彼の瞳には怒りのようなものが燃えていた。

「どうすまないんだ？　教えてもらおうじゃないか」

楠瀬はその屈強な漁師の前に立ちはだかると、彼の胸倉を強く掴んだ。

「何を恐れてる？　あんたのような漁師が何を恐れるんだ」

楠瀬に睨みつけられた漁師はその獣じみた迫力に少し怯んだ素振りを見せた。だが、同時に他の漁師が、ずい、と楠瀬に詰め寄ったため、気を取り直し再び楠瀬に迫った。楠瀬は一歩も退かずに男達と対峙しながら、彼らをギロリと見据えている。ぴん、と一触即発の雰囲気が漲った。

「皆、落ち着けよ」

佐藤が漁師達と楠瀬の間に素早く割って入った。

「彼は動物学者だ。研究のために死体を解剖しただけだ。サスマタ達が何を喰ってるのか知りたくてね」

「もう終わったんだろう？」

しばらくの沈黙の後、別の漁師がぽつりといった。

「もう、満足したな？　腹の中も覗いた。写真も撮った。後はもう俺達にまかせな。その海獣を置いてさっさとここから出ていくんだ」

「そうだ、出てけ」

「さっさと行け」

楠瀬は口々に怒鳴る男達をぐるりと睥睨し、ふん、と鼻でせせら笑うと、バットに海獣の腹から出た深海生物を次々に入れ、それを持って倉庫を足早に出ていった。


翌朝、目が醒めた秋葉は、香ばしいコーヒーにミルクをたっぷり入れ「ティダアパアパ号」を迎えにドックへ下りていった。驚いたことに、ドックには楠瀬がいた。彼は床にでんと座り、腕を組んだまま、海獣の腹から出てきた深海生物をじいっと睨みつけている。楠瀬は一晩中、その深海生物をつつき回していたのだ。床には楠瀬の描いた深海生物のスケッチが何枚も散乱していた。全身の形態を写したものから、触手などのパーツを拡大模写したものまで、彼の容姿からは想像もつかないほど柔らかなタッチの線で、微に入り細に入り描き込まれていた。

楠瀬は秋葉に気がつくと、頭をもたげて、コーヒーを、と呟いた。秋葉は自分のコーヒーを手渡しながら、遠慮がちに声をかけた。

「その様子じゃ、一睡もしてないな」

しばらくして、「ティダアパアパ号」がサイレンとともにドックへ入って来た。彼は楠瀬の顔を見るなり大きな溜め息をついた。彼は漁師達の反感をなだめ、機嫌をとるのに随分と骨を折ったのだ。その苦労が顔に滲み出ていた。

「大将……こいつは忠告じゃない。お願いだ。俺は大将が好きなんで一言、言っておきたい」

佐藤は楠瀬の反感を買わないように言葉を選びながら言った。

「村の奴等を刺激しないでくれ。あんたはサスマタはただの獣だと言うだろう。たかが獣の腹をかっさばいただけだ。何をびくつく事がある。だがな、そりゃ、オカの奴の言う事さ。イカの子一匹捕れない日が何日も続きゃ、あんたにも分かる。これは知恵なんだ。漁師の知恵なんだ」

秋葉も、柔らかく進言した。

「この島にはね、海からの漂着物を御神体として祭る、というより神信仰があちこちにあるんだ。だからイルカやクジラや海ガメの死体なんかも、そりゃあ丁重に扱う。僕の生まれた村にも海ガメの甲羅を御神体にした祠があった。そうそう、エビス様と呼んでいたっけ。手厚く葬る事で御利益があると信じているんだ。そういう訳だから……」

「アキバ！」

バットの中の深海生物をつつき回していた楠瀬が、突然、怒鳴った。先日の漁師の件は彼の頭からすでに消えていた。佐藤の忠告も彼の耳にはまったく届いていなかった。

「二千メートルの深海に何が、いったい何がある？　教えてくれ、アキバ。何があるんだ？」

「粘土質の……」

「聞きたいのはそんな事じゃない」彼は深海生物を睨みながら、なおも声を張り上げた。

「サスマタ達はなぜ気味の悪い深海生物を食べたがる？　生物の少ない深海でこれだけの量を摂取するのは効率が悪すぎる。猛烈な水圧に耐え、生命の危険を冒してまで食いたい獲物に見えるか？　こいつらが？　浅瀬ならスルメイカもホッケもスケソウダラも喰える。奴らの泳動力なら造作もない事だろう？」

「そいつは君の専門だ。俺の方が聞きたいよ」

「深海で奴らは何をやってる。何が奴らを深海に駆り立てるのか。そいつを確かめたい」

「どうやって？」

楠瀬はドック入口から波打つ海に微かに見えるピラミッドを指さした。それから親指と小指を羽のように広げ手で飛行機の形を作ると、それを垂直に下ろしながら、にやりと笑った。

「まさか……ダイバードを……？」秋葉は顔をしかめた。

楠瀬はルビコンⅢの深海探査シャトル「ダイバード」を使いたい、と言っているのだ。

「頼むよアキバ」

彼は、例のどうにも憎めない笑みを浮かべながら、ぐにゃりとした生物の触手を秋葉にむかってヒラヒラと振って見せた。おどけながらの訴えだが、口調は真剣そのものだ。

「深海で奴らを待ちぶせするんだ」

秋葉は反対できなかった。楠瀬の眼は興奮で血走っている。迂闊に反対などしようものなら襲いかかってきそうなほどだった。

「奴らの行動をつぶさに観察するんだ。そうすれば、一見、不可思議な行動も実は原始的な本能に過ぎないという事が、おのずと見えてくる」

「そう、奴の正体を暴くのさ」楠瀬の満面に湛えた笑みに、かすかな狂気を感じ、秋葉はぞっとした。楠瀬は自分に言い聞かせるように頷きながら、視線を虚空に這わせた。

「奴が……ただの獣だということを……思い知らしてやるのさ」

「ダイバード」は、全長九メートルもある巨大な有索式無人深海潜航シャトルである。彼女は電動モータープロペラ推進によって三十ノットのスピードで深海を潜航する、いわば「ルビコン」の要とも言えるマシンなのだ。

特殊樹脂でパックされた廃棄物キャニスターは浮遊ステーション「ピラミッド」へ送られた後、その廃棄物パックをダイバードは腹に二つずつ抱え、次々に深海の沈降ポイントに運んでいくのである。ピラミッドに内蔵された沈降用四千メートル級ケーブルの中心には、動力、制御、光ファイバー通信線心が内蔵されている。これは一本の光ファイバーにすべての信号をＰＣＭ双方向伝送する方法で、ケーブル外径を細くできるため、ケーブルにかかる水の抵抗を少なくし、機の運動性能を向上させている。

「ダイバード」は十時間稼働する補助バッテリーを内部に持ち、母船にトラブルが発生しても自動的にピラミッドへ帰還できるようにプログラムされている。さらに彼女の身体には七つのモニター用カメラが設置されていて、その映像はルビコンに常に送り続けられる。

例えば、彼女の腹にあるホルダーが廃棄物パックをきちんとホールドしていなかったり、何かメカニカルな異常があった場合、管制室のモニターで一目で確認できるようになっているのだ。

さらに「ダイバード」の重要な役目として、積み上げられた核廃棄物からの放射能漏れを察知する仕事がある。そのため機には放射能探知センサーや熱感知センサーが内蔵されており、これらの調査ダイブは常に定期的に行われている。

秋葉はルビコン「ステーション」の管制室に籠もり、「ピラミッド」の中で宙づりになってる「ダイバード」のバッテリーや、テレビカメラや内蔵センサー類のテストを何度となく繰り返していた。その傍らでは、楠瀬が腕を組んだまま、秋葉の様子をじっと眺めていた。彼はダイバードの姿を一目見て、鳥というよりは南米の昆虫・ユカタンビワハゴロモに似ているな、と言ったきり後は何ひとつ口出しせず、珍しくおとなしく押し黙っていた。というのも、彼はシャトルの操作手順をしっかりと頭にたたき込むのに忙しく、それどころではなかったのだ。

ダイバードの七箇所のテレビカメラから、制御コンソールのモニターに、映像が送られてきた。あらゆる角度から見た彼女の様子をモニターで眺めながら、秋葉はチェックを繰り返す。彼がマニュピレーターのハンドルを操作すると、カマキリの前足のような彼女のマジックハンドが伸び縮みした。主推進スラスターを作動させ、続いてサイドスラスター、三角の翼についた補助スラスターをテストした。それから照明類、投光器のチェック。

「自分で動かすなんて何年ぶりだろう」

秋葉はダイバードの起動目的を（定期観測）に設定し、運転はフルオートで任せた。秋葉は、やや緊張した面持ちでモニターを睨みながら、ダイバードウインチユニットを作動させた。

秋葉が管制室から「ダイバード」に指令を送ると、息を吹きこまれた彼女は、強烈なランプを点灯させた。ピラミッドに格納された「ダイバード」の係留装置が次々と解除され、パワーウインチがぐんぐん回転する。その真下には海へと続くプールがオレンジ色に輝いていた。ダイバードは静かにプールへと滑り込む。やがて電動プロペラ推進装置が作動し、彼女は深海に向かって発進した。巨大なノーズを下に向けぐんぐん深度を下げていく。

管制室のモニターには、ダイバードのカメラが捕らえた海の様子が鮮明に写った。カメラは引きずり込まれるかのように、ひたすら深淵の暗闇に向かっている。膨大で豊饒な青い暗闇。パチパチとレンズに当たる白い粒子はプランクトンだ。時々、イカの群れや魚の群れがカメラの前を高速で横切っていく。ライトに照らされたそれらの生物は、圧倒的な質量をもつこの暗闇の中で、まるで砕かれ飛び散ったガラスの破片のようにきらめき、消えていった。画面の端では水深を示す数字が恐ろしい勢いで上がっていく。ダイバードは沈降ポイントに設置された三つのトランスポンダーの信号に導かれ、ただひたすらに潜航を続けていく。千、千百、千二百……。もう人の世界ではない。

深く、さらに深く、もっと深く……。

数十分が経過した。楠瀬も佐藤も食い入るように画面に見入っている。二人の呼吸は、不思議な事に、徐々に浅くなって回数も減っていった。自ら酸素供給量を減らし、肉体がそれに合わせて酸素消費量を減らしていく。まるで実際に潜水しているかのような肉体の反応だった。

やがて「ダイバード」のカメラが、何かを映し出した。

核廃棄物パックのキャニスターだ。整然と積み重ねられた円筒形のキャニスターは、澱のような沈殿物に覆われていて色も認識番号も識別出来なかった。これらの廃棄物はこのまま冷却期間を過さねばならない。彼らはいつか地中に埋葬される日をここでじっと待っているのだ。初めて見る佐藤には、忘れ去られた墓場のように哀れな光景に思えた。

沈降ポイント到着。深度〇二〇五一・五一
座標ポイントJS〇七一〇六六四一（サイレントシープ）

秋葉はダイバードを着艇させ、ランチャーを切り離した。ランチャーはいわばテザーマネジメント装置として機能する。大深海ではケーブル自体の重みで潜水艇の行動範囲が限られてしまうため、ランチャーを潜水艇の水中発着台として使うのである。

秋葉は、ダイバードに、周囲の放射線を測定表示するようコマンドを送った。

ストロンチウム99、テクネチウム90、セシウム１３４、ユウロピウム１５４、プルトニウム２３８……。画面に表示された、半減期の長いこれらの元素すべてに漏出が見られた。

しかし、もちろん、これは予想された範囲内での極く微量の放射線である。生物の健康や環境に影響を及ぼすほどではない。

廃棄物はまだ熱を帯びているらしく、周囲の海水温度を計ると摂氏七度を超えていた。普通は零度に近い水温地帯だ。しかしこれも予想された事である。

秋葉は「ダイバード」の設定を「フルオート」から「セミオート」へと切り替えた。方向転換用スラスターを回転させ方向を変えると、墓場の周囲を映し出した。強力なメタルハライドランプが半径十メートルを照らし出すが、画面に現れたのは粘土質の砂地、ライトにびっくりして砂地にもぐり込んだ小海老、そしてオコゼのような小魚が一匹。あとはひたすら、引きずり込むような沈黙と暗闇だった。

「ダイ（死）のバード（鳥）とはよくいったものだ」楠瀬が画面にかじりついたまま、ニヤリと笑った。「まさにあの世への案内鳥だよ」

「このままビデオをセットしてサスマタを待とう」

秋葉は溜め息をつき、なおも執拗に画面を見続ける楠瀬の肩を叩いた。

「いくら睨んでたって、だめだ。そうそう君の思い通りにはならない。サスマタや君の好きなキャラウェイが来れば、このライトにひかれて必ず近くにやって来る。まあ昼寝でもしながら……」

秋葉がそこまで言い終わらないうち、カメラの前をとてつもなく巨大な影が、どおっと砂を巻き上げ、横切った。ガタッ、と楠瀬の椅子が音をたてる。モニターを見ていた三人は息をのみ、画面に釘付けになった。次ぎにモニターに現れたのは、海獣の頭だった。水圧で形相が変わっていたが、片方だけしかない巨大な牙でわかった。分かった。

サスマタだ。

サスマタの動きは瀕死の魚のように緩慢で、あの強烈な泳動力が嘘のようだった。身体も水圧のためいくぶんスリムに見えた。サスマタは「ダイバード」のカメラを覗き込んだり、匂いをかいだりしていたが、やがて身体をゆっくり反転させ、カメラに尻を向けると、暗闇の向こう側へ泳いでいった。

「何をぐずぐずしてるアキバ、奴を追え、マシンを動かせ！」楠瀬は、すでにそのオペレーションを開始していた秋葉の肩を強く揺すり、彼の仕事を邪魔した。

「ダイバード」はふわり、離陸し、同時に前方障害物ソナーを発信した。その瞬間、ソナーが何かを探知した。秋葉はその探知音にあわててソナーグラフを見た。それは壁のようだった。何かが壁のようにダイバードを取り囲んでいるのだ。秋葉は恐る恐る彼女を前進させたが、十メートルも進まないうちにカメラがとんでもない物体を照らし出していた。

秋葉は反射的に「ダイバード」を停止させた。

彼は最初、女の手だ、と思った。無数の女の腕だ。海底の泥の中から、ひょろりと延びた何千、何万という、白い女の腕が、ゆらありゆらありと揺らめいているではないか。それはまるで友を招くが如く、くねっているように見えた。それは肉の厚い海草のようだった。巨大な半透明な体には、ところどころに不気味な赤い斑点がついている。

それはまさしく海底の大森林だった。巨大海草の群れが、海底の白い砂地から狂い咲いたようにびっしりと異常繁殖しているのだ！

海獣が再びカメラの前に現れた。サスマタではなかった。サスマタよりスマートで幾分、大きい。輝く美しい二本の牙。水圧のため角のように逆立った銀色のタテガミ。優しい瞳。ギンカクだ。その海獣はゆっくりとカメラの前でローリングすると海草の間を縫うように中にわけ入り、秋葉をいざなうように、沈黙の森の中へ消えていった。カメラは海草群とそれらが造り出す闇の前で立ち止まったままだ。異世界へのとば口でためらっている。森の奥は人跡未到の魔境なのだ。その闇の向こうは妖魔の住みかなのだ。

「ダイバード」は、まるで古い神社の鳥居の前にたたずむ子供のように脅え、ためらっていたが、やがて意を決したように海草群の中へ入っていった。

モニターに映し出された光景に、秋葉は目をそらす事ができない。それは好奇心などという生優しいものではなく、吐き気を催すような生理的嫌悪感で身動きができなかったのだ。

海草群の中は悪魔がつくり出した醜い生物達が蠢きひしめいていた。極彩色のウミウシがごろごろと転がっている。五本の触手を持ちコウモリのような羽でひらひらと飛び回る紫色の化け物がそのウミウシに覆い被さる。大腸のような胴体にムカデのような脚を生やし歩いている三つの首の虫。奴は三つの首から真っ赤な刷毛を出し入れしながらしきりに海中の微生物を漉し取っていた。体を伸び縮みさせながら海草に取りつくコイル状の虫。愚鈍で無目的なものの群れ。試行錯誤に失敗し廃棄された物達。腐敗した内臓を覗き込むような不快感が秋葉を襲う。佐藤はとうとう、顔をそむけた。

ただ一人、楠瀬だけが唇にうっすら笑みを漂わせ、画面の中に入りこんでいた。

「海獣の胃袋から出てきた、深海生物だな……」

彼はそう言って、コーヒーを飲んだ。

「結構、深海も豊かなもんだな。知らなかったよ」秋葉もようやく眼をそむけ頭を振った。軽い目眩すら感じる。「地獄のような豊かさだ」

「そうかね、俺は美しいと思うがね」楠瀬が秋葉を見据えていった。「なぜこんな生物達が異常繁殖したと思う？」

「さあね」

海底火山の噴出孔（ブラックスモーカー）の周囲にこのような生物の群落が見られる事はあるが、ここには何も彼らの栄養源になるような豊富な有機物はない。

「この奇形児達のコロニーはちょうど、ドーナツ状に群生しているな」

楠瀬は画面を指で差しながら悪魔的な笑みを浮かべた。

「このドーナツの中心にあるのは何だ？」

秋葉は黙っていた。

楠瀬は、モニターを凝視しながら、フムと言って考え込んだ。それは一種の緩衝地帯だろう、と彼はいった。おそらく深海生物達は放射線の微妙な量を敏感に察知し、生存機能に影響の出ない距離を保っているのだろう、といった。

「俺は帰らしてもらう」佐藤が溜め息をつくと、カージナルスの野球帽を目深にかぶって立ち上がった。「いいものを見せてもらったぜ。三日は良い夢が続きそうだ」

佐藤が帰ってしまった後も楠瀬は飽きもせずモニターに魅入っていた。ダイバードのライトが照らす範囲は狭く、楠瀬は丁寧にカメラを動かしながら、隈無く海底世界を探っていった。沈黙と暗黒の支配するよみの国では、核廃棄物がつくり出した生物達の饗宴が延々と続く。ガラスのように透明な蟹。脚がすべて刷毛になった海老。蛸のような足をくねくねと蠢し這い回る貝。翼をひらひらとはばたかせ宙を舞うナマコ。時々、気になる生物を発見した楠瀬が、マニュピレーターを操作してその奇妙な生物をつついてみろ、と秋葉に命令する。秋葉はしかたなくその生物に刺激を与えてみる。そうこうしているうちにダイバードのバッテリーがレッドランプを示した。

「そろそろ引き上げないと」

秋葉の警告の言葉を、楠瀬は手で遮った。

「まて、あれは何だ」

楠瀬はさらにモニターに顔を寄せ、眼鏡をずりあげた。ちょうどダイバードのマニュピレーターが海底から半分ほど出た異様な貝を掘り起こしたところだった。その二枚貝には奇妙な斑状の模様があり、見ようによってはまるで人の顔のように見えた。マニュピレーターが掘り起こした瞬間、その貝は触手を八方に伸ばし、海草の中へと逃げていった。だが掘り起こされた海底から泥煙とともに銀色の物体がキラリと浮かび上がった。舞い上がった泥が落ち着くのを待ち、マニュピレーターで摑んでカメラの前に持って来た時、楠瀬はぎょっとしたように眉をひそめた。

「何だこれは……」

それは銀色の大きなロザリオだった。

（あの首飾りは……）

秋葉は胸騒ぎを覚えた。首筋にひやりとしたものが触れる。彼はあわててカメラのレンズを切り替え、ロザリオを拡大した。その瞬間、秋葉の指は感電したかのように操作パネルから離れた。その十字架に施された罰あたりな装飾。まるでエクスタシーにひたるかのように恍惚としたキリストの顔。オールヌードの裸体は生を謳歌するように輝き、膝まで延びた彼の巨大な男根は、今まさに起立せんとしていた。

「二千メートルの深海から十字架か。とんでもないものが出たな」

楠瀬は愉快そうに首をのけ反らせ、手を叩いた。あの罰あたりなデザインはどうだ。シャレた首飾りじゃないか。楠瀬は秋葉へ同意を求め、振り返った。

秋葉も笑っていた。しかしその顔からはみごとに血の気が失せていた。青ざめた唇を真一文字に結び、顎をギュッと硬直させている。

「僕には分からないが……」

秋葉は強ばった笑みを浮かべたまま、言った。

「これは、ポピュラーなタイプなのかな」

「俺は見た事がないね」

「僕は見た事がある」

秋葉の意識は画面のロザリオに鷲摑みにされていた。

「妻がしていたよ。気に入ってたみたいで、いつもしていた。赤ん坊が生まれたら、それを首に掛けてやると言っていた」秋葉の息づかいは乱れ、声がうわずっている。

「おかしいんだ、彼女が言うにはね。これほど生命力に溢れたキリスト像なら天の神も咎めはしない、と言うんだ。いや、むしろ、その機知に富んだ解釈を褒め讃えるはずだってね」秋葉の声は必要以上に楽しげで嬉々としていた。「そして悪魔は、この無様なキリストの姿に高笑いするだろう。つまりこの御守りをつけていれば、神からも悪魔からも憎まれずに済む、と言うんだよ。おかしいだろう」

秋葉の笑みがひきつっている。

「ロザリオがここにあるという事は、つまり……彼女の子供の魂がもうここへ来てるということかな。この薄気味悪い楽園の生き物になってしまったのかな」

楠瀬は黙っていた。秋葉は「ビューレック・ペトル症候群」を連想している。それは前妻への罪悪感からだった。楠瀬はそれを知った。

「今じゃ、もう彼女は別の男性の妻で……てっきり幸せにやっていると……」

秋葉は傍目にも分かるほど、狼狽していた。

「落ち着け」楠瀬は笑みを消して、うなった。

「こいつは悪い冗談なんだ、アキバ。誰かがこの海域にロザリオを投げこんだ。潜水艇で定期検査する奴を脅かすためにな。大方、ルビコンに反対する環境保護団体だろう」

「わかってる」秋葉は落ち着きを取り戻し、溜め息をついた。

「心配なら奥さんに連絡を入れろ」

「心配なんかしていないよ」秋葉は小さく首を振った。

秋葉はマニュピレーターを操作し、ロザリオを地中に埋めこんだ。

楠瀬も秋葉も、しばらくの間黙ってモニターを眺め続けた。

海草の森。イノセントな生き物達。沈黙。闇の中で果てしなく咲き乱れる生命の営み。しだいに二人とも妙な安らぎを感じていた。次第に深海生物達に同化していくような錯覚。深海世界の生物と同じ海を感じていた。同じ沈黙と光を感じていた。自分等が深海世界を漂う生物になったような気分になっていた。そしてそれは決して不愉快な気分ではなかった。核廃棄物の放射線はまだ何十万年も半減しない。これからも核廃棄物は増え続け、深海世界へ熱と放射線を供給する事になるはずだ。その暗黒の太陽が燃えつづける限り、彼らは深海の底で誰にも邪魔されず、存在し、営みを続けるのだ。

九

秋葉は、佐藤のモスクリーンのベンツを借りて「モッズカフェ」へと向かった。

水平線には、澄んだルビー色の夕日が、半分がた水平線に溶けていた。走行距離五千にも満たないベンツは手垢ひとつなく、若い佐藤には二台のベンツは持て余し気味だったのだろう。自由に使ってくれという彼の言葉に甘え、久しぶりのドライブを楽しんだ秋葉だったが、結局、幼年時代を過ごした町のさびれ様に、別種の感傷を覚えただけだった。

それにしても、この島へ来て以来、秋葉の頭からルビコンプロジェクトが奇麗に離れてしまった。これほど長期間、仕事の事を考えないのは実に久しぶりで、それを楽しめる自分が新鮮だった。悪戯に日々を過ごす事への焦りもない。逆に、リゾートでのバカンスでも感じた事のない、不思議なやすらぎすら覚えていた。

（やれやれ。海獣問題は解決の糸口すら見えないというのに……）

「モッズカフェ」に到着した時は、夕日はほんの頭の先だけになっていた。

暖かい店内で飲むフローズンダイキリのあの爽快感を思い浮かべながら秋葉は凍った手をさすり、オーク材の薫りのドアをあけようとした。

ふいに、彼の手がそこで止まった。そして首筋がひやりと寒くなった。人の匂いはする。だがドアの向こうから、いつもの怒号や哄笑が聞こえない。押し殺したような沈黙。それだけではない。何か異様な気配がひんやりと漏れてくるのだ。

彼は凍りついた腕で、ゆっくりと音をたてないようにドアを引いた。だが秋葉の視界は大きな男達の背中で遮られていた。息苦しくなるような沈黙が覆っていた。男達の身体は立ったまま硬直して動かない。声もない。呼吸すら止まっているようだ。何か恐ろしい物が、彼らから「声」や「息遣い」すら奪ってしまったのだ。

秋葉は、壁のように立つ客達の間に割って入り、店の奥に進んだ。いつも座っているカウンター席が目に入った。あの小柄なバーテンダーがグラスを握りしめたまま、まるで飛んで来る銃弾を避けるかのように、首をすくめていた。彼は今にも泣き出しそうなほど、眼を充血させていた。地元客も、「何者か」を遠巻きに取り囲んだまま、声もなく立ち竦み、魂を奪われていた。フロアには夕バコの煙が、紫色の濃いもやとなって店内に充満していた。そのフロアの中心で、皆の視線を一身に浴びていたのは、たった一人の男だった。「彼」は常連客の漁師には見えなかった。細い首にレジメンタルタイをしっかり締め、薄い肩にネズミ色の背広を羽織っていた。その背広の袖からズボンにかけて、赤黒く、ねっとりと、濡れている。「彼」は周りの男達以上に猛烈なショックを受け、怯えていた。たった今、ありったけの恐怖の絶叫を絞り出したばかりの彼の口が、顔にぽっかりと開いた黒い穴のように、開かれたままだった。彼は。両眼をきつく閉じたまま、まるで火のついた爆弾を抱えているかのように、腕を伸ばしそこから顔を背けていた。彼が両腕に抱いていた物。それは赤ん坊の寝巻だった。元は幼児を包んだ、薄いピンク色の布地だったのだ。それがどす黒く濡れている。それこそが店内を凍りつかせたものの正体だった。

彼の、その酷いショック症状は、ここにいる漁師全員が経験していた。彼の腕に抱かれた空っぽの寝巻や、そこから滴り落ちる大量のタール状の液体。ズボンを濡らし、そして床に溜まっていく、赤黒く溶解した肉のスープ。彼らは皆知っていた。それがほんの数秒前には幼児の形をして泣き声をあげていた事を知っていた。それは生きた肉体だったのだ。

「この、馬鹿野郎ーっ！」

地元客の一人が、恐怖の記憶に耐えられ無くなって、大声をあげた。

「何だって、赤ん坊なんか、ここへ連れてきたっ！　この……」

最後は喉がひきつって、まるで言葉にならない。その罵声は寝巻を抱いて震えている男に投げつけられたはずなのに、まるで見えない亡霊に怒鳴っているように焦点が定まらなかった。彼は、焼酎に梅干しの入ったグラスを握りしめたまま、再び押し黙った。男を責める事など誰も出来なかった。

秋葉もまたその光景に心臓もまた締めつけられ、両脚を凍りつかせていた。

（ペトリ病。ビューレック・ペトル症候群だ！）

背広姿の客は、まるで自分の腹を切り裂かれたかのように身体を折り曲げ、苦しげな表情で、絞り出すように呻いた。

「ここへ来れば、ここで、彼女の歌を聞かせれば、そんな噂を聞いたんだ。わかってる、噂だって事はわかってたんだ。でも来ないではいられなかった。初めての子なんだ。夜になって不安で不安で、女房の様子は悪くなるし……。病院へいってくれって言われたんだけど途中で、この店の噂を思い出して……」

男はもう何を言っているのか分からないほど、混乱していた。

「僕はどうしても、病院に行く前に、彼女のその歌を、どうしても、祈ってほしくて」

彼はうわ言のように言葉を羅列させながら、ようやく眼を見開き、自分の腕の中に抱かれた毛布を見た。それから床に溜まったタール状の我が子を見た。その液体は彼を中心にして大きな円を描き、床に広がっていた。

そして彼はまた大きく口を開き、息を吸いこんだ。再び、あの、絶望に身を捩るような絶叫が始まろうとしていた。秋葉は思わず耳を両手で覆った。

その時、紺色のジャージを着た大柄の漁師が、あわてて男に駆け寄った。その漁師は彼の口をそのグローブのような肉厚の手で塞ぎ、彼の頭を自分の胸に押しつけた。

「分かった、もういい。もう、そんな叫び声を聞かせるのはもうやめてくれ」

漁師は茄子ほどもある大きな鼻を真っ赤にしながら、怒鳴った。その漁師は、まるで痙攣の発作を起こしたように暴れる男を力任せに押さえつけ、強引に椅子にすわらせた。

「分かってる。俺達はみんな分かってる。お前さんが悪いんじゃない。お前は悪くない。だから……」

漁師のほうが、みるみる涙声になっていった。

「だから、もう、泣くんじゃねえ、頼むから、泣かねえでくれ」

彼は、怒鳴りながら腫れっぽい瞼をきつく閉じた。こぼれた涙は、彼の、さんざん潮に洗われて象の尻のように荒れた頬を、幾筋も伝っていった。

背広の男が漁師の腕を振りほどこうともがく。漁師の手は男の口を塞いだまま、離さない。だがいくら塞いでも、男の喉から漏れるあの絶望的な嗚咽は止めようがなかった。

しばらくすると嗚咽が止んだ。男は少なくともパニック状態からは脱したようだった。彼の様子が落ち着くと、漁師は恐る恐るその手を離した。

漁師の手が離れた途端、彼は何度も激しく咳き込んだ。椅子から滑り落ち、床に突っ伏した。彼は苦しげな呼吸に身体を揺らし、ぐったりと座り込んだ。それから放心したような目で、床に広がる我が子をじいっと見つめ、ぽつり、と口を開いた。

「どうやって弔ったらいいんだろう……」

その声は、まるで感情を失ったかのように、乾いていた。

「これじゃ棺桶にも入らない。火葬も出来ない。墓にはどうやって入れよう。葬式に坊さんは来てくれるかな」

そう言って彼は、自分を押さえつけていた漁師を見た。

「僕は無宗教なんだけど……」

漁師は思わず絶句し、唇を結んだ。彼は黙って汚れたジャージの袖で涙を拭った。彼に答えられるはずはなかった。

フロアに溜まった液体は、骨のかけらすら見当たらないほど溶けた肉体なのだ。酔っぱらいが床に溢したビールを掃除するのとは訳が違う。生と死の様相は、尊厳と同時に得体の知れ無い不気味さと醜悪さをはらんでいる。こんな場面に出くわした時、デリケートと言うにはあまりにひ弱な男達の理性は、ただひたすら混乱し、迷うだけなのだ。

誰もが口をつぐんだまま、動き出せずにいた。

その時、店の奥にあるステージに、イオが姿を見せた。

彼女は髪に花の冠を載き、瞼と頬に濃いメイクを施し、首や腕やアンクルに青い玉飾りをつけ、金糸銀糸の衣装を纏っていた。彼女はパフォーマンスの準備を終え、ステージングの時間を待っていたのだが、あまりに異様な雰囲気を察して、顔を覗かせたのだ。

彼女は一瞬にしてその場の恐怖に感応し、すべてを理解した。そして顔を両手で覆った。膨大な量の悲しみが重力となって彼女にのしかかる。イオはそのまま泣き崩れるかに、一瞬、見えた。

しかし彼女はほんの少し鼻をすすっただけで、すぐに艶然とした面持ちで皆に笑みかけた。イオは一度舞台の袖に消えると、すぐに大きな袋を全身で引きずりながら戻ってきた。いかにも重そうな紙袋には、（佐々木製粉）と印刷してあった。それはこの店の朝食で出す、あのバターたっぷりのパンケーキに不可欠な、良質の小麦粉だった。

　彼女はその袋をフロアまで引きずってくると、両腕を袖を捲って突っ込み、中から真っ白な小麦粉を両手いっぱいに摑み出した。それからその粉を床に溜まったタール状の液体に、静かに、静かに、ふるい落としていった。さらさらと舞い落ちた小麦粉は、その赤黒い液体を吸い取り、ゆるゆると固形化していく。彼女は何度もそれを繰り返し、小麦粉がその無残な嬰児の姿をすっかり隠してしまうまで、それは続けられた。

　イオは次に衣装の両裾を捲り上げ、ベタリと床に膝をつき背を弓なりにのけ反らせた。褐色の逞しい太股が露になった。それを見て、なぜか秋葉は祈りたいような敬虔な気持ちになった。それは世にも美しい獣が、同胞を失った悲しみのあまり、月に吠える姿を連想させたからだ。

　イオは跪いたまま両腕を大きく広げ、小麦粉に覆われた液体を、まるで我が子を抱くように、ぐいっと自分の股下へ寄せ込んだ。一滴も残さないよう、丁寧に寄せ込むと、溶けた幼児と小麦粉とを手の平でゆっくりと掻きまぜていった。それはやがて、原始的な生命を思わせる、赤黒い肉塊のようになっていった。イオの腿も腕も、泥を浴びたように汚れていたが、彼女は一心不乱に、なおもその肉の塊をこね続け、それをサッカーボールほどの玉に仕上げた。

　塊がある程度の硬さになると、イオはそれで人形を造り始めた。まず小さな頭と胴を形造った。それから丸い顔の真ん中に、ちょこんとした鼻をつけた。鼻の上に眉を描き、鼻の下に可愛らしい唇を造った。頬を微かに盛り上げると、どんどんそれは幼児の顔になっていった。最後に彼女が造ったのは眠るように閉じられた瞼だった。彼女はその瞼を何度も何度も親指で撫ぜた。瞼はすべすべになった。さらに顔全体に何度も小麦粉をふった。すると、赤黒い顔が、おしろいを塗ったように白くなった。その顔をさらに丹念に優しく撫で続けた。人形の顔は乳幼児の肌のようにすべすべになっていった。

さらに彼女は自分の化粧道具を持ってくると、顔にパウダーを軽くたたいた。眉を茶色に塗り、まつ毛に墨を引き、頬をルージュでピンク色に塗った。

最後にマニキュアで唇に紅をさした、その瞬間、地元客の間から小さなどよめきが起こった。まさにその時、その小麦粉の人形に命が吹き込まれたように見えたからだ。

その人形は幼児を象ったものだった。

人形は口許に笑みを浮かべ、眠っているように見える。耳を澄ませばすうすうと寝息が聞こえてくるかのような、世界の事などまるで知らぬげな深い深い眠り。口許にはあらゆる苦痛から開放されたかのような至福の笑み。

その人形は人の世の夢も苦悩も欲望もすべてことも無げに超える幼児という存在そのものだった。

「蝋燭の火を……」イオは、人形の形を整えながら誰にともなく言った。

背広姿の男は虚ろな目でその人形に見入ったまま、椅子にぐったりと凭《もた》れて動かない。秋葉は、はっと我に帰った。彼はその男の席にはテーブルにキャンドルが載っていた。秋葉はそれに火をつけ、イオに手渡した。

イオはその蝋燭を横たえた人形の側に立てた。蝋燭の小さな炎は、ゆらゆらと人形の顔を照らし、人形の表情に動きを与える。愛らしく微笑む口許や目許が微かに動いたように見えるではないか！

彼女は自分の腰に巻いた太いオレンジ色の帯をするすると解き、それをさらに巻きつけた。それから首の玉飾りをすべて外し、それを人形の首に重ねて掛けた。額のリングも外し、人形の頭に巻いた。

人形を静かに床に横たえると、イオはやっと肩の力を抜き、目を閉じた。

椅子に座っていた男が、弾かれるように立ち上がった。イオの息吹きで我に帰ったのか、彼の目にはわずかに生気が蘇っていた。彼はふらふらとイオの方へ歩み寄り、遠目から人形の顔を覗き込んだ。

「もっと、こっちへ」イオが手招きした。

男はさらに近づくと、美しく死化粧された人形の前でぺたりと正座をした。「ああ」人形を見ていた男が、堪え切れず、呻いた。

彼は身体を捻って、自分の顔を人形の顔の正面にもっていった。

「こいつは……まるで……生き写しだ。しかも、よかった、きれいになって」

「抱いてあげれば」イオは男を促した。

男が人形を恐る恐る抱き上げた。

「そうそう……」彼は、人形の唇を軽く触りながら、ぼそぼそと呟いた。

「あの児はこんなふうに眠るんだ」「こんなふうに、笑ってるみたいに」「口を少し開けて、あの児は眠るんだ」

そのあとも、彼は人形に向かって何ごとかをしきりに囁いていた。

イオは彼の肩を優しく摑んだ。彼は、感電したようにビクッと体を震わせイオを見た。

「それを焼いて、灰にしたら、海へ撒くといいわ」彼女は静かにそういった。「沖へ出る必要はないの。風に乗せるように撒くのよ。魂は一足先にサスマタの牙に宿った。イヌイ島でその魂は再び肉体と出会う。彼女は全く別の命を授かるの…」

男はうんうんと小さく頷きながら、イオの話に耳を傾けていたが、堪え切れなくなったのか、突然堰を切ったように大粒の涙をはらはらっと溢《こぼ》し始めた。ふいに蘇った感情に身を任せるかのように、彼はきつく眼を閉じ、唇を噛み、泣きながら、それでも幾度となくイオに頷いて見せた。

イオは精根尽きたように、ふらりと立ち上がった。

「悲しむ事はないわ。この子は海神に選ばれたのよ。イヌイ島への旅立ちが許された天秤を持った子。愛しい子。この世界はかりそめの夢。すぐにまた会える……」

その時、カウンターのストールにいたミミズクのゾディアックが、ふいに羽根を大きく広げ、バタバタと羽ばたきだした。彼はスローモーションのように、ふわりと宙に浮かび、天井のシャンデリアの周りを一周した。それから、さあっ、と急降下して、逞しい脚で火のついた蝋燭をがっちりと摑んだ。漁師の一人が窓を開けると、ゾディアックは蝋燭を摑んだまま、窓の外に広がる暗い海の向こうに飛び出していった。彼の姿は、夜の闇に溶けて消えた。

十

その廊下には草色の床板が敷かれていた。

秋葉真一はまるで芝生の通路のようなその廊下で、じっと待っていた。

側面の窓は一つとして開いていなかったが、花嫁衣装のような純白のレースのカーテンが、なぜかゆったりと舞っていた。そこは清潔でとても暖かく、溢れるほどの花々と観葉植物の緑が優しく眼を潤わせ、不自然なほど明るい光に満ちていた。シミ一つない白い壁には、宗教画や緻密なレリーフがずらりと並べて飾られていた。窓際に幾つも並んでいるマリア像は象牙細工のような透明な輝きを放っていた。天井から吊り下げられた魚鱗のオブジェはカラカラと音をたてて回っていたが、それは彼女の祈りの力で回っているようにも見えた。

通路には静かで繊細な音楽がゆったりと流れている。カリブの楽園マディニナ（花の島）、それはマルティニーク諸島の音楽だった。

秋葉真一は花の匂いのする通路を真っ直ぐ進んでいった。だがその足もとは妙におぼつかない。なぜか軽い目眩も覚える。花の匂いに酔ったのだろうか。通路のずっと奥に部屋が見えた。その部屋の扉には二人の天使の絵が描かれていた。その部屋の前で秋葉の足が急に止まった。すると、その部屋の扉が、ギギッ、と不吉な音をたて、半分ほど開いた。開いたドアの隙間からは、女の新雪のように白い腿と、つんと天井を向いた玉のような膝とが見えた。女はどうやら両脚を大きく開かされた状態でベッドに寝かされているらしかった。秋葉はここが病院であり、あの部屋が分娩室である事が分かった。そしてあの広げられた脚とともには妻のものなのだ。

(美代子……)

秋葉は分娩室で寝ているはずの妻に声をかけた。だが声は漂白されたような淡い空気に吸いこまれ、彼女までは届かない。今一度妻の名を呼びかけようとした時、彼女の身体は突然、ガクンと大きく波打った。

妻の苦しげな呻き声。助産婦達が彼女の周りに集まった。生命誕生の瞬間。秋葉は何故か入っていけない。駆け寄って、手を握ってやらねば。だが原始的な畏怖に秋葉の脚が凍りつく。そして罪悪感が背骨を鷲掴みにする。立ち合い分娩を嫌ったのは妻のほうだった。秋葉はそう言い聞かせた。それでも罪悪感は消えない。彼は恐ろしかった。この後に起こる陰惨な光景を恐れていた。破滅の予感におののいていた。やがて妻の呻きは悲鳴に変わり、苦痛はクライマックスに達した。秋葉は目を伏せ、じっと耐えた。

ふいに沈黙が訪れた。秋葉は耳を澄ませた。聞こえてくるはずの赤ん坊の泣き声は、まだ聞こえない。不安が波のように足場を浚う。まだ聞こえない。どうした。美代子。大丈夫か。秋葉は身体を伸ばし部屋を覗こうとした。しかし、助産婦が邪魔で見えない。秋葉はたまらず、一人の助産婦の肩を摑み、ぐいと分け入ろうとした。

途端、その助産婦はくるりと秋葉のほうを向いた。

彼女の腕には、鼠色の毛布に包まれた嬰児が抱かれていた。

秋葉は震える手で赤ん坊を受け取ると、恐る恐る顔を覗き込んだ。突然、赤ん坊は身体中で生を主張するかのように、不吉な死神を吐き出すかのように、泣いた。

「娘さんですよ」助産婦が彼に微笑みかけた。

秋葉の額から安堵の汗が噴き出し、しばらくしてやっと喜びの溜め息が漏れた。

少女のような助産婦達が秋葉を取り囲み、祝福の拍手を浴びせた。彼を囲む、笑顔、笑顔、笑顔。秋葉の顔もいつしかほころび、笑みが零れる。

心配のしすぎだった。秋葉は胸を撫で下ろした。

(あの、不吉な予感がはずれて良かった)

(まったく、くだらない妄想だったのだ)

(赤ん坊がチョコボールのように溶けるなんて)

(良かった。本当に良かった)

(ああ、だが、妻に済まない事をした)

(本当に済まない事をした)

(恐れる必要は何もなかったのに)

秋葉は幼い娘を抱きながら、今となっては、全く無残なまでに彼を追い込んでいたあの馬鹿げた悲劇の予感を、笑って体からおいだしていった。

しかし、ふいに拍手が止んだ。

秋葉の胸に不安がよぎる。助産婦達をみると、その顔が一様に蒼ざめている。彼女達は、少しずつ秋葉から遠ざかるように後ろに下がっていった。

秋葉の動悸がふいに乱れた。心臓がガタガタと不安を訴えた。彼は娘の顔に視線を落とした。そして叫び声をあげた。

先ほどまでは生気に溢れていた赤ん坊の顔は、炎で炙られたトマトのように皺だらけになっているではないか。張りのない皮膚が弾けると、中から粘土ように青黒く変色した筋肉が飛び出した。頼りなく軟体動物のように弾力を失ったその身体に、灰をふったように白い粉が浮かんでいる。それは壊死した皮膚が剥離し、崩れた跡であった。

突然、娘のまぶたがうっすらと開いた。眼球が眼から押し出されるように飛び出してくる。秋葉は、はっ、と息をのんだ。まぶたをこじあけるようにせり上がってきたその眼球に、黒目がないのだ。陶器のように白い目。同時に赤ん坊の口が大きく開いた。眼球はまだまだ飛び出してくる。恐怖におののいたように開いた口からは、声無き叫びが聞こえてくるようだ。乳白色の大きな眼球は、さらに飛び出し、大きく開いた口からは黒い舌が垂れ下がる。それは背筋の凍るような、苦悶の表情だった。眼球は限界を越えて飛び出し、ゴボリ、顔面から浮いた。ドロドロに溶けた脳が眼球を内側か圧迫し、押し出してしまったのだ。白い眼球はボタリと床に落ちた。まぶたからは溶解した脳が涙のように頬を伝う。口からは溶けた内臓が噴き出してきた。

秋葉は次第に溶けていく娘の身体を抱きながら、目を逸らす事すら出来なかった。ただ身体を震わせ、叫んでいた。叫びがすべて絞り出されると、再び肺は叫びを溜め、喉から絞り出した。

溶解した赤ん坊の肉体はタールのような液体となってその身体を包む毛布をひたしていく。さらに毛布を浸潤したタール状の液体は秋葉の腕に生暖かい戦慄で濡らしながら、床へしたたり落ちていった。

彼女の頭部はグズリと音をたて陥没していくところだった。溶けた鼻を中心に頬、上唇が頭蓋の内側へと、崩れるように溶けていった。傷口のように見える口から、蚊の鳴くような悲鳴がかすかに漏れた。それは彼女の世界に対する最後の抗議のようだ。

「チョコレートボール」のように溶ける嬰児。それが「ビューレック・ペトル症候群」の恐怖に対する人々の表現だ。

哀れな娘は、まさにチョコレートのように溶けているのだ。秋葉はドロドロに溶解した娘を抱いたまま、マリア像を、そして扉に描かれた天使を睨みつけ問いつめる。なぜ自分の娘でなければならないのか。そしてこの記憶から解放されるのにどれだけ膨大な年月を生きなければならないのか。

廊下にたまったタール状の肉体はやがて表面張力を失い、すうっと床の傾斜に合わせて流れていった。その液体の流れが何かに当たり、せき止められる。せき止めたのは、女の素足だった。秋葉はそれが妻の足でないことを願った。

だがそこに、美代子は立っていた。お産を終えたばかりの蒼白な顔。乱れた髪。疲労と恐怖に血走った彼女の目は、大きく開き、ぴたりと中空を睨んでいる。小刻みに震える身体。唇が何か言いたげに開いた。

そして、全身の血液が逆流するような、絶望的な絶叫。夫である秋葉の見たことのない狂人のような姿。あの理知的で強い妻が我を忘れ獣のように泣き叫んでいる。

彼女は膝を折り、床に這いつくばった。そして床にたまった我が娘の肉体を必死で掻き集める。両手でチョコレートを掬いあげ、それを秋葉の腕の毛布にそっと戻していく。何度も、何度も、何度も。必死に掬いあげ、注意深く戻していく。残った床の液体は自分の身体になすりつけ、呻き、指を猛禽のように折り曲げ、乳房を鷲摑みにし、髪を振り乱して叫んだ。それが済むとやがて糸の切れた人形のように、ガクリ、とうなだれた。

美代子は、もはや原形をとどめないほどに崩れてしまった赤ん坊を覗き込んだ。その瞳は感情を失っていた。秋葉の慰めの言葉も、いや夫の存在すら彼女には届いていない。美代子は、毛布にねっとりと染みこんだ娘に微笑みかけ、自分の首から、大きなロザリオの首飾りをはずし、それをそっと毛布の中に置いた。そのロザリオに彫られたキリスト像は、潤んだような瞳で天を見上げ、悦楽の波にさらされたように身をよじり、その口許にうっすらと笑みが浮かべている。布一枚巻かれていない彼の下腹部からは、剥き出しの性器が膝まで伸びている、という異様なもので、それは美代子のお気に入りであった。

ロザリオは、タール状の娘の上にしばらく浮いていたが、やがて底無しの沼へ飲みこまれるように、ゆっくりと沈んでいった。

秋葉真一は、佐藤から借りたベンツの柔らかなシートの中で、悪夢から目覚めた。

硬直した身体に、アイドリングの振動が慈悲の雨のように染み込んでくる。彼が必死に抱きしめていたはずの胎児は、丸めたマウンテンパーカーだった。その事に感謝しながら、彼はゆっくりと腕の力を緩める。ゴクリと唾を飲み、今しがた見ていた悪夢の光景を振り払うように、氷板のように冷えた窓ガラスの曇りをサッと手で拭った。

氷雨が伝う窓ガラスの向こうに、佐渡が島水産試験場が見えた。

秋葉はベンツのデジタルクロックで約束の時間を三十分も過ぎている事に舌打ちし、パーカーを羽織った。しかし、さきほどの悪夢にとらわれた身体は、いまだ現実の雪景色を受け入れる事ができていない。約束の時間までと、シートを倒した途端に眠ってしまった彼を、激しく恐怖させた悪夢。いまも生々しく心に澱むあの狂おしいほどの悲しみを、彼は何度も反復していた。

(ええい!　あの、忌ま忌ましいビデオのせいだ……)

秋葉は、国東ウォッチタワーの伊丹に、ビューレック・ペトル病の資料を請求した。佐渡で深刻化している病気なら、あの彼が知らぬはずはない。間もなく秋葉の元に、伊丹から一枚のビデオディスクが届いた。そのディスクには、さっき見た悪夢の光景が、そのまま映っていた。「ビューレック・ペトル症候群」と呼ばれ実際に存在する難病の記録映像だった。ホラームービーなどではなく、医療の現場で起こった実際の映像として、寒気のするほど冷徹な記録。

(風邪をひいた時は気をつけろ。必ず夢に出てくるぞ)

伊丹はそう言って脅かしたが、とんでもない。それはトラウマになってしまうほどの映像だった。

(美代子まで出てくるなんて……)

悪夢に元妻だった美代子が登場した理由もなんとなく分かる。まず美代子が出産間近の身体である事を秋葉は知っていた。そして突然、かかってきた美代子からの電話。彼女は、あのロザリオの所在を執拗に問い続けていた。

(ねえ、覚えているでしょう、あのセクシーな銀のロザリオ)秋葉も、もちろん覚えていた。新婦の強引なおねだりをナポリの骨董屋が見逃すはずがない。法外な値段をふっかけてきたが、秋葉が折れた。散財続きだったイタリア新婚旅行でも、あのナポリの買い物は飛び切りの逸品だった。

(あれが、ないのよ。どこを捜してもないの)彼女の声は得体の知れない不安と焦躁で、切迫し、マタニティーブルーを隠そうともしない。神経の軋みが聞こえてきそうだった。

(安産の御守りならもっといいものがあるよ)秋葉は彼女の不安を打ち消すような落ち着いた声で言った。

(君の好きそうな奴でね。アボリジニの有名な祈祷士の……)

(だめなのよ！　あのロザリオじゃなきゃだめなの！)と彼女はとうとう、爆発した。

(友達もあのロザリオで丈夫な赤ちゃんを生んだのよ！　あれじゃなきゃ、駄目なの。どうしてもあれじゃなきゃ！)

出産を控えた妊婦の不安は、恐らく、想像を越えるものだろう。だが、それとは別に彼女の声の切迫さは、ある確信に満ちていた。世界中の胎児に忍び寄る不吉の影。彼女は本能的に感じ取っていたのかも知れない。

ビューレック・ペトル病

無論、秋葉も原因不明の流産として、その名前だけは知っていた。世界中の僻地や、辺境、離島など過疎化に拍車を駆けるように頻発する、謎の嬰児溶解現象。

スウェーデンの学者ダール・ペトルとモンラ・ビューレックは、ある地域で頻発する妊婦の流産の原因を調べていたが、それは通常考えられる流産と、タイプの異なる流産を合計してカウントされていたからであった。やがて彼らはその「通常の流産とは異なる」奇怪な現象を頻繁に眼にするようになる。七ヶ月を超え、骨も筋肉もしっかりと形の整った胎児が、母親の体内で突然グズグズに溶解し、チヨコレートのようなタール状の液体となって出てくるのだ。当初、彼らは、母親の体内で起こる免疫異常が原因と考えた。母親が胎児を異物と見なし、強力な抗体反応により胎児を攻撃してしまうと考えたのだ。子宮内で胎児を溶解させる酵素の存在も突き止めた。しかし、彼らはその原因を問い直さなければならなくなるような新たな症例を突きつけられる。無事、母親の胎内から出て、元気な産声をあげ試練を乗り越えたかに見えた嬰児が、突然、肉体崩壊したのである。

生後二日を経過した赤ん坊に「チョコレート」が起こったという症例すらあるのだ。

この「胎児の肉体溶解」は、肉体を形造る細胞どうしの結合が、壊れてばらばらになってしまう為に起こるとされている。細胞と細胞をくっつけている、いわば糊の役目をしているのが「カドヘリン」という物質である。「VP」に犯された胎児には、そのカドヘリンを分解する「酵素」が異常に形成される事が分かっている。しかし、どうして形成されのかは依然、謎であり、現在、その「カドヘリン分解酵素」の形成を妨げる酵素を開発中である。だが発展途上国や第三世界においては、未だに「流産の一タイプ」という捉えかたしかされておらず、本格的な研究への着手が著しく遅れているのである。

「チョコレートボール」のように嬰児が溶解する奇病。その悲劇は、黒人、白人、黄色人種を問わず、またワスプ、ユダヤ、チャイニーズ、ラティーノ、貧富の差も関係なく平等に訪れる。その光景を目の当りにした夫婦の精神的ダメージは深く、ほとんどのケースが再度の妊娠や出産を断念してしまう。さらに、未来への希望も仕事への意欲も破壊され、夫婦の絆さえ崩れてしまうのだ。だがそれは決してに衆人に知れ渡る事はなかった。病魔に襲われた家族は差別を恐れて堅く口を閉ざしてしまう。特に第三世界の人々におけるこの奇病への魔的嫌悪感はただならぬものがあり、夫婦ともに村から追い出してしまう部族や、さらに過激な制裁を行う部族が後をたたない。むろん先進国の大病院も例外ではない。この奇病の存在は認めながらも、正式な記録は何一つ公表しようとしない。どの医療機関も世間の噂を恐れ、発症の事実を頑なにひた隠し、記録そのものを抹殺してしまう。

こうして、この恐ろしい疫病の存在は、人々に恐怖の刻印だけを残し、噂となって、いつしか消えてしまうのだ。秋葉にもその程度の知識はあった。だがそれはあくまでも知識だった。実際の映像から受ける衝撃は、それこそ出産という概念を変えてしまうほどの戦慄すべきものであり、それが単なる病気ではなく、世界にじわりと影を落とす厄災の前兆のように、見る者を脅かすのだ。


「水産試験場の敷島氏を覚えているか?」

伊丹は電話口で笑った。

「やあ、忘れられるはずもないな。もっと詳しい事が知りたければ、彼を訪ねるといい。ここ数年、敷島氏はこの島におけるビューレック・ペトル病の追跡調査を精力的に続け、収集した膨大なデータをもとに近く本を自費出版するらしい。畑違いの研究だが、この奇病の記録としては、世界的に見ても最も充実したものになるはずだ」

佐渡島のおもて玄関である両津港から、海岸に沿って二キロほど北へ走ると小さな入り江が見えてくる。その入り江にあるのが、佐渡島水産試験場である。

秋葉は佐藤のベンツを試験場の駐車場へ回した。広い駐車場には一台の赤いカローラがあるきりである。冷たい風とあいまって、何ともうら寂しい光景だった。

この試験場では、ヒラメや蟹の幼生をある程度育成してから海に放流する中間育成所として設立されたが、実はヤリイカやスルメイカ等の人工飼育に創設当時から着手しており、これは世界的に見ても珍しい研究だった。イカというのは生存環境に非常にデリケートな生物で、長期間の飼育は非常に困難である。まして産卵させるとなると、これはもうかつて例のない快挙なのだ。この試験場の研究員達はさらに卵を孵化させて幼イカを水槽に溢れさせた。ついに彼らはイカの生態研究において世界の頂点にたったのである。

(あの男は元気だろうか……)

秋葉はこれから会うはずの男の顔を思い浮かべた。

四年前、国東コーポレーションは、大型プロジェクト「ルビコン」の三番目のプラントを佐渡島の沖合いに設置する、と発表した。その時、建設反対派の先頭に立って彼らを引っ張っていったのが、この試験場の若き研究所員、敷島幸之助であった。敷島は、ルビコン建設によって対馬海流の豊かな生物資源が多大なマイナスの影響を受けるとして、猛烈な抗議行動を繰り返していた。アジビラを撒き、国東コーポレーション社屋前で座り込み、調査隊の海域立ち入りを妨害した。彼らは、秋葉達スタッフの用意した「周辺海域の生物に対する影響はほとんどない」という趣旨のレポートの端々に噛みつき、説得のために開いた会場では、敷島と秋葉達はいつも真夜中まで激しい議論を戦わせ、最後は決まって摑み合いの喧嘩寸前にまでヒートアップしていたのである。

秋葉が初めて訪れた時、そこは見るからに近代的な研究所のようだった。だが四年後の今ではもはや見る影もない。壁は汚れ人気は失せ、まるで打ち捨てられた古い校舎のような陰鬱なたたずまい。正面玄関の鉄製の門は錆にまみれボロボロに崩れており、秋葉は身体を錆で汚さぬよう注意深く門をくぐらねばならなかった。

電気料金を節約しようというのだろうか、通路にはまったく明かりが灯っていない。通路の一番奥に人の気配のあるドアが見つかった。ドアの窓からは、明かりとゴトゴトという物音が漏れていた。地を這うような、ひどく神経に触るその物音はコンプレッサーのモーター音だ。

ドアを開けるとスクリーンのような巨大な水槽が眼前に現れた。幾分小さい水槽群がその横に並び、それらには無数のパイプやコネクタが前衛的なオブジェのようにゴテゴテとはりついていた。そのわりには浄化装置が働いていないのか、大水槽のガラスの内側は深緑の藻によってうっすら汚れている。中には、コンプレッサーから送られた空気にゆられ、僅か数匹のイカが泳いでいるだけであった。かつて部屋をうめ尽くしていた水槽群も今は五、六台が並ぶばかりで、しかも、そのどれもが手入れもされず、藻類に繁殖されるままになっていた。

巨大水槽の中央に、約束の人物は座っていた。

「敷島さん……」秋葉は白衣の男に声をかけた。敷島はゆっくりと秋葉のほうに振り向いた。まず秋葉の眼についたのは、彼の顔を覆う白髪混じりの無精髭だった。まるで人相が変わって見える。そして内出血を抱えたかのような青黒い肌。やせ細った髪が、窪んだ頬にたれている。白目は黄色く濁り、血腫が浮かんでいた。瞳は腫れぼったい瞼の奥で昏く澱んでいた。秋葉は平然を装いながらも奥歯を噛んだ。紛れもなく敷島。だがそれは精も根も尽きた、人間の搾りかすにしか見えなかった。

「秋葉か？　遅いじゃないか」

敷島は水気を失った、ヒビだらけの唇でニヤリと笑った。だが目の焦点は秋葉を突き抜け、背後の黒い死神に合っているようだった。

「待ち焦がれていたかい？」秋葉も無理に笑顔をつくった。

「しかし、どうやら歳月の試練には耐えられなかったようだな。まあ、それはお互い様だがね」

「老いた、といいたいのか」敷島は緩慢な動作でタバコに火をつけた。それを口許に近づける時、彼の手が小刻みに震えているのを秋葉は見逃さなかった。

（アルコールか……）

いったい何があった、と問いただしたい気持ちをやっと抑え、秋葉は木製の椅子を引き寄せ、敷島の横に腰掛けた。間近で見ると彼の白眼は火傷のように爛れ、充血していた。

「そんな潤んだ目で見るなよ」

秋葉は、努めて明るい表情で敷島に笑いかけた。

「再会を涙で飾るような間柄じゃないだろう」

「自律神経が壊れてしまってね」

敷島は何度も強く目を擦りながら言った。

「気にしないでくれ。別に感激しているわけじゃない」

敷島は憑かれたように眼を擦り続けた。まるで瞳に貼り付いた現実を必死に擦り取ろうとでもしているかのような執拗な彼の仕種に、秋葉は何か異常なものを感じた。

「研究は順調かい」

「研究？　何の研究だ？　私に何の研究ができる」

「イカの人工飼育だよ。産卵孵化のメカニズムを探る。君はそう言っていたじゃないか」

「ほう！」

敷島は目を見開き、わざとらしく、驚いてみせた。

「そんな研究が成功した場所に見える？　ここが？　ここがそれほど栄光に満ちた研究所だというのか？」

なおも彼は両手を大きく広げ、芝居がかった仕種であたりを見回してみせた。

「では聞くが、研究員はどうした？　感謝状は？　トロフィーはどこだ？　最新の飼育機器はどこにある？」

「いったい……、何があったんだ」秋葉は思わず尋ねてしまった。

敷島は秋葉の問いには答えず、右の脇腹を三本の指で押さえつけ、苦痛に顔を歪めてみせた。

「沈黙の臓器が、悲鳴をあげてるよ。もう長くないかな」

敷島は肝臓のあたりを何度も摩りながら、口から煙を吐いた。

「……あの病気の事で来たのだろう？」

彼は上目遣いに秋葉を見た。

「この佐渡島を襲っている恐ろしい奇病とルビコンとは、何の関係もないと、そう言わせたいのだろう?」

敷島は背を丸め、タバコを吸い込み黙りこくった。しばらくしてタバコを水を張った桶に放り込むと、やっと口を開いた。

「せっかく来たんだ。面白い物をみせよう」

敷島はゆっくりと立ち上がり、立て掛けてあった竿つきの網を持つと、巨大水槽の前に立った。

「……国東からは研究資金を援助してもらったからな。君達にどんな罪悪感があったか知らんし、何か罪滅ぼしのつもりなのかも知らん。不愉快だし、恩きせがましく言われる程の額じゃなかったが……何かしら成果を見せなけりゃな」

水槽の中にはスルメイカが数匹泳いでいた。スルメイカは、細長い筒のような姿をしたツツイカ類の仲間であり、比較的浅瀬に生息する表層遊泳性のイカである。日本海のものは対馬暖流によって運ばれそこで集群する。しかし、その漁獲量は一九七二年をピークに減少の一途を辿り、最近ではもはや漁としては成立しないほどになってしまった。

敷島は水槽の蓋を開けると、彼はそのくたびれた様子からは想像も出来ない、目にもとまらぬ素早さで、一匹のイカをサッと掬いあげた。彼はまたそのイカを手慣れた手つきでボードの上に載せた。イカが、ピュウッと吹きつける水をスッ、と避け、イカの頭にタンッ、と針で固定した。それから舞踏家の指のように激しく蠢くイカの足を押さえつけた。

「この水槽にいるのは卵を胎内に持った、メスばかりだ」敷島は小さなナイフを取り出すと、それでそのメスのイカを軽く叩いた。

「彼女も勿論、卵は持っている。見たまえ」

敷島は、めまぐるしく体色素を変化させるイカの身体を、縦にサアッと切り裂いた。

イカの身体の裂け目からは、体液とともに赤黒いとも青黒いともつかぬ、肉塊がドロリと出て来た。秋葉は内臓か、と思ったが、その不吉で罪深い色をした肉塊は、よく見ると赤米のような粒が無数に絡みあってできたもので、内臓には見えなかった。

「サケの筋子のようにみえるね。それが卵かい」

「そう、こいつは彼女の卵のうだ」

「初めて見たよ」

「ところが普通はもっと白っぽい色をしているんだ」

敷島は赤黒い、その卵のう束をイカの胎内から引きずり出すと、秋葉の目の前に差し出した。秋葉は貝類が腐敗したような異臭に思わず顔をそむけた。

「腐っているんだ」

敷島は冷たい目で笑った。

「母親の胎内ですでにグズグズに腐っているんだよ。受精前だが、勿論、オスの精子と受精しても、子イカは生まれない。いいか、生まれないんだ。しかも一匹や二匹じゃない。飼育していたイカの、ほとんどがこの病気にかかってしまったんだ。ある日突然ね。それでもイカ達はこの腐った卵のうを岩陰に生み付ける。そのまま胎内に持っていると自分まで腐ってしまうからだよ。魚類よりも遥か以前に誕生し、世界中の海洋に分布し、あらゆる環境に対して驚異的な適応力を見せてきたイカが、いま滅びようとしているのさ」

敷島はさらに説明を続けた。

「ところが、こんな不気味な症状がでたのはイカだけじゃない。程度の差こそあれ、飼育中の海中生物すべてに蔓延してしまった。今じゃごらんの通りだ。世界的に見られる魚類の大幅な減少。絶滅種の増大。私はこの病気が原因の一つだと思っているよ」

「ルビコンのせいだ、と言いたいのか」

「最初はそう思ったよ」敷島はフフン、と鼻で笑った。それから表情が消え、目の色が微かに変わった。

「それ見たことか、とね。ところがどうだ。ルビコンの影響が及ぶとはとても考えられない諸外国の海域で、南海の楽園で、やはりこの病気で海産物が激減しているじゃないか。いや、むしろ、ひどいくらいだった……」

彼は自分の無力さを思い出し、それを再び噛み締めていた。

「まったく……ひどいものだった。南洋の浅瀬に棲むある種の巻き貝などは、雌の卵管に精巣が形成されるという現象が蔓延し、結果、不妊状態に陥ってしまった雌貝だけが爆発的に増加してしまった。もはや彼らは絶滅寸前だよ」

「では、何が原因なんだ」

「わからんね」

敷島はふんとそっぽをむいた。その乾いた言い方からは、彼が原因究明のためにどれだけ心身を削ったかを逆に物語っていた。

「ところで」

敷島は秋葉に眼差しを向けた。

「今の話で思い当たる事はないかね?」

敷島は手に持った赤黒い塊をじっと見つめていたが、ふいにそれを秋葉の足もとに放り投げた。それは床の上でぐじゃりと潰れて猛烈な腐敗臭を撒き散らした。秋葉は顔をしかめ、ポケットからハンカチを取り出して鼻を覆った。ハンカチから、ふと、妻の使っていた香水の匂いが、微かに匂った。

「……ビューレック・ペトル症候群」

秋葉は呟いた。

敷島は小さく頷いた。そしてそのビューレック・ペトル症候群の発症メカニズムが、現在、どのくらい解明されているかを秋葉に語り始めた。

生物は小さな細胞の集合体であるが、その細胞同士の接着剤の役割を果たしているのが「カドヘリン」というカルシウムに依存した糖タンパク分子である。つまりカドヘリン分子群は生物の形態形成において重要な役割を果たしているのだ。

「ビューレック・ペトル病」はこのカドヘリンを分解する、ある種の酵素が異常分泌され、細胞がばらばらになり、同時に細胞膜も破壊され内容物が流れ出してしまう現象である。カドヘリン分解酵素の異常分泌が何故起こるのかまた胎児や新生児に集中するのかはまだ分かっていない。

カドヘリン分解酵素をコードする遺伝子はすでに特定され、カドヘリン分解酵素を抑制する遺伝子も実は発見されている。だが、この病気の遺伝子治療で難しいのは、カドヘリンの接着には特異性がある、という事である。たとえばP型カドヘリンはP型だけに、E型カドヘリンはE型だけを認識し、結合接着する。そのためすべてのカドヘリンタイプに対する分解酵素を同時に抑制しなければならない。現在、二十種類以上のカドヘリンが発見されているが、これらすべての分解酵素を同時に抑制する事は極めて困難である。だがこの病気はやすやすとそれを為し遂げて見せる。何十種類ものカドヘリンを同時に破壊してしまうのである。そのため肉体は崩壊、溶解し、胎児の場合、脆い骨ごとタール状の液体に変えてしまうのだ。

「この病気で破壊された細胞は、その内部で妙な変化が確認されている。細胞の中には遺伝子の入る核があるのだが、こいつがまず収縮してしまうんだ。そしてそのあと、バラバラに断片化して小さな塊になる。これは実は、アポトーシスという細胞死で見られる現象なんだ」

アポトーシスとは高度な制御機構を持った能動的細胞死であり、これはあらかじめ遺伝子にプログラムされている。傷ついた細胞や狂った遺伝子を破壊して、正常細胞に交替するためや、神経ネットワークの確立などの生命の維持、存続に必須のいわば自殺プログラムなのだ。たとえばオタマジャクシがカエルに成長する場合に尻尾は自然に消滅する。体内の小さな腫瘍などは、壊死因子により破壊される。これらの細胞死はいずれもアポトーシスといわれ、毒素や外傷などの病理的な要因による損傷で細胞が死ぬ場合はネクローシスと、呼ばれて区別されている。

「細胞の膨張と中身の流失という、まるでネクローシス的な現象も見られるのが不思議だよ。まあ最近はなんでもアポトーシスにしてしまう傾向もあるがね。熱が出て咳がでたからといってインフルエンザとは限らない。だがね、これはやはりプログラムされた死だと思うね」

自然死だ、前向きの死だ、と言われても、あの凄まじい我が子の死に様を見て納得する母親は少ないだろう。秋葉は疑問を口にした。

「生命維持のための破壊が、なぜ全身に起こるんだ？　個体そのものを殺してしまっては意味がないじゃないか」

「ミクロで起こる事は常にマクロでも起こるんだ。地球という巨大な生命複合体による、細胞死。地球のエコシステムのアポトーシス。それがビューレック・ペトル病だとは考えられないか」

敷島は視線を床に落とした。彼は、そう、こいつらもそうなんだ、と呟きながら、床でぐじゃりと潰れたイカの卵のうを靴の爪先でこね回し始めた。新たな異臭が漂いはじめ、秋葉はまたハンカチで鼻を押さえた。しかし敷島の顔に表情はなかった。

「実は、こいつらのアポトーシス現象には、何種類かのタンパク質合成の関与がすでに解明されている。このタンパク質の合成を阻害させてやると、アポトーシスは完全に制御できる事も分かっているんだ」

「それはすごい。それならその」

「タンパク質阻害剤かい？　とっくに見つかっているよ」

敷島は唇の端を少し上げてほほえんだが、膨大な徒労のたたずまいは消えなかった。

「……その様子じゃ、新たな問題が出てきたみたいだな」

敷島は再び立ち上がり、ある一つの水槽に近づいた。その水槽は照明がついておらず、墨で満たされたように暗かった。照明のスイッチを入れると、蛍光灯で水槽の中がパッと明るくなった。途端、秋葉の表情が険しくなった。敷島はなるべくその水槽を直視しないよう、あらぬ方に視線をさ迷わせながら、秋葉に言った。

「これがその結果だよ」

水槽の中では、まるでイカとはおもえない生き物が泳いでいた。ほんの五センチ程のイカ達の頭は、どれもこれもいびつに変形しており、中には捻子《ねじ》のように渦巻いている子イカもいた。十本の足は炎に曝したように縮こまり、複雑に癒着していた。そして彼らの性能の良いはずの眼球はミルクのように白濁し全く役に立っていないようだった。

「こいつはトロコフェラやベリンジャーといった幼生期を無事生き延びた、いわば子イカだ。それがこの有様だ。たぶん長くは生きられないだろう。何しろ目は見えない。足は無い。餌も満足に摂取出来ない」

説明が終わると、敷島は忌まわしげに顔をそむけたまま、ランプのスイッチに手を伸ばし、切った。水槽は元の暗闇の世界に戻った。

「何をやったって無駄さ。秋葉君。滅びる物は滅びるんだ。ある種の生物は絶滅の際に立っている。イカや蟹。それに浅瀬に生息する魚類、ナマコなどの棘皮《きょくひ》動物、貝類、そして地上に住む哺乳類全般。環境の激変の予兆に敏感な生物達が、こぞってその個体数を激減させているんだ。勿論人類だって例外じゃないと思うね。過去、全盛を極めた生物種が無数に絶滅していった。環境の地球規模の激変が理由として考えられたが、私に言わせれば、それは引き金にすぎない。生物は（そのポジションをとって変わる種が出現すると、自動的に消滅する）のさ」

「さて、結論を言おう。君達が気にしているビューレック・ペトル病とルビコンだがね、直接の相関関係は私はないと思うね」

「あの海獣達、サスマタやギンカクといったあの海獣に、何か原因らしきものが考えられないか？」

秋葉は身を乗り出して、敷島に尋ねた。

「例えば彼らが持つ病原菌による病気とは？」

「それもたぶん無いね。そんな病原体が発見されたという報告はないよ」

敷島は言った。

「放射能も病原菌も関係ないと思う」

秋葉はひとまず、胸を撫で降ろした。なにしろ敷島は国東に対して批判的な立場にある人物である。彼のような人物の冷静な分析が、この問題には必要なのだ。

「ルビコン、海獣、ビューレック・ペトル病。この三つの要素に君達が心配しているような直接の関係は無い。しかしね、この佐渡島にこれらの（悲劇の象徴）とも言うべきファクターが集中したのは偶然ではない。偶然などこの世に存在しないよ」

悲劇の象徴という言葉が、秋葉の心を貫く。そう、ルビコンは常に憎悪の対象なのだ。たとえ関係は無くとも（誰からも祝福されない子）である事に変わりはないのだ。

「ルビコンを建造すべきではなかった、と？」

「つまり、このグレートアポトーシスともいうべきプログラムを発動させるのに必要なルールの一つかも知れないという事だ。幾つもの歯車が噛み合って動く巨大な機械の歯車の一つなんだ。もしこのグレートアポトーシスが生命の維持に不可欠な摂理ならば、ルビコンは逆に（救済の神殿）とも言えるんだぜ」

「ビューレック・ペトル病は、病気ではなく、絶滅からの救済……？」

「もう一つ、面白い現象を見せよう」

敷島は膝をさすりながら立ち上がり、パソコンの置かれたデスクに移動した。彼は顎で秋葉にこちらへ来るよう合図しながら、おもむろにキーボードを叩き始めた。充血した目をじっとディスプレイに固定したまま、彼は自分の疲弊の正体を解き明かした。敷島はこの四年間というもの、ビューレック・ペトル病で死んだ子供の追跡調査をずっと行っていたのだ。追跡はその母親と父親、そして双方の両親、さらにその両親にまで及んだ。そして彼らの子供の数、その血液や遺伝的欠損などを調べあげ、データを積み重ねていった。この佐渡島に住む男女の「血」がどのように移動し、そして、どのように交わっていったのか。それを出来るだけ過去に溯って徹底的に調べ上げたのだ。

「住民達のおかげだよ」

敷島は強く頷いた。

「あんな災いが降り掛かれば、親族の神経はボロボロだ。とてもそんな調査に協力する余裕なんて、なったろうに、ね」

敷島はこの病気が離島や極端な僻地にしか見られない事に注目し、狭いエリア内で近親交配に近い婚姻による遺伝子欠損や異常の濃縮が原因ではないか、ということだった。

佐渡島で遺伝子病の発症例を七種類に分類した。そこで島をA～Gの七つのエリアに色分けした。これを見ると各エリア内における住民の移動がほとんどない事が分かる。限定された狭いエリア内で世代交替をくり返すということは、ある種の血の濃縮が起こってしまう、という事である。

敷島は、この病気の発症に遺伝子異常の濃縮が関係あるのかどうか、エリア内で発症した家族の先祖を溯って調査した。

「気が遠くなるような調査だな」

「この島の人達は先祖の古い資料の保管が趣味みたいなものでね。役所が面白がって協力してくれてたのも助かった」

彼はまずビューレック・ペトル病の佐渡島における発生分布図を写し出した。黒い点によって示されたその分布図は、秋葉には何か、ある規則パターンを持った不思議な幾何学模様に見えた。敷島は秋葉の気持ちを見透かしたように、その黒い点どうしをいくつかの幾何学的な集合に分け、さらにそれを鮮やかな色で区分した。そうしてみると非常に複雑な模様が、はっきりと形になった。それは、細かい雪の結晶のような八角形が無数に集合し、また大きな八角形を造っているという構造で、チベットのマンダラを連想させるような、フラクタルな図形だった。

「もっとランダムに発生しているだろうと思ったろう？　何せ男と女の出会いは複雑だし、また二人の愛の巣はどこに造られてもおかしくないからね。しかし、始めてみるとそうでもないんだな。人々はそれほど移動していなかった。そう、人というのは、実は驚くほど移動しないものなんだ。彼らは移住した当初こそばらばらに動きまわっていたが、しだいに島内にいくつかのエリアを造り、そこに集合していく。こうして神の視座に立ってみると、彼らの行動には、自己組織化と呼んでいいほどの規則性があるように思えるね。もちろんこれはこの島だけの現象じゃない。本土まで視野を広げてみても、いや世界を見回してみても、やはり人々は国家や民族や果てはカルトなどという狭いエリアをうんとこさとこしらえ、そこから動こうとはしない。例外なのが都市であり、そう考えると都市の持つ意味がこの病気の観点から見えてくるような気がするね」

「発病分布図がなぜこんな規則性を持ったフラクタルな図形になるのか分からんが、追跡調査の結果分かったのは、限定空間内におけるある種の血の濃縮が関係ある、という事だよ。離島や辺境といった、狭い世界で交配による濃縮がある臨界点に達すると、自殺プログラムが働き、突然、アポトーシスが始まるんだ」

「言っておくが、この島の発生率が特に高いわけではない。はっきり言って、辺境の村や、小さな離島では、もっと頻繁に発生しているはずだ。しかし、そこでは症例を収集し、分析し、記録する知識も設備も人も資金もない。差別や迫害を恐れて事実は噂となって消えてしまう。だからこそ、この近代化された巨大な島に注目しなければならない。この島の運命は日本の運命であり世界の運命だからだ。我々はまるでそうするのが当然だというように、同じ爆弾を持つもの同士で、寄り集まり、グループを形成し、家族をつくり、子を生む。男女による生殖行為そのものが原因なんだ！　ならば世界中のあらゆる場所で、いずれこの血の濃縮が起こるのは自明じゃないか。世界の隅々までこの病は追ってくる。まず島、そして辺境、郊外、最後に都市。これを病と呼べるか？　誰にも罪はない。私にも妻にも。もちろん、娘にも。これは、生命のエラーではない。断じて、病などではないんだ」

「生命はな、秋葉、そのポジションをとって替わる種が出現すると、自動的に消滅するのさ。海の中を覗いてみたまえ。おそらく生命圏の移動が深海へと向かっている事が分かるだろう」

「何を根拠にそんな……」

秋葉は、とうとうと喋り続ける敷島に何か異常なものを感じた。

「根拠なんてないさ。しかし、考えても見たまえ。地上の生物種が一方的に減少しているんだ。その死んだ者達の魂はどこへ行く？　深海しかないじゃないか」

「……何？　何だって？」

敷島の、あまりに唐突なオカルト話に、秋葉は耳を疑った。そんな事を口走るタイプでない事は秋葉が一番よく知っている。

だが、敷島の表情に冗談の余裕は、感じられない。

「人間を見ろ。男の変形した性衝動を。ひ弱な母性を。死に向かう胎児を。今にも消えそうな命の種火を。それに比べてサスマタを見ろ。海獣達のあの旺盛な繁殖力。凄まじいばかりの生命力。そして特性として備わった天秤。彼らが我々を引き継ぐのだ」

敷島の瞳に異様な冷たい炎が燃えていた。

「そう、死んだ者達は深海にいったんだ」

敷島は自分に言い聞かせるように何度も頷いた。彼は祈りにも似た言葉を紡ぎ続ける。その表情には恍惚感すら漂っていた。

「息子も妻も、そこにいる。新たな世界で生を謳歌している。そうだとも。海深く潜った魂は、再び命を宿し、生を全うするんだ。それが海神の天秤なんだ」

十一

「モッズカフェ」へとベンツを走らせながら、秋葉は名状し難い気分に陥っていた。

確かにビューレック・ペトル病とルビコンは、直接の関係はなさそうだった。敷島は、あの嬰児溶解現象を、イヌイの神話に出てくる「嬰児の神隠し」になぞらえて語っていた。現世を離れ楽園へと旅立つ二百体の嬰児。我が子をあの奇病に見舞われた親なら無理もないだろう。しかし彼の表情に漂う異様な諦念が秋葉には気がかりだった。あれは冷静な狂気そのものだ。恐らく、明晰な彼の目は見てしまったのだろう。鉄パイプの神経、と言われた彼でさえが、神話に縋りつくしかないような、絶望の未来を。

「モッズカフェ」に到着すると、テラスのブランコにイオが座っていた。赤い髪が風に揺れている。クラクションを一つ鳴らすと、彼女は弾かれたようにベンツに突進し、つむじ風のように助手席へ滑り込んだ。その生命力、躍動感に、萎えた気持ちが仄かに温かくなった。

「佐藤は、どうした?」

「だって大晦日よ。挨拶回り。島中、飛びまわってるわ」

イオの潤んだような黒い瞳が真っ直ぐ秋葉を見ている。彼女の息遣いが聞こえるほどの距離。微かにアニスの香りがした。

「送ってってよ、アキバ……」

森の奥から、爽やかな風が吹いてくる。不思議な場所だった。

イオに言われるままベンツを走らせると、いつの間にか、深い森の中に入り込んでいた。

(来て、アキバ……)イオの瞳が、誘っている。秘密ノ、場所ニ、オイデ。

佐藤の顔がちらと浮かぶが、秋葉は逆らえない。

イオに続いて秋葉も車を降りた。森林から揮発するひやりとした空気は、まるで初夏のように清々しい。だが気持ちのいい風を浴びながらしばらく歩くと、突然、木々の影が消え、かわりに透明な毒を吐き出す煙突群が夕闇の中に浮かび上がった。豊水製薬化学工場だ。風景は突如にして不吉になる。茜の雲はケロイドを患った皮膚のように爛れて見える。夕陽にギラギラと照らされた工場群は、死にかけた巨大な赤い獣のようだった。その巨獣は喘ぐようなノイズを絶えずまき散らしている。

工場のすぐ脇に小さな沼が見える。伊野沼だ。

そこは葦が生い茂るばかりの荒れ果てた土地になっていた。工場設置の為、沼の周囲の土地だけ木々は伐採され、均《なら》されていた。イオは密生する葦をかき分け、いつものように水辺に立った。秋葉も彼女に続いてほとりに立つと、沼を覗き込んだ。化学工場群が放射する燐光のような青白い光が湖面を照らしている。伊野沼はすでに死の沼だった。すぐ近くに豊水製薬化学工場から絶えず吐き出される廃液が、沼にたっぷりとながれこんでいる。湖面はその毒々しく彩られた廃液に覆われ、金属的な光沢を放ちながらドロリと澱んでいる。片方だけの靴、油膜にまみれたビニール、腐敗した生ゴミとヘドロにまみれた人形、生活排水のオイルと様々な汚物とが混ざり合い、繁殖する雑菌の塊となって水辺に吹き溜まり浮沈をくり返している。無数の魚が腹を見せて浮いている。その腹にはガスがたまり膨れ、いまにも破裂して腐った内臓を吐き出しそうだった。深夜でも稼働する工場の青いライトが、そのダークなサーカスを浮かび上がらせていた。ひきつり痙攣する絶え間ないノイズ。吐き気を催す異臭。不気味なデッド・ランドスケープ。だがそれは、豊饒な有機物のスープなのだ。そこから生まれる生命体の進化は速い。適応は迅速に無駄なく進む。イオは知っている。この死の沼の生物の驚くべき適応能力を。廃液の温度は高く、墨汁のような湖の水面からは蒸気が立ち上っていた。そのガスが、沈みゆく夕陽と工場のライトで淡い靄となって幻想的な光景を醸し出していた。

秋葉は沼の東側と南側につきたてた、数メートルほどの竹竿を見つけた。その竹竿の先からは白い和紙で作った幟が垂れさがっていた。それは一種の呪標（タレヲ）だ。呪標は小島を悪い精霊から守るための物らしい。

沼の中央には、舟形の小島が顔を出していた。その小島も同じような竹竿が何本も建てられ、その中に、竹で組んだ小さな櫓があった。それは、祭壇だった。

「あれは？」秋葉は小島の呪標を指さし、イオに聞いた。

「何かの儀式の用意かい？」

「キナとカジツワの祭り」イオが言った。

「供物をそなえて、イガシラセの声を聞くのよ」

秋葉は、廃液の覆う水面をゆらゆらと滑っていく羽虫を感じた。見た、のではなく、感じたのだ。それから足もとの油まみれの石苔をつつく小魚を感じた。苔は、重金属を食べるチャツボミゴケの一種だ。そして池の主とも言える大亀が水底のヘドロの中でぬらりと動くのも感じた。

静かだった。

森の沈黙に身を委ねていた秋葉の五官が、どんどん研ぎ澄まされていく。だが何と穏やかな気分だろう。

太古の昔、この森は熱帯の海だった。伊野沼の底からはその時代の名残りがいくつも見られる。マングローブの化石。珊瑚の化石。熱帯の貝、ここは海神の国だったのだ。突然、イオが作業着をさっと脱ぎ捨てた。そして、タンクトップとルーズなジーンズのまま、異臭を放つ沼の中へバタバタと駆けこんだ。

「あっ…」

突然の彼女の行動に声を失った秋葉を尻目に、イオは頭から池に身を投じ、猛烈なクロールで小島に泳ぎ寄った。小島に到達するとイオは生い茂る葦を摑んで島に這い上がった。タンクトップが肌に張りつき、身体のラインが透けて見える。濡れた赤髪がそれを隠すように張りついている。イオは息を整えながら、あっけにとられたまま彼女を見つめていた秋葉に微笑んだ。そして叫んだ。

「聞け森のピリ。今この度一人の男が成人する。風のピリ、火のピリ。よく聞け。男の名はアキバ。耳を澄ませ、雲のピリ、月のピリ。この男に力を。世界の扉をひらく力を与えよ。海神イガシラセ、この声を聞き届けよ。このイヌイの男に天秤を授けたまえ。いかなる欲望にも勝る天秤を授けたまえ」

秋葉はイオの芝居じみた祝詞に、なぜか眩しそうな表情で、茫然と眺めていた。

「あの男に天秤を！」

突然、沼の水面がゆるやかに動き始めた。水の中で水草が大きくなびく。風が鋭く吹き羽虫が飛び上がり、小魚が逃げ惑う。

秋葉にはイオの座っている小島がふわり、と浮き上がり、回り始めたような気がした。だが動き始めたのは小島ではなく、それをとりまく沼の水だった。白いさざ波をたて始めた水面は小島の周りで渦を巻き始め、光が乱反射して水面がきらめいた。渦はしだいに強くなり、小島の周囲を駆け巡りながら速度を増していった。

竹竿の端の呪標は、風と無関係な方向へハタハタとなびいている。

イオは小島にすっくと立ち上がり、秋葉に向かって菩薩のように艶然と微笑んでいる。その彼女の背後に太古の樹々の影がそびえているのに気がついた。そして沼の岸辺にはマングローブの群生が現れ、無数の根を水面に出していた。それは乾の里の太古の風景だ。工場のライトは祭りの焚き火となってイオを照らす。ノイズはいくつものゴングの音になり、複雑に重なり共鳴しながらイオの身体に訴えかける。血に潜む記憶の鼓動を促しているのだ。やがて森の樹々はざわめき、輪郭のしっかりした紅い雲が銅鑼を鳴した。

胸に迫るような夕闇の森に、サアーッと雨が降りそそいだ。雨音が樹々を沸き返らせるが、静寂を壊す事はない。むしろ無色な静寂を彩り、その陰陽をひときわ際立たせる。

イオは静かな雨に打たれ、笑っている。

彼女は竹竿で組まれた小祭壇の上に載った紙包みを静かに開いた。

包みの中には、アンボイナを削って造った首飾りと髪飾り、そして腕輪があった。南国の海にすむ、猛毒の猛毒の針を持ったイモ貝の一種だ。貝には緻密な模様が施してある。そして石の耳飾り。滑らかに磨き上げられ、生き物のような光沢を放っていた。

イオはオレンジ色のタンクトップを脱ぎ捨て小さな乳房を露出させた。濡れた髪を後ろに撫でつけ、ひろい額を露《あらわ》にすると、貝飾りを首から幾重にもかけ、乳房の上に垂らした。石を耳につけ、腕に輪を通し、髪飾りを頭に載せた。風が変わった。沸き上がるような熱帯の幻想の中で、彼女の笑みは高貴な静謐さをたたえていた。

秋葉は、イオの唇から不思議な旋律が流れているのに気がついた。歌だ。どこの国の歌とも知れない華やぎと陰りが交互に現れる「言葉」のハミング。南洋の匂いが漂い、神聖さと大らかさと滑稽さが目まぐるしく旋律に現れる。

歌いながら、イオは再び、するりと沼の中へ滑りこむ。そして秋葉の方にちらちらと視線を送りながら、沼の反対側へと泳ぎつき、そのまま森の奥へ歩いていった。

イオの褐色の脚が暗い森の奥へ吸い込まれていく。足首の飾りが、リンと鳴った。

秋葉の、尾骶骨のあたりが、何やらざわめいた。ざわめきは背骨を通って頭から天に抜けた。それは、接触不良を起こしていた地球とのスイッチが火花を放って繋がったような感じだった。突然、ざあっと風が吹いた。野原の雑草は大きな蛇のようにうねり、周りの木々は、呼応するようにその枝を震わせる。

私は天秤を授かったのか?

私を受け入れてくれるのか?

海を汚し、島を裏切った私を許してくれるのか?

鳥肌に全身を震わせ、秋葉もあわててイオの後を追った。葉擦れ、たちこめる蒸気、森がイオの実体を消していく。森の熱気がイオの姿を覆い隠す。樹々の間を擦り抜けて走るイオを秋葉は追う。獣のようにイオを追う。全身に漲る狂おしいほどの熱情。それは性欲だった。経験したことのない激しい性欲。それは殺意にも似た衝動だ。イオに追いつき、熱く火照った腕を、掴む。引き寄せ、強引に押し倒す。地面に叩きつけられながら笑うイオ。彼女の太腿の間に膝をねじ込み、身体をかぶせる。イオがその腕に噛みつく。秋葉は悲鳴をあげながらイオの髪を鷲摑みにして後ろへそらす。

初めて間近に見るイオの顔。広くなめらかな額。独特のラインを持った眉。吊り上がった切れながの目。すべてを見透かすような大きな黒い瞳。ナイフのような薄い唇。黒蜜を塗ったような褐色の肌。固く弾力に満ちた乳房。蜥蜴の刺青。たちのぼるココナッツオイルの甘い香り。

イオが声をあげて笑った。

分かるでしょう、今なら分かるでしょう。あなたの造ったものが何なのか。あたしが誰なのかも分かるでしょう。

秋葉は人さし指と中指を彼女の下腹部の裂け目にそわせる。膣口から噴き出した液体で溶けた裂け目に、杭を穿つように指を差し込む。ひそかな吐息が漏れる。宝物を捜すようにまさぐると、イオはねっとりとした声をあげた。ドロリと溶解したはらわたの中をめちゃめちゃに掻き回すと、イオは弾かれたようにのけぞり、全身の筋肉を硬直させる。叫び。歓喜の叫び。

ルビコンは杜だ。私がその半生を費やして造った物は神殿だ。海神イガシラセを迎えるための神殿だったのだ。お前はキナだ。そして私はカジツワだ。私はカジツワだ、私がカジツワだ。いやこれは夢だ、現実じゃない。根元まで入り込んだ秋葉の指に、膣の奥で子宮頸部が舌のように蠢く。指をカギのように曲げてイオの腹の内側を抉る。オルガスムにもみくちゃにされ、絶叫とともに全身を痙攣させるイオ。白目を剥き、舌をだらりとだした口許に再び歓喜の笑みが戻る。だが痙攣は止まらない。指を引き抜き、イオの両肩を鷲摑みにすると、マグマのように熱い下腹部に、秋葉は起立した男根を突き刺す。何度も何度も。突き刺す。地球が動いている。星が動いている。私は許されたのか。この島に許されたのか。海に許されたのか。そうか、そうなのだな。私たちがキナとカジツワなのだな。神話を紡ぐ機械はすでに動きだし、もう止められないのだろう？　そして私達はその神話機械の重要な歯車なのだろう？

〈神話を必要としている人々に教えてあげて〉〈イヌイ国はどこにあるのかを〉〈子供達がどこにいるのかを〉〈神話に理性の光をあてて〉〈誰もが信じられるような〉〈強固な物語に〉〈あなたしか出来ないことよ〉〈アキバ〉〈あなたの役目なのよ〉

突然、悲鳴が、鋭くなった。肉体の奥深くから掘り出された異様な快感が、彼女の意識を弾き飛ばす。秋葉はなおもイオの両足を抱え、ひたすら彼女の身体を貫いた。性感のスイッチをすべて開かれ、イオは破裂しそうな快感にのたうちまわった。悲鳴をあげつづけ、身をよじり続け、首をそらせ、秋葉の頬をザッ、と引っ掻いた。

秋葉が怯んで、一瞬、力を抜いた時、イオは野獣のようにトンボを打って、秋葉の手から逃れた。その瞬間、秋葉は大地に射精した。

イオは草むらの中に逃げ込み、獲物を倒した直後の雌獣のように波打つ胸を、小枝で隠した。息を整えながら、のぼせたように潤んだ瞳で秋葉を睨んだ。そして、浜辺に打ち上げられた椰子の繊維のように赤茶けた髪をザアッとかきあげ、笑った。

秋葉は星空を仰いだ。

彼は、かつてない開放感に酔っていた。

そして、自分を縛っていた罪悪感の強さを、改めて、知った。

ルビコンは確かに鬼っ子だ。その建造への道は困難と苦渋に満ちていた。存在する二万本もの核廃棄物、その最終処分地すら決定していないという現状を鑑みることなく、この施設の誕生に、祝福の声はどこからも上がらなかった。ただ、ただ、怒りと憎しみにまみれ、悪意と非難にさらされ、誰からもその意義を説かれる事はなかった。この救いのない孤独に秋葉が耐えられたのは、彼に信念があったからだ。人類が原子力を捨てることが出来ない限り、ルビコンは必ず世界の潮流になる。浜辺の見張塔のように建造される日がきっと来る。

決して祝福が欲しかったわけではない。その日は永遠に来ないかもしれない。

しかし、今、彼は確信した。自分は根なし草ではない。絆はあったのだ。この島と自分との間に。絆があったのだ！　秋葉は、島との一体感に、酔っていた。

十二

翌朝、海上には蜥蜴の腹を思わせるような、重い雲が垂れこめていた。

しかし「ティダアパアパ号」の舳先に立ち、潮風を全身に浴びる秋葉の頭は、かつてないほど澄み渡っていた。イオに導かれて迷いこんだ夢とも現実ともつかない、あの森の記憶。乾の翼に触れた夜。たった一晩で自分が変わってしまったようだった。世界の隅々にまで張り巡らされた精緻で巧妙な縦糸と横糸。その一本一本に込められた意図。手を伸ばせばその張りの強さまで計れるほど、身近に感じられるのだ。そして聞こえるのは、世界を動かす無数の歯車の軋み。その歯車の一つが、彼自身の半生を費やした作品、ルビコンだということ。

「ティダアパアパ号」がルビコンに近づいた。秋葉が見上げると、その見慣れた海上構造物の姿すら、今までとは違った、なにか新鮮な意味を持つ象徴に思えるのだった。

だが、背後に視線を感じ、秋葉はたびたび操舵室を振り返る。

佐藤の視線だった。

佐藤は、潮風に曇ったウィンドガラスの向こうで、複雑な表情をしている。

真夜中に「モッズカフェ」に帰って来た、秋葉とイオ。二人の間に漂う、言葉にならないほど濃密な空気。佐藤の胸の奥では風の轟きのように、不安が鳴り響いていた。

秋葉には、嘘をつかずに彼を安心させる言葉は、ついに見つからなかった。結局、一言も交わせないまま、ルビコンのドックへ到着した。気まずい沈黙のまま船をドックに係留する佐藤を残して、秋葉も黙って管制室へと上がった。

管制室のドアを開けてまず目についたのは、青白く発光しているピラミッド制御パネルの計器類だった。さらにプラズマスクリーンに映っているのは、深海無人シャトル「ダイバード」のモニタ－カメラが捕らえた鮮明な深海の映像であった。

深度〇二〇五一・二一

座標ポイントＪＳ〇七〇六六四一（サイレントシープ）

そして画面の隅にくっきりと浮かんだ「ＬＩＶＥ」の文字。

なんという事だ！　秋葉は仰天した。ダイバードが稼働しているではないか！

楠瀬は、深海探査シャトルの制御パネルに足を掛け、椅子を二つ並べて寝そべっていたが、秋葉に気がつくと半身を起こし、怒鳴られる前に先手をうって、手を振った。

「ああ、やあ、お帰り」

秋葉は反射的に計器パネルの警告表示に目を走らせた。オールグリーン。どうやら異常事態は発生していないらしい。その事を確認して、やっと口が動いた。

「信じたくないが……勝手に動かしたのか……？」

「心配するな。アキバ。操縦の手順はもう頭の中に入ってる。あの醜い大鳥には傷一つつけていないよ」

秋葉はマウンテンパーカーの懐からカード入れを取り出し、あわてて中を覗き込む。ない。ＩＤカードが消えている。

「……あきれた奴だ！」

秋葉は、その軽はずみな行動の危険性を何とか理解させるため、頭の中で叱責の言葉を幾つも繋げ、楠瀬にまくし立てようとした。

「しかし面白い潜水艇だな」楠瀬は絶妙のタイミングで秋葉の言葉を遮った。

「俺はダイバードに、作業をもっと迅速にするよう指令を送ったんだ。こいつ、何て言ったと思う？だったらおまえがやれ、だとよ」

楠瀬は愉快そうに手を叩き、子供のように喜んでいる。

「あわててパンツを汚すなよ、とも言われたぜ。これは製作者である君の趣味か？」

「僕が製造したわけじゃない。単に…責任者というだけだ」

「まるで、おまえと話してるみたいだったぜ」

「ほんの……ジョークだよ」

秋葉はバツが悪そうに口ごもり、咳払いして、押し黙った。結局、秋葉は怒るタイミングを逸してしまい、いつものように楠瀬のペースにはまっている自分に気がついた。

ふとデスクのパソコンに目を落とすと、サブモニターに、異様な深海生物の静止画が映っていた。

乳白色の傘のような体。その傘の縁に添って六本の羽が生えていて、その真ん中から三編みの髪のような長い尻尾が延びている。傘の中にはまるで眼球ような大きな黒い玉が動いている。奇妙な生き物だ。そしてその傍らにはその生物をスケッチした画用紙がセロテープで留めてあった。足もとを見ると、同じような画用紙が何枚も床に散乱している。どの画用紙にも様々な深海生物のスケッチが大きく描かれていた。秋葉はその一枚を手に取って、眺めた。逆さにしてみたが、どちらが頭だか分からない。だが、そのスケッチは生物感や躍動感に満ち溢れ、触手や繊毛などの細部に至るまで圧倒的な緻密さで描き込まれていた。楠瀬のあの大胆な性格からは想像もつかないほど、繊細で柔らかなタッチの絵であった。

「ビデオからキャプチャーするなら、ＣＣＤカメラで撮影したほうがいい。静止画像のクオリティが違うからね。それを直接プリントアウトすれば、いちいちスケッチする必要もないよ」

秋葉は、半ばヤケクソ気味に忠告した。

「馬鹿を言うな」楠瀬が反論した。「俺の絵を見ろ。ヒゲの一本一本にまで、きちんとピントが合ってるだろう？　およそこんなガラス眼の機械のかなうところじゃない」

秋葉は溜め息をつき、分かった分かった、とばかりに頷いた。

「それで何か成果はあったかい？」

「この出来損ないどもの名付け親になった。たとえばこいつだ」

楠瀬は奇妙な深海生物の映ったサブモニターの画面をぱんぱんと叩きながら、言った。「体長は約三十センチほど。この羽毛のような六本の器官も不思議だが、頭の下から生えているこの尻尾。まるで清朝時代の中国人の辮髪《べんぱつ》のようだ。モンゴルエビスガイと名づけた。頭の黒い模様がエビス様に見えるだろう?」

「全然、見えないね」

「感性が鈍いんだな、デスクワーカーは」

「貝の仲間なのか?」

「確かな事は分からないが、炭酸カルシウムの殻を持たない種類の奴がいる。軟体部だけの貝だ。浮遊物食者である事は間違いない。頭の傘の下から延びた、このべん髪のような尻尾には、繊毛がびっしりと生えている。これは触手冠という摂食用の器官で、腕足動物などの特徴なんだ」

十二分割されたワイドスクリーンの一つに、モンゴルエビスガイのライブ映像が映っていた。暗い深海の中、彼はなぜか非常に忙しそうに動き回っていた。傘の周囲にある羽状の移動器官でせっせと海水を攪拌し、その中の浮遊物を尻尾で濾過して食べている。活発な動きが逆にもどかしげな様子にも見えて、そこが妙にいじらしい。

「それから、この毬のような球状のクラゲだ」

楠瀬が次にサブモニターに映し出したのは、手鞠のような格好の生物だった。

楠瀬によると、これも非常に原始的な動物であり、専門的には有櫛動物と呼ばれる一群のグループに属する。この球状の体は、外はい葉、内はい葉、の二層構造になっており、その二層の間を間充ゲルと呼ばれるジェリー状物質で満たされている。外側には縦に二十四列の縞が走っている。これは櫛板帯と呼ばれる器官で、この縞に生えた繊毛を水かき状に運動させる事で、水中を移動するのである。一般的に見られる有櫛動物は非常に貪欲であり、粘着力の強い長い触手をたな引かせ、獲物がかかると素早く本体に引き寄せ、大きな口に押し込んでしまう。だが、この生物には触手がない。それに、口らしき器官もない。ただ、海底をそれこそ毬のようにポンポンと弾み、転がっていくだけだ。泥を巻き上げ、土中の有機物を漉《こ》し取って、体内に取り入れている、としか思えない。

「こいつは有櫛動物だが、刺胞動物の特徴も持っている。刺胞動物の刺胞というのは刺す組織を持っている、という意味だ。例えば、クラゲなんかそうだ。この間充ゲルのつまった頭なんて、まるでクラゲだろう?　俺も何回かカツオノエボシに刺された。それも千切れた触手のかけらが、波間に漂い、たまたま体に触れただけだ。たったそれだけで、背中一面、見るも無残なミミズ腫れになったよ。たが、こいつには、そんなサディストの女王のようなマネは出来ない。何の武器も持っていないんだ。ただ転がるだけ。手かせ足かせで土蔵にとじ込められたマハトマガンジーのように、優しく、無抵抗な生物だ」

　さらに楠瀬はキャプチャーファイルの中から、別の長い角を持ったナマコのような動物を映し出した。彼はそのナマコの角の部分をクローズアップした。

「こいつはおそらくキョクヒ動物なんだろう。背中からつきでたこの恐ろしげな角。何本ある？
一、二、三……。全部で七本だ。ところがよく観察すると、これは角でも刺でもない。ごく柔らかな、身体のバランスを取るための組織だという事が分かった。このナマコは僅かな潮の流れを、ヨットのセイルのようにこの角でとらえ、また角度を変えながら、コロンと転がってしまうのを防いでいるんだよ」

楠瀬はそこまで喋ると、どうだ？　とばかりに秋葉に向き直った。彼は両手を広げると、そのままの姿勢で秋葉の感想を待った。

「えー……そう……ずいぶん、友達が増えたじゃないか」

秋葉には楠瀬が何を言いたいのか分からず、しかたなく皮肉まじりの感想を述べた。

楠瀬はとってつけたような咳ばらいを一つすると、腕を組み、まるで出来の悪い生徒を諭す教師のような態度で、秋葉の顔を覗きこんだ。

「妙なことに気がつかないか？」

「もったいぶらずに、教えろよ」

「刺を持った生物がいない。それに丈夫な貝殻を持った奴もいない。毒針で刺す奴もいない。敵から身を守る必要がない、としか思えないんだ」

「まだ、そんなレベルにまで到達していないんだよ。原始の海なんだ」

「そんな事はない」

楠瀬は別の映像をモニターに映し出した。それは細長い透明な身体を持った魚のような生物だった。眼もなく、尾も鰭《ひれ》もない、シラウオのような生物だ。身体の、ちょうど背骨の部分に、乳白色の心棒のようなものが透けて見える。

「例えば、こいつには、明らかに、脊椎の原形と見られる脊索《せきさく》がある。ナメクジウオのようなりっぱな脊索動物だ。ここでの生物相はまるでカンブリア紀の海を思わせるよ」

「では何故ここにはカンブリア紀のような激烈な生存競争がないのか。ひとつ考えられるのは、固体の寿命が短く、餌となる死骸の量が十分なため、生きている者を捕食する必要がない、という可能性だ。ここの住人は皆、スカベンジャー（掃除屋）となって生きていけるのさ」

「彼らは皆、早死にということか？」

「放射線の影響だろうな。有害なガンマ線などが奴らの細胞を傷つける。奴らはそれを大慌てで修復する。その活発な代謝は確かに爆発的な生命の多様性を生み出すが、同時に過度に繰り返えされる事で、老化スピードをも早めてしまうのでないか。細胞は次第にエラーを増やし、やがて修復のスピードを超えてしまう。そしていっきに死を迎える。だがその血と肉はワインとパンに変わり、皆の宴の糧となるんだ。死者の肉だけで生きるなんて、これぞ究極のブッディストじゃないか」

「なるほどね。しかし侵略者はどこにでもいるぜ。大型の魚類は外敵にならないか？」

「その外敵となる魚がいないんだ」楠瀬は指をパクパクと開閉し、魚の口マネをした。

「おそらくこれも廃棄物パックから漏れる放射線のお蔭だよ。原始的な生物ならいざ知らず、仮にも脳ミソを持った高等魚類は、有害な放射線エリアには近づかないんだな。それもこれも、廃棄物パックから漏れる放射線の絶妙なる匙加減のあったればこそだ。君の造った真夜中の太陽は、この楽園を完璧に守っているんだ」

「他にもハサミの替わりに髭状の付属肢を持った海老だとか、新種の環形動物だとか非常に興味深い生物の宝庫なんだが…」

楠瀬は、一度、言葉を切って、冷たくなったコーヒーをぐっと飲み干した。

「まあ、しかし、この楽園の主役は間違いなく、こいつだ」

液晶スクリーン全体に、広角レンズで捕らえた深海のライブ映像が広がった。

そこには、この深海生物群の八割を占めようかという、あの巨大な海草の群れが、その半透明な身体をゆらりゆらりと揺らめかせていた。まるで地下牢に幽閉され血を吸われ続けた少女の腕のように、悲しげな姿の生物。海底から生えたその夥《おびただ》しい数の「少女の腕」は、救いを求めるかのように手招きしている。

数日前までは生理的嫌悪に鳥肌まで立てていた、おぞましい海草群のダンス。しかし、今の秋葉にとっては微かな哀れみすら感じさせる、幻想的な光景だった。

「まったく、こいつだけは分からない!」

楠瀬は興奮を抑え切れない様子で、スクリーンの中で踊る無数の「女の腕」を指さし、説明を始めた。全身を使って説明する彼の表情は何故かもどかしげだった。この生物の内包する謎や神秘のレベルに、彼の言葉も表現力も追いつかない、といったふうだった。

「君は海草と思っているだろうが、こいつは植物じゃない。固着性の動物だ。（オトヒメノカイナ）と名づけた。カイナの根っこの部分を見ろ。海底に付着するための器官と思われるが、根がヒトデのように五つの方向に伸びているだろう。これは棘皮《きょくひ》動物に見られる五放射相称形という奴だ。ヒトデの場合、この裏側には管足という水管系の器官があって摂食や移動に使われる。実は一匹、掘り返して、裏を観察したんだが、こいつにもやはり管足が存在する。ただし、移動も捕食もできない、貧弱なもので、単に海水を吸い上げるだけのようだ。吸い上げた海水と泥は、この放射状の付着器官の中で漉し取られ、排出される。ここだけ見れば原始的なヒトデだと思うだろう。ところが問題は……」

楠瀬はそこでいったん言葉を切り、唇を舐めた。

「放射状の付着器官からひょろりと伸びた〝女の腕〟のようなこの部分だ。おおよそ、ワンメーターある。いったい何なんだ？　この器官は。獲物を捕らえる口も無く、微生物を漉し取る繊毛もない。摂取した海水を吐き出す出口か？　いやそんな様子はない。もちろん、葉緑体なんか持っているようには見えない。ひょっとするとカイメンのように、この腕の中で微生物を漉し取っているのかも知れないだが、よく観察すれば分かる。レースのキャミソールよりも透明なこの腕の内部で、そんな運動が行われている様子はないんだ」

秋葉は興味なさそうに両手を広げてみせた。

楠瀬はそこでやっと、アルミホイルに包まれた弁当に眼をやった。彼は乱暴にホイルを毟り取り、中身のサンドイッチを取り出した。彼はパンをペロリと剥がして、しげしげと中身を眺めた。

「観察は必要ないよ、クスノセ。それはキューカンバーサンドだ」

秋葉が言った。「キュウリにこんな素晴らしい香りがあるなんて、驚きだよ」

楠瀬はパンを元どおりにして、頷く。

「いいね。パンにはマスタードとバターが丁寧に丁寧にのばされている。キュウリのしなり具合も文句のつけようもない、完璧な、キューカンバーサンドだ」

楠瀬は、サンドイッチをガブリとやると、その食べかけのサンドイッチでスクリーンを指し示した。眼をそらすなよ、という合図をして、残りを口の中に詰めこむと、後はじっとスクリーンのライブ映像を睨んでいた。ポリポリと心地好い音をたてながら、黙ってサンドイッチを頬ばっている。

そんな楠瀬を横目で見ながら、秋葉もしかたなく、スクリーンを見つめていた。

そうやって一分ほど経過した時だった。突然、パパッ、と女の掌が光った。いや、女の掌の中にある幾つもの粒が、ストロボのように明滅したのだ。一つの腕が発光すると、他の腕もまるでそれに呼応するかのように、次々と青緑の光を放った。それは怪しく神秘的な光景だった。

「見たか？　今のを」

秋葉は頷いた。

「この女は手の中に宝石を隠している。それも幾つもな」

「ナイフかも知れないぜ」

「なぜ光ったと思う?」

楠瀬がにやにやしている。

「廃棄物から漏れた放射線に反応した、と言わせたいのだろう」

秋葉はしかたなく言った。

「そうだ。そうとしか思えない」

楠瀬は秋葉の肩をグイと掴んで、揺すった。

「女達の掌はどちらを向いている? そう、真夜中の太陽に手をかざしているんだ。発光体をマイクロカメラで観察すると、小さな金属板のようなものが見える。これが寄生体なのかどうかは不明だが、恐らくこの金属板で放射線を吸収するんだろう。廃棄物パックを包むソフトキャンディにも放射線吸収粒子体が使われているな? あれと同じような物質をこの女も持っているんだ。ひょっとすると、彼女達、ソフトキャンディから盗んだのかな。だとすると、これまたお前さんのプレゼントだったってわけだ」

「なぜ吸収する? 放射線は有害なんだぜ」

「何をあわててるんだ、アキバ。ハイスクールガールを孕ませた中年男みたいだぜ」

くっくっくっ、と楠瀬が喉で笑った。

「そいつは、分からない。だがこの腕の部分は明らかにこの生物の重要な器官であり、そしてこのコロニーが生命に満ちているのは、この〝女の腕〟が放射線を利用して合成し生産する化合物のせいだろう、という事だ。まるで海底火山の熱水噴出孔に膨大な種類の生物達が群がってくるように、この『女の腕』は光の届かない深海で、軟泥と海水と放射線を魔法のように反応させて、バクテリアを繁殖させるのだ。そしてそのバクテリアの作り出す有機物が（サイレントシープ）のイカレた怪物どもを潤し育てるんだ。俺はな、アキバ、地球最初の生命体が、熱水の噴き出す深い海で発生したとする学説を思い出したよ」

「もっと不思議なのは……」楠瀬がなおも続けた。

「こいつらの種類の多さだ」

楠瀬の観察によると、この一族の形態は実に驚くべき多様性に富んでおり、例えば、手の指のように見える部分が五本のもの、三本のもの、七本のもの、指が糸のように細いもの、キャッチャーミットのように繋がったもの、またその指先の赤いもの、掌に黒い痣のあるもの、腕の部分に大きなプラムのような瘤のあるもの、腕が二股に分かれているもの、等々。サイレントシープの北側だけでも、おおざっぱに数えただけで二十八種類もの〝女の腕〟がひしめいているというのだ。楠瀬は、それら形の異なった〝女の腕〟の静止画を、次々とパソコンの画面に映し出しながら、説明した。

「一種類の生物が多様な形態をとるのは環境の変化への適応のせいだ。そう考えれば、この種類の多さは異常だよ。ここには多様性を生み出す環境の変化というものがない。形態の多様さを生み出すほど、ここは豊かな場所じゃないってことだ。餌も太陽も酸素も少ないバッドランドなのさ。ところが奴らの種類の多さはまるで豊饒な熱帯雨林に棲む異形の昆虫類、その百花撩乱を見る思いじゃないか」

楠瀬の子供のようなマナコが秋葉を見つめていた。まるで素人の秋葉に意見を求めているかのような謙虚さに満ちた眼差し。秋葉は思わず、陳腐な事を口ばしっていた。

「放射線の強度や種類が場所によって、その、微妙な、変化があるんじゃないか？　その微妙な変化が……」

秋葉の言葉に、楠瀬は突然、両の拳を握りしめ、悔しそうに、訴えた。

「俺に何が分かる！　ああ、どうにかして、こいつを採取できないものか！　こんな映像じゃ、話にならん。ケツめどで女を撫でているみたいだ！　秋葉っ、何かいい知恵を出せ！」

秋葉は、楠瀬の下品な言い方に顔をしかめた。

「良い方法がある。ダイバードにピラミッドまで運ばせるんだ。君は土足でピラミッドに上陸する。サスマタどもを蹴散らして、宝物を抱えてきたら、また、ゆうゆうと船に乗り込み、ここへ帰ってくる。あとは水槽に移して、心ゆくまで何日でも眺めていればいい」

「グレイト。だが、そいつは人生に嫌気がさしてから試すよ」

楠瀬は一呼吸おいてから、再び秋葉ににじり寄った。

「おまえさん、放射線の強さや種類が場所によって異なる、と言ったな」

「真面目にとるな。そんな可能性もある、と言ったんだ」

「なら、こいつを見て、どう思う?」

楠瀬はスクリーンにある図形を映し出した。三角形のフラグメンツが幾つも集合した幾何学的な図形だった。

「女の腕は二十七種類以上あるのだが、面白いのは、それぞれの種類は、決して混じり合う事なく、独立したコロニーを形成していることだ。俯瞰《ふかん》で見ることができれば、さぞや美しい光景だろうが、ダイバードの光源ではそれは無理だ。海底を這いずり回ってシコシコと作ったのがこの分布図だ」

「この独立したコロニーは、中心にある廃棄物パックに対して、それぞれが奇妙な逆三角形の陣形を取っている。この逆三角形コロニー同士が何種類か集合し、ある幾何学的な図形を形成し、さらにその図形が集合し、実に整然とした、ある種フラクタル（自己相似性）な図形を形成している。この分布図形、何かの規則性があるように見えるだろう?」

たしかに何かの法則が支配しているように見える。そう思って画面に顔を近づけた秋葉のコメカミが、ぴくっ、と動いた。両眼がすーっと冷たく据わった。彼はそのまま、魅入られたような表情で、スクリーンに釘付けになった。

「なあ、アキバ。彼女達の分布状況を見て、このフィールドに影響を及ぼす放射線の種類や強さを読み取る事ができるか?　お前ならどう思う?」

楠瀬はそう言って秋葉の顔を覗き込んだ。

だが秋葉の様子がおかしい。

問いかけに反応している様子が彼には伺えない。ふいに舞い降りた天使の姿でも見つけたように、茫然とスクリーンを見つめている。秋葉の心を何かが鷲掴みにし、激しく揺さぶっているのだ。

「おい……アキバ……?」

秋葉は陶然とした面持ちのまま、操作パネルにしがみついた。彼はスクリーンを二分割すると、楠瀬の作成した分布図をその右半分に寄せた。そしてマウスをくるくると回転させながら、あるデータを左半分に呼び出した。呼び出されたデータはやはりフラクタルな性質を持った複雑な図形だった。

それは、ビューレック・ペトル病の分布図であった。

この佐渡島を不吉な黒雲のように覆う凶兆の痕跡である。

水産研究所の敷島は、五年もの地道なフィールドワークの結果、この貴重な分布図を作成した。彼をその畑違いの調査へ駆り立てたのは、妻子を奪い去った理不尽な世界への復讐であった。肉親を突然奪い去る理不尽な「死」を、合理的に説明のつく自然現象としてベールを剥ぎ取ってしまうこと。いわば、闇に紛れて人を食らう正体不明の悪魔に、(ライオン)という名前をつけやる事だったのだ。

分子生物病理学の最先端で活躍する大学の研究所が、こぞってミクロの世界に謎の根源を見つけだそうと躍起になっている中、敷島は(住民の土着性そのもの)という巨視的見地から、病気の本質を捜し出そうとしたのである。

「分からないか、クスノセ……」

秋葉は眼を細め、その二種類の分布図に顔を近づけ、スクリーンを包み込むように両手を広げた。

「この二つの分布図の関係が。見えないのか。この二つを結ぶ縦糸と横糸が。本当に見えないのか」

楠瀬はスクリーンの左右を交互に見比べた。楠瀬自身が作成した〝女の腕〟の分布図と敷島が作成した佐渡島の「炸裂した嬰児」の分布図。スクリーン上の二つの分布図は、確かにフラクタルな要素を持っている。何らかの規則性も見られる。だが、左右の分布図に共通した規則性は認められない。まったく別の性格の図に思えるし、事実そうなのだ。楠瀬は、改めて首を横に振り、秋葉にその旨を伝えようとした。

だが、秋葉はスクリーンを睨んだまま、呼吸するのも忘れたように立ち竦んでいる。そしてぶつぶつと呟くその呪文。見えないのか、ほらここと、ここ。この点と、この点。こんなにはっきりと繋がっているじゃないか。秋葉は、虚空に描かれた配電図をなぞるように指を動かす。ほら、すべてがちゃんと、繋がっているじゃないか、見えないのか。

「アキバ、しっかりしろ」楠瀬は椅子から立ち上がり、秋葉の襟首を掴んで、乱暴に引っぱった。

「イオの家で何があった？　彼女に何をされたんだ？」

楠瀬は、管制室の入口で突っ立っている佐藤に気がついた。

佐藤は、楠瀬と視線が合うと、あわててカージナルスの野球帽のツバで目を隠した。楠瀬は息巻いて佐藤に歩み寄る。まるで猛牛のように向かって来る男に、佐藤は両手を広げて突き出し、俺にと下げた。

聞いても無駄だ、という態度を示した。だが楠瀬はお構いなしに佐藤の手を鷲掴みにすると、グイ

「……イガシラセの翼に触れたんだよ」

佐藤はしかたなく、吐き捨てた。

「どういう事だ？」

「ここの者はそう言ってる。翼に触れるとこうなるのさ。誰でも触れられるもんじゃない。俺なんか、何度やっても、何ひとつ見えやしねえ。嫌になるくらい鈍いんだよ。だが、アキバさんは触れたんだ。イオの呼び出した海神の翼にさ」

佐藤は突然、厳しい表情で怒鳴った。

「この島の……このくだらねえ……！　身体にまとわりつくような……重たい……泥みてえな……！」

佐藤には呪縛という言葉が思いつかない。彼は呪縛を解きたいのだ。この忌まわしい物語の呪縛を。その監獄からイオを開放し、手を取り合って、兎のように野を駆け回る。だが、彼はまだ知らない。その呪縛こそが人を結び、場を形成する唯一の力だということを。それが無ければ、我々はばらばらの孤独な存在に散ってしまうということを。

「俺は出ていきたい。この島を出たい……」佐藤はいつの間にか、涙ぐんでいた。そして楠瀬のカウチンセーターを引き千切らんばかりに摑み、揺すった。

楠瀬は何も言わなかった。抵抗もせず、諭しもせず、黙ってただされるがままになっていた。

「ここから出してくれよ大将！」佐藤は赤子のように泣きじゃくる。何かがとめどもなく流れ出し、もう自分でも抑えることができなくなっていた。

「この黒い雲を吹き飛ばしてくれよ、大将！　イオの目を醒ましてやってくれ。もっと明るい土地があって豊かな海があって、それで子供はすくすく育って、そんな物語を話してやってくれよ、なあ、大将、なあ、大将……」


その日から、秋葉は丸二日間にわたって、管制室に立てこもった。

彼はそこで、八王子にある国東建設本社の大型汎用コンピューターを使って、ある謎めいたプログラムの作成に没頭していたのだ。

この（プログラム・バタフライ）と名づけられた奇妙なソフトは、楠瀬の作成した（オトヒメノカイナ）の分布図と、敷島の作成した（ビューレック・ペトル病）分布図の関係性を明らかにするためのプログラムだと、秋葉は説明した。つまり、このプログラムによって、ビューレック・ペトル病で溶解した嬰児が、遥か二千メートルもの深海でオトヒメのカイナとなって転生したことを証明してみせる、というのだ。

楠瀬は腕を組み、入口のドアに凭れたまま、一心不乱にプログラムに取り組む秋葉の後ろ姿をじいっと見つめていた。彼は何度となく声をかけようとしたが、その度に思い直して溜め息をついた。秋葉の言っている事はとても理性的とは思えない。だが、秋葉の顔を覗き込み、その表情を見る限り、その気遣いは無用に思われた。彼の瞳に宿る炎は冷徹なほど自己分析的であり、疑似科学やオカルトに侵食された者特有の、過度の確信や自信もなかったからである。

だが、今度は逆にそれが楠瀬を混乱させた。

「理性的」に「転生」を証明するとは、どういう事なのか。

彼には我々に見えない「縦糸と横糸」が本当に見えるというのか。だがもし「転生」が実際にありうるのなら、死者の魂がどこか別の場所でその生を再び享受しているのなら……我々が死者を悲しむ必要もなく、死を恐れる必要もなく、いつの日か一つになれるというのなら……。

(いや、やはり、それは狂った妄想だ)

それでも楠瀬は、その魔法めいたプログラムの行方《ゆくえ》が妙に気にかかり、暇さえあれば秋葉の様子を覗きにいった。睡眠を取っている様子もない秋葉に、楠瀬は朝昼晩の弁当を届け、それだけではあきたらず、わざわざ日に何度もコーヒーを入れ、それをポットに詰めて、管制室の秋葉のもとへワゴンサービスしていたのだ。だが一度、そんなメイドのような自分の姿に気づき、ふと立ち止まって、大笑いした事もあった。

「最後のコーヒーだ。せいぜい、味わって飲むんだな」

楠瀬は、薄暗い中央管制室に入るなり、ダルそうにそう報告した。彼が秋葉の呼び出しを受けたのは、まだ朝の五時、夜が明ける前であった。計器類のライトグリーンやアクアブルーが映り込む管制室の大きな窓の外には、朝の気配が鮮やかなオレンジ色のゼリーとなって水平線を覆っている。下弦の月が、宇宙の彼方へと旅立つ船のように舳先を立て、星空に浮かんでいる。そして月の下に秋葉が立っている。妙に暗示的な光景だった。楠瀬はこの時が来るのを部屋のベッドでじっと待っていた。それを悟られまいと、彼はわざと眠そうな顔で目を擦った。

「冗談だろう」液晶スクリーンのカット調整をしていた秋葉が、目を丸くした。

「二週間分のストックがあったんだぜ。それが五日でなくなるなんて」

「お前さん、どれだけのコーヒーを飲んだと思っているんだ」

楠瀬はしきりに顔をゴシゴシと擦りながら、素早く秋葉の顔を盗み見た。もし秋葉の顔色が悪いようならコーヒーにミルクをしこたま混ぜて、無理にでも休ませるつもりだった。

しかし、秋葉の顔に疲労の色はまったく看られなかった。

楠瀬は、秋葉の膝にマグカップをぽんと置くと、ポットから熱いコーヒーをなみなみと注ぎ込んだ。途端、部屋中に香ばしいアロマが立ちのぼった。

「人を召し使い扱いしやがって」

「まあ、そういう成果はあったよ」

秋葉はあわててカップを手で抑え、スクリーンを指し示した。

スクリーンの左側に（ＭＡＰ島）と表示された分布図、そしてスクリーンの右側に（ＭＡＰ楠）と表示された分布図が現れた。（ＭＡＰ島）は敷島の作成した佐渡島におけるＶＰ病の発生図、そして右側の（MAP楠）は、深海生物オトヒメノカイナの種類分布図だと、楠瀬にも容易に推察できた。彼は、もったいぶらずに早く始めろ、とばかりに咳払いした。

秋葉は何も言わずに、意味ありげに笑って、（プログラム・バタフライ）をランさせた。

スクリーンの左側（MAP島）のフラクタル図形を構成するフラグメンツの一つが、赤く点灯した。次の瞬間、それに呼応するように、右側の（MAP楠）のフラグメンツが、赤く点灯した。一度、クリアにする。再び、（MAP島）の他のフラグメンツが点灯。すると（MAP楠）の別のフラグメンツが、パッと反応した。そして、クリア。

次から次へと（MAP島）の断片がランダムに点灯し、それに呼応するかのように（MAP楠）の断片が、これもランダムとしか思えないような分散性をもって点灯していく。この左右図形の呼応運動の速度は次第に早まり、やがて目まぐるしく点滅を繰り返す左右の図形は、催眠効果を伴うグラフィックアートのように楠瀬を幻惑した。

「さて…」楠瀬は眼鏡を取って、瞼を揉みほぐした。

「俺が眠っちまわないうちに、説明をたのむぜ」

「これをどう思う?」秋葉が尋ねた。

「そうだな…」しかたなく、楠瀬は答えた。「俺のマップと敷島のマップが意味ありげに点滅してたな」

「一つ言っておくが…」秋葉が言った。

「これは敷島の発病分布図でもなければ君の作成したあの生物の分布図でもない。身体のある部分における、あるシュミレーションの結果だ。画面の表示に騙されたな」

「何？　分布図じゃない？　身体のある部分だと？　いったい…」

「ここだ」

秋葉はそう言って、自分のコメカミを指でトントンと、叩いた。

「脳だよ。画面右は大脳の前頭葉のある領域。左画面は同じく大脳の海馬体および扁桃体にかけての領域だ」


かつて秋葉が所属していた（国東エンジニア）深海作業艇開発部門は、すでに作業艇の頭脳にニューラルネットワークの応用する事を視野に入れていた。

ニューラルネットワークとは脳の神経細胞のメカニズムを模倣したコンピューターである。作業艇が核廃棄物パックを海底に投棄する際、パック同士が重なったり接触したりしないよう投棄配置パターンを変えたり、直したりしなければならない。パックに余計な負荷をかけないためである。さらにその時点で傷ついたパックを発見し、そして回収し帰還する、といった一連の管理を、シャトル自身にすべて任せようと考えた研究であった。それには柔らかな情報処理が可能でパターン認識能力と自己組織能力のある、カオスニューロコンピューターが不可欠であったのだ。

脳は、ニューロンと呼ばれる神経細胞が超複雑に張り巡らされた回路網である。ニューロンは一本の線ではなく、幾つもの継ぎ目がある。ニューロンとニューロンの継ぎ目はシナプスと呼ばれる隙間があり、ニューロンを流れる電気パルスのタイミングによって放出された情報伝達物質が、別のニューロンに様々なかたちで刺激を与える。それによってシナプス間には、実に膨大な量の化学反応が嵐のように巻き起こっているのだ。それらの相互作用により、我々は思考活動を行っているのである。

例えば、大脳皮質一立方ミリの中には十万個のニューロンがあり、一つのニューロンには一万個のシナプスがある。それが連結され神経回路のネットワークを形成する。だが、そのネットワークの中でどんな情報処理が行われているのかは、大脳に関してはほとんど謎といっても過言ではない。分かっているのは、脳のどこが、どんな機能を司っているか、という、大脳の機能の分布図のようなものだけなのだ。

彼らが目指したモデルは、脳の神経細胞が特定の図形に強く反応し、それを記憶するという「チューニング」特性を利用し、ある図形パターンから（あるべき理想的な図形）を直観連想させ、そのあるべき図形を創造する、という自己想起機能を持ったニューロコンピューターであった。視覚刺激、認識、データ（記憶）との照合、判断を一瞬のうちに膨大な量の連絡を取り合いながら、フィードバックによる微妙な修正を行う。

〈タモン〉〈キッショウ〉〈コウモク〉〈ゾウチョウ〉の四つのユニットを統合させたこのニューロコ

ンピューターの搭載は、しかし様々な理由から実用化への道はあまりに遠く、結果的に断念せざるを得なかった。

しかし、その時に作られたモデル、〈シュミセンⅢ〉は、この分野の研究に確かな足跡を残す画期的な成果を残すことになった。ＦＫＦという染色物質でニューロンの繋がり具合を調べ、製作された結合図は、計らずも大脳の〈記憶の中枢〉である〈海馬体＝扁桃体〉における領域と創造や直観のスクリーンである〈前頭葉思考領域第48野〉とのニューロンネットワークを造りあげたのだ。〈海馬体＝扁桃体〉はコメカミのあたり、そして〈前頭葉思考領域第48野〉はオデコの上あたりにある。記憶と創造の配線図がごく一部とはいえ、解明されたのである。これは「シュミセンネットワーク」と呼ばれた。

「君の深海生物の分布図を見た瞬間、僕はビューレック・ペトル病の発生マップを連想してしまったよ。そして、同時に双方を結ぶ回路網が頭に浮かんだんだ。その回路網は、実は、僕には旧知のものだった」

秋葉は、指で頭をつついて見せた。

「そう、『シュミセンネットワーク』だ」

秋葉はそして再び、スクリーンに目を向けるプログラムの説明を続けた。

「画面左側〈海馬体＝扁桃体〉のある記憶ニューロンを〈発火〉させると、このプログラムは直ちに脳のあちこちと照合しながら複雑な神経回路を経由して、画面右側〈前頭葉思考領域〉にある直観創造ニューロンを発火させるんだ。ある特定のポイント同士だけ発火し、他は反応しない。開発にあたったチームは、こういった特別な結びつきを持ったポイントを、双方の領域でそれぞれ五千個以上も解明したんだ」

扁桃体）ニューロンの特異性の高さにあった。つまりこの領域には、ある一種類の感覚刺激にだけ（シュミセンネットワーク）の、五千個以上ものニューロン追跡を可能にしたのは、この（海馬体＝

特別に反応する細胞が多いため、発火した細胞が分散せず特定しやすかったのである。

「つまり、どの記憶ニューロンが、どの直観創造ニューロンと繋がっているのか、脳のどこで行われているのか、機能局在解明のための大きな一歩になったんだ。これは大変な事なんだぜ」

「へえ、このしょぼい電飾看板がな」

楠瀬は、いささか拍子抜けした様子で、顎に手をやった。

「スクリーン左は、つまり（海馬体＝扁桃体）領域なんだ。この（海馬体＝扁桃体）領域に敷島の作成したビューレック・ペトル病の発生ポイントを重ねあわせる……」

秋葉は左右画面を一度ワープすると、左側（海馬体＝扁桃体）領域に、もう一度、先程の（ＭＡＰ島）のフラクタル図形を出した。そしてその図形を構成するフラグメントの一つにマウスを合わせた。

「口で言うのは簡単だが、図形のどこに中心を置くかという、絶対座標の設定に随分と手間取ってしまったよ。だが、一度座標が定してしまうと、あとは信じ難いほどスムーズにいった」

秋葉が、再び、プログラムを走らせた。

すると、スクリーン上に、先程と同じ光景が、再び、展開された。

画面左側のフラグメンツが次々と（発火）を始める。それに応えるように、画面右側に小さな点が点灯していく。画面左側のフラグメンツが図形通りにすべて発火し終わると画面右側にも、みごとなフラクタル図形が形成されていた。

「……おい、こいつは、ひょっとして……」

事態を理解し始めた楠瀬の目が、眼鏡の奥で急に鋭くなった。

「どうやら、これがただの電飾看板じゃないって事に気がついたな」

今度は、秋葉が楠瀬のカップにコーヒーを注ぐ番だった。

「このシステムはね、左側（海馬体＝扁桃体）領域のポイントを（発火）させると、右側（前頭葉思考領域）に特異的な結合を示すポイントが（発火）するようにプログラムされているんだ。（海馬体＝扁桃体）領域は確かにビューレック・ペトル病の発生パターンが入力されている。分布のポイントに添って、発火させた。それは確かだ。だが、画面右側（前頭葉思考領域）には、何の細工もしていない。ただプログラムに任せっぱなしにした。当然、シュミセンネットワークは左に対応するポイントを、右にどんどん発火させていく。すると、どうだ。勝手にこのシステムは（前頭葉思考領域）に、あるフラクタル図形を造りあげてしまった。この図形が何であるか、分かるな？　そう誰よりも君が知っているはずさ」

秋葉は、硬く閉じた楠瀬の唇を見て、自ら答えを出した。

「そう、これはオトヒメノカイナの分布図だ」

楠瀬は鋭い目でスクリーンを睨んでいる。しかしその表情はどこか釈然としない。

「奇病の発生パターンに従って（海馬体＝扁桃体）を発火させると、（前頭葉思考領域）にオトヒメノカイナの群生パターンが発生してしまうんだ。どういう事か分かるな？」

楠瀬は黙ったまま、なぜか不機嫌そうに咳ばらいした。

秋葉は構わず続ける。

「（海馬体＝扁桃体）と（前頭葉思考領域）を結ぶ膨大な神経の回路網。それと同じ回路網が（佐渡島）と二千メートルもの深海（サイレントシープ）の間に存在する、という事だ。そしてその謎の回路網は、佐渡島で頻発する奇病と、あの〝女の腕〟のような深海生物とを特異的に結合しているんだ。これはまさに……」

「……転生、だとでも言いたいのか？」楠瀬はそう言って、力なく首を横に振る。

「と言っては言過ぎか？　ならば（断片化してしまった情報の再統合）とでも言おうか。記憶の断片を拾い集め巧みに統合しながら、直観創造へと再構築していく脳のシステム。その同じシステム、同じ力学が、ビューレック・ペトル病で溶解した嬰児からオトヒメノカイナへの再生に働いているんだ。いいか、クスノセ！　我々の脳の中で行われている活動と同じ事が、大地と海の間で行われているんだ。君には見えないだろう。だが僕には見える。この世界に張り巡らされた縦糸と横糸が見えるんだ」

いつの間に、水平線から光の球が上ってきた。赤い赤い光の玉は、突然管制室の二人に眩いばかりの閃光を浴びせた。陽光に反応して、窓ガラスにスモークがスッと降りると、閃光は柔らかなブラウンの木漏れ日になった。

「島と海底の間には、なんの配線も、ありはしない。膨大な海洋が存在するだけだ。だが脳内の配線、つまりニューロンとニューロンの間にも隙間がある。そのニューロンの隙間に横たわる膨大な海、それがシナプスだ」

語り続ける秋葉の瞳の怪しい熱気。楠瀬は、ふっと息をのんだ。次第に熱を帯びてくるその口調、イオだ。イオの歌のリズムだ。人種を隔てるのは言語ではない。宗教ではない。その内包するリズムだ。リズムが言語も宗教も決定するのだ。だが秋葉は楠瀬の動揺などお構いなしに、説明を続ける。

「佐渡島のある場所で、ビューレック・ペトル病の嬰児が（発火）する。するとその発火は、この惑星の大地や大気という（ニューロン）を激しく刺激し、（生命に関する膨大な記憶）情報をパルス信号として伝えていく。それは死者の（魂）といってもいいかもしれない。（魂）というパルス信号は、（生命に関する膨大な記憶）情報を、海という広大な（シナプス）に放出する。あの海獣達……、サスマタやギンカクは、さながら深海底にその情報を運ぶ情報伝達物質だ。深海はその情報を受け取ると、複雑な化学反応を雪崩のように起こしていく。海底の（受容体）が情報を受け取ると、周囲の環境とフィードバックさせながら、その（記憶情報）を再構成、再構築し、やがて生命という形に（相転位）させるんだ。水圧と放射線を使ってね」

秋葉は両手の平で虚空を包み込む。まるで蝶か何かがいるかのように、その手をそっと開く。開いた両手から何かが、すうっと羽ばたく。それを目で追う。

「この地球のあらゆる場所で、記憶の再生が行われているんだ。生命は転生するんだ」

楠瀬はしばらくの間、秋葉のそんな仕種を眺めていたが、やがて溜め息をついて、立ち上がった。

「おまえさんは大馬鹿者だよ」

彼は、ぶっきらぼうに、そう言い放った。

「君なら分かってくれると思ったが……」

「俺が？」楠瀬は不快感を露わにして吐き捨てた。「お門違いもいいとこだ」

楠瀬はそう言いながら、胸元に浮いた鳥肌を隠すように、セーターの襟を引き上げた。

「怖いんだろう？」秋葉は腕を組むと、神妙な面持ちで呟いた。

「なあ、クスノセ。神様は自分の姿に似せて人間を造ったという。ひょっとすると神様はこの地球、この世界を創る時も、自分の肉体構造そっくりに造ったのじゃないかな……」

秋葉は、脅える楠瀬の気持ちをまるで見透かすかのように、静かに語りかける。

「大地も海も山も川も、森も雲も、そして目に見えないウィルスさえも、神様は自分に似せて創られたんだ」

「お前は無責任だぜアキバ！」楠瀬はふいに怒鳴った。「イオもそうだ。一癖も二癖もある生き方をしてきたお前達が、なぜこの世ならぬ物語に心を奪われるのか。そんな戯れ言はな、死者を愚弄し、残された者の気持ちをいたずらにかき乱すだけだ！」

「そんなつもりは毛頭ない」

楠瀬はメキメキと拳固を握りしめ、それを、秋葉の顎にピタリとあてた。

「ペイバックしかないんだよ、アキバ。大切な者を奪われたら、それを癒すのは復讐しかない。復讐を果たしても死者は帰らない。それは当然のことだ。だが復讐しなければ、生きている者の帳尻が合わないんだ。帳尻の合わない人生に耐えて生きていけというのか？　俺は御免だな。この身に降り注いだ理不尽のすべてを、世界に叩き返してやるつもりだ！」

突然の楠瀬の激昂に、秋葉はふと妙な不安を覚えた。強靱さを絵に描いたような楠瀬に、初めて危うさ、脆さを感じたのだ。それは死の匂いがした。

「クスノセ……」

「深海生物の分類と名づけ親なんて、馬鹿げた時間の浪費だった。後悔してるよ」

楠瀬は秋葉にくるりと背を向けると、酸素を求めて水面を目指すダイバーのように、管制室から飛び出ていった。

「先に休ませてもらうぜ。佐藤が迎えに来るまで、眠りたいんだ。今日の調査は俺と佐藤だけでいく。お前は来なくていい。もう無駄な事は止めて今日一日寝ていろ。そんな電光掲示板では、誰一人、救われないし、納得もしない。何一つ分かりはしないんだ」

十三

恐ろしく気掛かりな夢から醒め、秋葉はベッドから飛び起きた。

首筋にびっしりと汗をかいている。

秋葉はフラフラと立ち上がり、引き寄せられるように、ルビコンのデッキに出た。空は灰色の雲が覆い、轟々と風が唸っている。ルビコンを覆う消波壁に、噛み付くように打ち寄せる怒濤。秋葉は感じた。海に巨大な怒りが満ちている。怒りの思念が渦巻いている（早く行かなければ）。

秋葉は楠瀬を叩き起こすため、管制室に入り、非常用起床ブザーを押そうとした。そのとき佐藤が管制室に飛びこんできた。

「イオの様子がおかしい」彼は首筋の汗を拭った。「何かあったんじゃねえかい？」

「船を出してくれ」秋葉が彼に怒鳴った。「ピラミッドへ。急いで！」

間もなく楠瀬も入って来た。彼はすでにウェットスーツにヤッケを羽織っていた。

「雷鳴が聞こえる……だが、あれは雷鳴じゃない」

彼は眼鏡を外し、レンズをシャツでごしごし拭きながら怒鳴った。

「急げ、佐藤。ピラミッドだ」

「ティダアパアパ号」は四人を乗せ、まるで何かにせきたてられるように全速でカーソルピラミッ

ド へ向かった。南東の強い風。曇天の空の果て、遠くで雷鳴が轟いた。

サスマタだ。サスマタが確かに吠えている。

船のデッキからピラミッドの全身がはっきり見えた時、腹に響くローターの回転音とともに、一艇のヘリコプターが彼らの頭上をかすめるように飛んでいった。ヘリコプターには、近県のローカルテレビ局のイニシャルが描かれている。それは低空飛行のまま、しきりにピラミッドの周囲を巡っていた。

今頃になってなぜマスコミが動き始めたのか、何か大きな事件があったわけでもない。秋葉は理由を捜そうと、ピラミッドの麓で吠えるサスマタを観察した。

サスマタはヘリコプターに吠えていたのではなかった。彼の怒りは、テリトリーに近づこうとしている、派手な三隻の中型船に向けられていたのだ。

その三隻の船の側舷にはそれぞれに巨大な垂幕が張られ、そこには深紅の太文字で「MOTHER・NATURES・SUN」と書かれていた。

「環境保護団体か……」楠瀬が困りきった表情で吐き捨てた。佐藤も顔をしかめた。だが彼らは明らかに危険だった。あの程度の船ならサスマタとギンカクでたちまち沈めてしまうだろう。船上では男女がヘリに向かってしきりに手を振っている。彼らの表情は健康的で屈託がなく輝いていた。彼らもまた信じるものを持っているのだ。

「MOTHER・NATURES・SUN」の彼らはしかし、もっと恐ろしいことをしようとしていた。それぞれの船がゴムボートを出し、それを荒れる海に浮かべると、団体のマークの付いたライフジャケットを着た何人もの男女が、それに乗りこんだ。そしてピラミッドに向かって、オールを必死に漕ぎ始めたのだ。

「ティダアパアパ号」の四人は身を乗り出して、三艇のゴムボートを見守った。波間で揺れるゴムボートの上で、乗り込んだ男女のうち二人が危なっかしく立ちあがると、頭上で旋回するヘリコプターに向かって、プラカードを高く掲げた。

プラカードには「ルビコンの廃止を！」「あの海獣を保護せよ」「核世界を警告に来た神の使者を保護せよ」「貴重な海洋生物の住みかを奪うな！」「今こそ核無き世界を」などと書かれていた。

そのうち、ボートの一艇がピラミッドの周囲で渦巻く海流に流され、フラフラとテリトリーの危険区域に引きこまれていった。

「だめだ、近づき過ぎだっー」楠瀬が眼を丸くして怒鳴った。

「離れろ、離れるんだ、そっちへ行くなっ」

楠瀬とともに秋葉も叫んだ。佐藤もあらん限りの声で、彼らを呼び止めようとして、咳き込んでいる。しかし、船上からの声は波濤とヘリの爆音に消され、彼らに届かない。オールを手に持ったバンダナ姿の男が、やっと海流に気がついた。彼は流れから逃れようとオールに力を込めた。しかし、流れは彼の予想を越えて速く強かった。ボートは木の葉のように海原を舞いながら、吸い寄せられるように次第にサスマタのテリトリーの内側に入り込んでしまった。

サスマタが頭を真っ直ぐ天に向け、吠えた。その瞬間、秋葉は海獣の怒りの閃光に包まれ感覚を失った。ゴォォン……、という怒号の余韻だけがかろうじて感知できた。

ボートに乗り込んだ環境保護団体の勇士達は最初、それが、生物の声だとは思えず、雷が鳴ったのだろうと思っていた。だが、もう一度サスマタが吠え、その巨大な海獣が雌を蹴散らし、海面を爆破しながら海原に飛びこんだ時、勇士達の表情は一様に恐怖で引きつっていた。今、自分達の想像を遥かに越えた自然の猛威に直面したことを悟ったのだ。バンダナの男はオールを握ったまま硬直していた。皆、逃げることすら忘れていた。

「逃げろ、そこから逃げろ、」楠瀬は掠れた声で怒鳴った。「速く海に飛びこめ」

惨劇の予感にもはや秋葉は声を出すこともできない。

「もう、手遅れだ……」楠瀬が呟いた。

サスマタは、猛烈な速度でゴムホートの下を潜った。海面が大きく揺れボートが翻弄される。勇士達は身を寄せ合い震えている。テリトリーを守るべきマスター・ブルの警告は続く。何度も何度も。ひとりの女性がとうとう泣きだした。オールを持ったバンダナ男が恐怖のあまり錯乱したのか、近づいたサスマタに向かって力任せにオールを振り下ろした。男は腕をおさえて悲鳴をあげ、オールは真っぷたつにヘシ折れた。

その直後だった。ゴムボートは海面下から猛烈な衝撃をうけ、水飛沫をあげて垂直に五メートルほど宙を飛んだ。キリキリ舞いしながら再び着水した時、勇士達は全員、悲鳴とともに海に投げ出されていた。

「畜生っ」佐藤はカージナルスのキャプをぎうっと被り直すと、キャビンに飛びこみ、前進レバーを入れた。「ティダアパアパ号」が突然、動き始めた。見るに見兼ねて彼らの救出に向かったのだ。佐藤は楠瀬の指のサインを見ながら、出来る限り「ティダアパアパ号」を彼らに近づけていく。タイミングを見計らって、楠瀬がロープの付いた浮輪を円盤投げの要領で次々と海に投げ入れた。「それに摑まれっ」楠瀬が彼らに怒鳴った。

彼らが浮輪を摑み次第、全速力でテリトリーを離脱するつもりだった。だがサスマタのアタックで身体にダメージを受けたのか、皆、動きが鈍い。ライフジャケットのお蔭で沈まずにいるものの、まるで許しを請うかのように両手を楠瀬達に差し出し、助けてぇ、助けてぇ、と繰り返すばかりだ。

ふいに海が静まった。

何か不気味なものを感じ、秋葉は身を乗り出した。

助けを求めていた男の一人が悲鳴をあげて水面下の足もとを見た。水面で地雷が爆発したかのような、ズドォンという轟音とともに白い水柱があがった。その男は巨大な水柱に、弾き飛ばされ、宙に舞った。彼は空中に放物線を描きながら、気まぐれに放り投げられた人形のように「ティダアパアパ号」の後部デッキにあるウィンチに叩きつけられた。

ぐしゃっ、という肉の潰れた衝撃音とともに船が揺れた。秋葉と楠瀬があわてて駆け寄る。男は血と潮にまみれ苦悶のあまり声も出ず、芋虫のように身を捩っていた。彼の右脚は、膝から下が逆に折れ曲がっていた。

再び、爆発音とともに水柱が上がった。ライトグリーンの服を着た女性戦士は手足を広げたまま空中回転し、同じように後部デッキめがけて飛んできた。秋葉と楠瀬は身を呈して彼女を激突の衝撃から守ったが、彼女の片足はすでにくにゃりと力なく折れていた。

サスマタは海上の人間達を手当たり次第に弾き飛ばし、「ティダアパアパ号」に放り投げていった。サスマタはその頑丈な頭を、海上でもがいている、このいかにもひ弱な生き物の股ぐらに乗せると、全身を折り曲げて力を溜め、そして大木のような首を反らせ跳ね上げるのだった。船首と言わず船尾と言わず、次々に放りこまれる彼らに「ティダアパアパ号」の乗組員はもはやどうすることも出来ず、茫然としていた。一人の女性がキャビンの壁に頭から激突した。あわてて近寄ると、眼が虚ろに沈んでいる。抱き抱えると頭がダラリと垂れた。首の骨が折れていたのだ。彼女は間もなく、息をしなくなった。

「なんてこった……」秋葉の声は震えていた。「死んだ」

海上に最後に残ったのは、あのバンダナの男だった。彼は緊張と恐ろしさに青ざめながらも何とか最悪の事態を避けるため、恐怖のジャンプに備えて筋肉に力を入れた。下からの衝撃を膝で受け入れるように両脚を曲げた。彼は身構えたまま、待つ。いつ来るか、今か、まだか、その緊張に耐え切れず、彼は激しく息を乱し、姿の見えない海獣に無意味な罵倒を浴びせかけた。

突然、彼はみぞおちに強い衝撃を受けた。彼は苦悶の叫びをあげた。海から突き出た彼の上半身は、後ろ向きのまま凄まじいスピードで後方へ疾走していった。まるで腹に推進機関がついているかのように見えた。絶望的な悲鳴をあげ続ける彼の上半身は、巨大な力に押しまくられ、水渋きとともに海面を切り裂きながら、なおも海上を縦横に引き回されていった。

そして水柱が噴きあがった。それは最も激しいものだった。彼の身体は誰よりも高く跳ね上げられ、誰よりも遠くへ弾き飛ばされた。彼は悲鳴をあげながら宙を舞い、吸いつくようにピラミッドの側面に激突した。骨と肉と内臓がいっぺんに挽き潰されたような、まるで百本の濡れ雑巾を叩きつけたような音がして、彼の悲鳴が止んだ。

その全身の血がひくような光景に「ティダアパアパ号」の皆が息を飲んだ。佐藤は思わず顔をしかめ、秋葉は眼をそむけた。バンダナの戦士は、ピラミッドの側面にべったりと太い鮮血の線を縦に引きながら、ズルズルと円盤部に落ちていった。誰が見ても、男の身体が一瞬にしてただの肉塊と化したのが分かった。男は平らな円盤部でぴくりとも動かない。その彼を、雌の海獣達がよってたかって突き転がしながら、再び海へと蹴落とした。彼の身体はしばらく海原を漂っていたが、やがて波間に姿を消した。

キャアッ、と女戦士が海上を指さして、悲鳴をあげた。

そこには、先ほど姿を消したはずのバンダナ男が、腰から上の半身を海上へ突き出し、こちらを見ていた。両手をだらりと下げ、潰れた柘榴のような顔ががくりと垂れていたが、浅瀬に立っているかのように安定している。彼はその状態のまま、さあーっと、こちらに進んで来た。彼の頭蓋骨は大きく砕け、濡れたバンダナの隙間から脳漿が垂れ下がっていた。生きているはずはなかった。これは海獣のデモンストレーションなのだ。みせしめの執拗な示威行動だった。彼はその犠牲になった。

彼は無残な姿を曝したまま、海を滑っていたが、やがて、水柱とともにロケットさながら空中を飛んだ。「ティダアパアパ号」の甲板にどすん、と着陸した彼の下半身は、すっかりと消えていた。

（どういうことなのだ、これは……）秋葉は混乱していた。

実は、この「MOTHER・NATURES・SUN」という環境保護団体は、国東建設がカムフラージュのために極秘に組織させ、保持している機関なのである。国東建設は、彼らにレベルの低い主張をさせ、衝突を演出する。その度に国東建設はあらかじめ計画に組み込まれている譲歩要領を提出して和解を成立させ、そのことで会社側の誠意を世間に示すというシナリオなのだ。秋葉はもちろんその事実を知っている。そして彼自身の報告書に、海獣のテリトリー侵害の危険性は何度も書かれていた。会社側も「MOTHER・NATURES・SUN」も当然、知っていたはずだ。

いや、それとも……。まさか。

船上は野戦病院のような酷い有様だった。七人もの男女が血と潮水にまみれ、骨折のショックで震えている。反吐を吐き、嗚咽している。そして二人の人間が死んだ。一人は眼を見開いたまま、首を傾げ横たわっている。一人は顔すら判別出来ぬほど潰れている。彼の胴体は腰から先がちぎれ、無残な断面を曝している。佐藤はキャビンからゴザを持ってくると、自分の口を押さえながら、それで死体を覆った。

自然神との蜜月はあっけなく終わった。

秋葉は船上の惨状を眺めながら、ぼんやりとそう考えていた。我々は天秤など持ち合わせていない。この不条理な仕打ちに耐えるわけにはいかない。これからはこの理不尽な猛威と戦い、そしてこれを組み伏せていかねばならないのだ。

十四

秋葉は祈るような気持ちで鷲崎港を見た。

彼は佐藤を急かし、「ティダアパアパ号」からあらん限りの救助連絡を方々に送った。警察、大学病院、村民会。だが焦燥感はまったく消えない。彼の背後には、死者が虚ろな目をして横たわっているのだ。秋葉にはとても現実のものとは思えなかった。悪寒で胸が掻き乱され、彼は振り向くことすらできずにいた。

鷲崎港には幸い、大勢の漁師達が秋葉達を待っていた。港に真っ先に駆けつけたのは警察でも救急車でもなく、ワゴン車で駆けつけた漁業組合の人間だったのだ。

だが彼らの姿が見え呼ぶ声を聞いたことで、秋葉の焦りは逆に頂点に達してしまった。いてもたってもいられなくなり、胸の中で何度も船を急かせていた。何をしてる! 早く、もっと早く! 頭に血が上り、もどかしさとじれったさで髪を掻きむしりたくなった。そして彼は実際、何度も髪を掻きむしっていた。だが一方、冷静にことを見守るもう一人の秋葉が、港に到着した後の段取りを頭の中で組み立てていた。

港に船がつくやいなや、秋葉は大声をあげながら、皆に陣頭指揮をとった。彼は楠瀬や佐藤らとともに、「ティダアパアパ号」から重症者を港へ次ぎ次ぎと降ろしていった。全員がもはや自分一人では歩くことも出来ない状態で、下船は遅々として捗らない。見るに見かねた漁師達は、次々と船に駈け上り、全身を叩き折られた若き戦士を抱き抱えて港に降ろしていった。わずかに体を動かしただけで戦士達は激痛に悲鳴をあげた。寒さと骨折のショックで全身を震わせ、口から泡をふいている者もいた。彼らのズタズタに裂けたデニムのパンツが、下半身の受けた衝撃の凄まじさを物語っていた。

「こりゃひでえね。膝から股関節からみんな折れてる」

船医の中でも特別に触診に長《た》けた男が、累々と並べられる若者達の脚を触りながら、顔をしかめていた。裂けたズボンを捲ると、どの脚も紫色に変色している。

「この娘は骨盤から仙骨が剥離して……腰がぐしゃぐしゃだ。こっちのあんちゃんは……ああ、動かすな！　もし脊椎がいかれてたら、障害が残っちまうぞ！」

「救急車はまだか！」秋葉は絶叫した。

『八人も乗せられるかよ！』誰かが怒鳴った。『そえ木をもっとよこせ！』『包帯もだ！』『終わったらクルマに乗せろ！』『病院まで運べ！』秋葉はいつの間にか漁師達に指示してた。『暖めろ！』『とにかく暖めろ！』『服を脱がせて毛布で包め！』

秋葉はワゴン車の荷台にダンボールや毛布を敷き、応急処置を終えた戦士達を片端から乗せていった。彼がある女性を荷台にあげた時だった。彼女の両膝は本来曲がるはずのない方向へ曲がっていて、素人では処置も出来ないことがはっきりわかるほど重傷だった。その少女と呼んでも差し支えのないほど若い女性は、胸元に彫った蜥蜴の入れ墨を右手で隠しながら、秋葉に向かってしきりに叫んでいた。

「愛甲さんは？　副隊長はどこ？　愛甲副隊長を知りませんか？　ボートにはいたんです、ボートには乗っていたんです！」

彼女が小鳥の入れ墨を隠したのは、秋葉にふしだらな女と思われ、真面目に取りあってもらえないことを恐れたためだった。今までに何度もそんな経験があったのだろう。だが終《しま》いにはそれも忘れ、秋葉の腕を鷲摑みにしていた。気を失ってもおかしくないほどの激痛が彼女を襲っているにもかかわらず、彼女はその若き同胞の安否を気づかっていた。

「緑色のバンダナをして……ボートを漕いでいた人よ！　口は悪いけれど皆は怖い人だって言うけど自分にも他人にも厳しい人だけど、責任感が強いのでも泣き虫なの副隊長は？　愛甲さんは？　いないんです。どこにもいないの！」

やがて彼女は人目もはばからず、ベッドの中でしか囁くことのない彼の名を呼ぶ。どこなのーっ！　ヒロモー！　ヒロモーー！　人目も憚らず恋人の名を呼びながら、その声はしだいに涙で途切れがちになった。寒さと激痛と不安で、顔は真っ赤に歪み、両目には涙がいっぱいに溢れていた。それでも、彼女は恋人の名を呼び続ける。喉の奥から振り絞るような彼女の叫びに、副隊長への思いが滲み出ていた。

秋葉は、その入れ墨の少女の手を振りほどき、逃げるように別の負傷者に駆け寄った。とてもいたたまれなかった。その男を知ってるよ。彼は死んだよ。頭蓋骨を右半分砕かれ、両足を噛みちぎられ、そこに眠ってるよ。汚れたゴザが見えるだろう。人に見えないって？　脚が見えない？　小さ過ぎるって？　そりゃそうさ。腰から下が無くなってるんだから。

彼女は「フラワーショップ・セントポーリア」と書かれたワゴンに乗せられ、病院へと向かった。残りの戦士達を乗せた三台のワゴン車も、続いて走り去った。しばらくして救急車がやってきた。港に残っているのは、ゴザを被せた二つの物言わぬ肉塊だけだった。肉塊はグチもこぼさず悲鳴もあげず、ただそこに横たわっていた。

救急車から出てきた三人の若い救急士は、肉塊の状態を確認し、無言でその肉塊を車内に運び込んだ。何も聞く必要もなかったし、何も言う必要はなかった。

すべての戦士が運ばれてしまうと、耐え難いほどの沈黙が港に訪れた。

タフな楠瀬もさすがに疲れ果てていた。彼は市場の清掃用ビニールホースの先を口にあて水道の蛇口をひねると、そのまま市場の隅に座り込んでしまった。佐藤は港の堤防の縁に両手をつき、背骨を波打たせながら、海に胃液を吐いていた。秋葉もよろよろとへたり込み、頭の芯をズキズキと揺する頭痛に、必死で耐えていた。

その時、港に大型クルーザーよりさらに一回り大きなモーターヨットが入って来た。純白の腹に鮮やかなトルコブルーで「ＭＯＴＨＥＲ・ＮＡＴＵＲＥＳ・ＳＵＮ」と書かれている。

その文字を見た途端、秋葉の頭にカアッと血がのぼった。

モーターヨットから、港にタラップが下りると、秋葉はこめかみを強く押さえながら、いっきに甲板まで駆け上がった。

途端に、彼の前に保護団体の構成員が立ち塞がった。四、五人はいるだろう。ラフな格好で親不孝な学生のふりをしているが、相当な訓練を受けた身のこなしと目線の鋭さで、普通の学生ボランティアでない事はすぐわかった。

「国東の秋葉だ。知らないとは言わせないぜ」

秋葉は彼らの胸をドーンと突っ張りながら、大声で怒鳴った。彼らの体は建設機械のように重く、微動だにしなかった。もう一度、どけ、と怒鳴ると、後部デッキの方から、聞き覚えのある声が秋葉の名を呼んだ。見ると、船尾デッキに設置された大きなクレーンの下に、その男がいた。

「お前達、何をしてる?」その声の主が、セキュリティサービスを叱咤した。

「その方をこちらへ通せ！　それからシェリーグラスをもう一つだ」

その男は、淡い色のダッフルコートから凍えた両手を出すと、後部デッキのテーブルに置いたシェリー酒の瓶を掴み、秋葉に向けて高く掲げてみせた。

「加納……っ！」

「アキバさん、ごぶさたしています」

その男は秋葉に向かって軽く会釈した。彼の透き通るような白い顔に、秋葉との再会を心底喜んでいるような笑みが零れた。しかし秋葉の様子を察すると、かすかな落胆の色があらわれた。それが本気なのか演技なのか秋葉には分からなかった。彼の、後天性色素形成不全症による異様に白い顔は、常に重い憂鬱に沈んでいるように見えるからだ。濡れたような長い睫も、整った顔だちも、紅をひいたような唇も、一層の憂いを感じさせた。色の薄い前髪から垣間見えるグレーの瞳は、痛々しいほど硬く透明だった。

「私の報告書はみたな?」秋葉が言った。

「はい」

「では海獣の逆鱗に触れる事を承知でテリトリーにボートを近づけたんだな?」

秋葉は爆発しそうな胸の内を押さえるように、ふーっと息を吐いた。

加納は仕方なく、頷いた。

「そのために信念を持った若者達が犠牲になった。皆、重傷だ。二人が死んだ。世界に対する認識の浅い、未熟な若者達だが、死ぬ必要はこれっぽっちもなかった」

「そうかもしれません」

「そうか。なら答えろ、加納!」秋葉は堪え切れずに激昂した。「何が望みだ!」

「……あの海獣の雄を始末して、回収します」

加納はしかたなく白状した。秋葉にだけは、ごまかしはしたくなかった。

「もう、どんな環境保護団体も異論はないでしょう。アキバさんも見たとおり、奴は地元民の言う自然神なんかではなく、ただの獣だということがはっきりしたんです。それも残酷な、忌むべき、人類の敵だということがね」

「サスマタを始末する正当性が欲しかったのか？　そんなことのために……」

秋葉は絶句した。

だが、加納は平然として言った。

「韓国からのトラッシュキャン（キャニスター詰めされた核廃棄物）の搬入日が変更されたんです。お蔭でルビコンⅢの稼働予定日も一か月繰り上がってしまった。例によって米国防省からの一方的な要請でしょう。釜山港からの護衛を担当するイージス艦の配置も監視衛星『ホークアイ』の調整も、すでにその日に向けて動き始めていますからね」

加納は、峰々に降る初雪のようなその白い顔を、かすかに歪めてみせた。

「時間がないんですよ。秋葉サン。あんな獣に遠慮して、商売の信用を失うわけにはいかないんです」

「ふざけるな」秋葉は怒鳴った。「突然の変更など、日常茶飯事だ。いまさら御大層にふりかざすほどの理由か。我々はどんな困難な局面でも調整してきた。アクエリアスオクトがアクロバットチームと呼ばれるには、それなりの理由があるんだ！」

「落ち着いてよ、アキバさん」

加納はぴかぴかに磨かれたシェリーグラスに酒を注ぎ、秋葉に勧めた。

「極上のアモンティリャードです。老酒よりずっと気品がありますよ。食前酒で終わらすのはとても忍びない。なにしろ潮風にぴったりなんです」

「ふざけるな！」

秋葉はテーブルのシェリーの瓶をひったくると、そのまま海に放り投げた。

加納は、放物線を描いて海に消えたその貴重なシェリーには目もくれず、秋葉の顔をじっと見つめた。そのグレーの瞳には少年が宿っている。世界に対する拒絶とその世界に守られなければ生きていけない諦めと孤独が宿っている。

彼は国東の企業理論を忠実に実践する。システムの維持に迷いもためらいもない。だがそれは愛社精神ではない。恐怖からでもない。世界に対する、そしてその世界を拒絶しきれない自分に対する、これが復讐なのだ。世界が自分を型にはめようというのなら、自分から型にはまってやる、いや自分が型になってやる。悪意に満ちた、痛々しい復讐なのだ。秋葉にも彼の屈折した心情には理解できたし、自分にも思い当たる時期があった。それだけに彼のことは気になっていた。一級建築士の資格を持つ今風の醒めた若者で、特に肉体的な快楽には鈍く、欲望も希薄だった彼を、秋葉は何かと世話を焼き、行動を共にした。彼のことを放っておけなかったのだ。放っておけば、彼はどこか極端な思想に走ってしまいそうだったのだ。だが秋葉に誘われて始めたダイビングやサーフィン、食べ歩きや、ゲーム感覚のヨガなどで、加納の肉体が目覚め始めた頃、彼は突然、ルビコンプロジェクトの表の世界から外れ、秋葉の前から姿を消した。中途半端な全能感に酔い、バランスを失い、企業の紡ぐ物語の闇のほうへと歩み寄ってしまったのだ。秋葉は自分の半端な指導が思い上いた。

がりだったことに気がついた。最も危険な時期に注意を怠ってしまったことを後悔した。しかし秋葉の心配をよそに、加納は国東を裏で支えるダーティーワーク専門の組織でいつしか頭角を現していた。

「アキバさんらしくないですよ」

加納は薄笑いを浮かべていた。

「ここ数日のあなたの行動には、問題を解決しようという意志が見られない」

「この島から出ていけ！　加納っ」秋葉は、このえげつない惨劇の責任を全く感じていないような加納の口調に、逆上し、声を荒げた。

「今すぐ私のルビコンから出ていけっ。その汚い手でルビコンに触るな！」

詰め寄る秋葉に、しかし加納は、静かに首を振る。理性を失った秋葉を見つめる灰色の瞳に、微かな哀れみがあった。

「そうもいかないんですよ。事はこの佐渡島のルビコンに限ったものじゃないんです。ルビコンⅡでも、ルビコンⅢでもこの海獣が目撃されている。近い将来、あの海獣どもは必ずルビコンプロジェクトの大きな障害になる。絶対になります。ルビコン建造とともに、いつの間にかあの海獣どもが不吉の前兆のように姿を現し、そして、その島におけるビューレック・ペトル病の発症率は、狂ったように跳ね上がる。偶然だと思いますか」

秋葉の心臓の鼓動がふいに重くなった。

「……何が言いたい？」

「我々の未来を奪おうとする疫病の元凶は、あの海獣どもだ、という事です」

「そいつは違う」秋葉はあわてて打ち消した。

「あの病気と海獣とは全く無関係だ。水産試験場の敷島君がそう証言してくれた」

秋葉の反論にしかし、加納はまったく顔の表情を変えない。潮風に揺れる白い綿のような前髪、垣間見える瞳は、冷たく澄み、さざ波ひとつ立たない。

そして秋葉の顔には、隠しようもない胸騒ぎがまるで夕立のように音を発てていた。

「彼のホームページを見るといい」秋葉の口調は、まるで背中に刃物を突きつけられ脅されているかのように、早口に、饒舌になっていた。

「あのデータの証明するところはすべてネガティブだぞ。八年間もビューレック・ペトル病を追い続けた彼がそう結論づけたんだ。それにルビコンプロジェクトに反対し続けた人物でもある。彼なら信用できる。絶対に信用できる！」

「アキバさんは……」加納はひと呼吸おいて、言った。「あの海獣を殺すことに反対のようですね。なぜです？　まさかあの獣どもを海神の化身だとでも？」

「科学的な根拠もなく、希少動物を殺せば……国東は世論の誤解を……」

「そんなもの、必要ありませんよ」加納はこともなげにトドメを刺した。

「ほんの少し、可能性を主張すればいいのです。それなら敷島先生も協力してくれるでしょう。海獣とあの嬰児溶解現象、もしかすると関係があるかもしれない。無関係とは言いきれない。偶然とはとても思えない」

加納の哀れむような口調が、秋葉の胸を刺した。

「それだけで十分です。あの海獣どもを抹殺するには十分な理由になる。当然でしょう？　あの映像を見れば、誰だって脚がすくむ！　半狂乱の妻、泣き叫ぶ夫、地獄の光景だ。あなたも見たでしょう？　実に良くできた一級のホラーフィルムだった。どこの誰が、どの国の親が、あの映像に逆らえます？　さらに、たった今、私の手元に、あの海獣どもが人間の敵である事を明確に示したビデオディスクがある。奴らがどれほど残虐で悪意に満ちた存在であるか、この映像を見れば一目瞭然だ。もちろん海獣のサンプルは最低限必要です。いくらでっちあげの研究成果だとはいってもね。サスマタの死体を手にいれる。それが国東の命令です。海獣を殺し、死体を手に入れる。それさえ手に入れば、国東の科学班は必ず我々に必要な結論を導き出すでしょう」

秋葉の表情は能面のように感情が消えていた。だがその心は豪雨に曝され、何度も悲鳴をあげていた。

「私には……それが、能率的な企業戦略だとは、とても思えない……」

秋葉は虚ろな表情で呟く。

「アキバさん、企業は必ずしも合理性だけで動いてはいません。企業は生物と同じく、膨大な情報処理によって意志決定していますが、その最終判断はといえば、冷徹な計算とは逆の、狂暴で矛盾に満ちたものが少なくないのです」

加納の言葉は、不思議なことに、からっぽになった秋葉の心にするすると入り込んでいった。

「アキバさん……今度はボク達と一緒に戦いませんか?」

冷たかった加納の瞳に、突然、灯がともった。

「ボクはあなたと一緒に戦いたい。いや、あなたと一緒にでなければ、戦えない。実は……プロジェクト「鬼火」の始動が決定したのです」

国東建設はプロジェクトルビコンと並行して、次世代のプロジェクトも用意していた。それは陽子加速器を用いた放射性廃棄物の(消滅処理システム)である。全長一キロもの巨大加速器により打ち出された陽子をタングステンなどの重金属に衝突させ原子をバラバラにすると中性子が飛び出してくる。これを半減期の長い放射性廃棄物(アメシウムやネプツニウム)などに衝突させるのだ。するとそれらは核分裂を起こし、半減期の短い元素、セシウムやストロンチウムなどに変化してしまう。例えば、この方法で、半減期二一四万年というネプツニウムを半減期二八年というストロンチウムに変化させれば、廃棄物の貯蔵期間は大幅に削減できるのである。

「今年は革命的な年になりますよ。富良野に建造されたパイロットプラントは順調に作動しています。ただ大変なのはこれからだ。誘致、買収、説得、偽装反対運動。住民や議員やマスコミ相手に気の遠くなるような工作を積み重ねていくんです。時として仕事の重要性とは別に、欲まみれの馬鹿どもの卑しさに吐き気がしてきますよ。でも……」

加納の口調が、親しかった昔日のぬくもりを取り戻すように、熱くなっていく。

「あなたと一緒なら耐えられる。あなたと潜ったナイトダイブ、深夜の海の溜め息の出るような美しさ。ハワイのサンデイビーチで、バリ島のチャングービーチで、月明かりだけが頼りのムーンライトサーフィンの、あの世界と同調したかのような一体感。あなたは高潔な世界を理解できる数少ない人だ。泥人形のようだったボクの身体から、快楽を掘り起こしてくれた恩人だ。あなたとなら神の視座に立って仕事ができる。どんなに血で汚れようと、どこまで堕ちようと、心に宝石を持った人間がこの星を継ぐはずです。ボク達は笑いながら世界を利用してやればいい。世界が「美」や「気高さ」など必要とせず、淫売と血と毒キノコを欲しがっているなら、せいぜいばら蒔いてやりましょう」

「でもボク一人じゃだめだ。あなたと一緒じゃなきゃだめだ。今度はぼくがあなたを導く番だ。世界を操る縦糸横糸に、ボクが触れさせてあげますよ……」

「ボクはあなたを失望させませんよ」加納は、なおも、おもねるように訴えかけた。

「ボクは絶対に隠しごとはしない。美代子さんや、あの、国東の最上階で胡座をかく老人どものように、あなたを悲しませるようなことはしない。なぜって……」

「何だと？」秋葉は、妻の名を口にした加納を睨みつけた。「妻がどうしたというんだ」

「失礼ですが、あの女はあなたの妻になる資格はなかった」

加納の表情から懐柔の笑みが消え、かわりに嫌悪の皺が浮かんだ。

「あの狡猾な雌キツネは、あなたの目指す遥かな山の頂きを見てはいなかった。雪に隠された花を見てはいなかった。別の場所を見ていたのに、そうでないふりをしていた。あのガラス玉のような目が見ていたのは、毒々しい造花と悪趣味な衣装とインチキな酒で太った自分を守ってくれる城壁だけだった。僕は何度も忠告した。何度も何度も忠告した。あの女が歌うのはあなたの歌じゃない。だが、あなたはあの女に心を奪われた。いや、実はそうじゃない。心を奪われたふりをしただけだ。社会的信用？　役職の確立？　そんなもののために、あなたは汚れた舞台に立ったんだ。あなたに僕を非難する資格がありますか？」

秋葉はむらむらと沸き上がる怒りを押し殺すように、両手で顔を覆った。

「……君は子供がいるか？」

「まだ、結婚もしていませんよ」

「そうだろうな。君に魅かれる女性はいない。君の顔が壊れているからだ」

自分の顔のことをまともに非難され、加納の表情がふいに厳しくなった。

「君の顔はまるでワンピース欠けたジグソーパズルだ」秋葉はお構いなしに、続けた。

「遠くから見ると普通の人の顔に見える。これといった異常はない。だが近づいて目を凝らすとどうも奇妙だ。何かが欠けているんだ。目や鼻や口のピースが欠けているわけではない。だが確かに重要なピースが欠けている。だから人の顔に見えない。幼い頃にどこかで落としたのなら捜せばいい。それを見つけ出すのが人生だ。だが、君はわざとそれを切り捨てた。それは想像力だ。他人の痛みを感じ取る想像力だ。自分を大事にするあまり、君は自らそれを切り捨てたんだ」

秋葉の自信に満ちた態度に、加納の尾骶骨がぞわぞわと疼き始めていた。

「君は自分に首輪をつけた世界を恨めしげに睨んでいる、ただの痩せ細った飼い犬だ。自分の力で荒野を走る野良犬を、卑しいなどと言う資格は、君にはない！」

秋葉は殴りつけるような怒号を加納にぶつけた。

秋葉の厳しい言葉にじいっと耐えていた加納が、やがて、ふうっ、と溜め息をついた。

「さすがに良くご存じだ。ボクの感情を逆撫でする言葉をね」

十五

生涯一漁師と心に決めていたインゲマル・ヨハンソンが、アザラシ猟を始めたのには理由がある。ノルウェー北西海岸のロフォーテン諸島は、北極圏にありながら、ノルウェー海を流れるメキシコ湾流のために比較的おだやかな気候に恵まれている。ヨハンソンの故郷ロスト島にも不凍の港があり、周辺はタラの一大漁場だった。一月から二月のタラ漁最盛期には、一攫千金を狙う漁夫たちで島の人口は二倍以上に膨れあがる。彼らは故郷で過ごす短い夏を想いながら、来る日も来る日も網を曳く。漁期のあいだ彼らの泊まり込むシャンテ、と呼ばれる小屋は（漁師の船歌）という意味なのだ。だが、冬には必ず帰ってきたタラが、激減し始めた。タラは七年で成魚となるが、その成魚が帰ってこない年があった。十年ほど前だ。その年から、二年三年とタラの帰らない年が続くようになった。タラ漁師は一年の稼ぎをすべて真冬の漁期に稼ぎ出さねばならない。収入の激減した漁師は、夏場の仕事を探さざるえなくなった。だが、島には、漁以外の仕事がない。香港の業者の依頼で、鮫も捕りに行った。ロォデェ（ししゃも）にも手を出した。しかし、思うような収入は得られなかった。そして、追い討ちをかけるように頻発する原因不明の流産。島の将来すら、危ぶまれる状況だった。ロフォーテン諸島の人々がルビコンシステム（核廃棄物深海貯蔵システム）の建造を受入れたのは、生活を確保するための、まさにぎりぎりの選択だったのだ。そんな時、ヨハンソンは偶然にも、ロスト島沖でワモンアザラシの巨大なコロニーを発見した。信じられないほどの数だった。アザラシだけではない。美しい牙を持ったセイウチまで群れをなしている。ヨハンソンは驚喜した。まさに宝の山だった。これほどの海獣を養う魚群は、この海にはない。腹を裂いてもタラの姿はなく、かわりに奇妙な生物が出てくる。だがそんな事はどうでもいい。ヨハンソンは網を銃に変え、仲間を引き連れ、アザラシ猟へと繰り出した。しばらくは、その高価な毛皮で島全体が潤った。

そう、あの化け物が来るまでは……。

シコルスキーのパイロットが、ルビコン管制室に、着陸許可を要請をしている。

インゲマル・ヨハンソンはその童顔のパイロットの姿を後部座席で眺めながら、良いパイロットだ、と思った。ヘリコプターに乗るのは初めてのヨハンソンだったが、舵を取る者の腕前はたちどころに見抜く。パイロットの集中力は四方に隈無く広がり、様々な計器類や前方の視界、後部座席のヨハンソンにまで、実にバランスよく配分されている。操縦桿を握る腕の筋肉、全身の力の抜け方。船長として、多くの猟夫を見てきたヨハンソンには、それが手に取るように分かるのだ。

ちらちらと小雪が舞うルビコンのヘリポートに、シコルスキー型ヘリコプターが舞い降りた。

ヘリポートに着陸したシコルスキーのドアをスライドさせ、ヨハンソンが降りたった。はすに被った赤いベレー、細身の上半身にネルシャツと薄いヤッケを着ただけの軽装だった。彼は周囲の海を見渡し、ミラーグラスを取った。それから冷たい潮風を大きく吸いこみ、海草の香りを身体に吸収させた。ヘリの中で獲物の動きを何度もシュミレートし、何度も仕留めていた彼の昂った身体と心を、その深呼吸がクールダウンさせた。彼はヘリコプターの後部座席から、赤いライフルケースとゼロハリバートンの大型ケースを二つ取り出すと赤いベレー帽から出た金色の長い髪をなびかせながら、大股でコントロールタワーへ入っていった。

秋葉とともに管制室でその様子をじっと見ていた楠瀬は、不愉快そうに瞳を閉じた。そのあまりにも迅速すぎる対応が、気に入らないのだ。あまりにも根回しが良すぎる。海獣の殺処分が認められるような事件が起こったのは、つい昨日の事なのだ。

「ヨハンソン……」ハンターの姿を見た楠瀬は、まるで死神の到来を予期していた老人のように、眉一つ動かさず、呟いた。

「ウェルウェル……」ヨハンソンは室内に楠瀬の姿を認めると、大きなケース二つを乱暴に床へ放り出し、冷たい灰色の眼を細めた。

「役者が揃ったな。海に浮かぶピラミッド。どこからともなく現れる〝ドラゴン〟の群れ。おまけに君までが……」

彼は両手を広げ、無精髭にまみれた薄い唇を大きく開いて笑った。

「君までが、いるとは。出来すぎだ。みんなここへ集まってくる。君も俺も〝ドラゴン〟も。ハハハハハッ。カルマだ」

豪放を気取った彼の笑いは、しかし引きつり、どこか狂気の陰りをさせた。

ヨハンソンはベレー帽を脱いだ。流れるような金髪の奥で彼の瞳が、ちらり、と秋葉を捕らえた。彼は秋葉を見ながら、話を続ける。

「俺達は馬鹿だったのさ。奴には船で近づいてもだめだ。立体的に動ける敵に対して、平面で攻撃するなんて不利に決まってる。分かるだろ？　一次元足りないのさ。俺はヘリで行く。これで五分だ。君は……クニサキコーポレーションのスタッフだな？」

金髪のハンターは秋葉に向かってそう言うと、床に置いたケースの縁に踵をつけ、そのまま秋葉の方へ蹴り滑らせた。二つのケースは次々と床を滑り、秋葉の足下に並んで止まった。「君の上司から預かった。君に返すよ。俺には必要ない」

秋葉はケースの中を見て驚いた。軍用の強力な対物用ライフル、そしてスコーピオン軽マシンガンが分解されて入っていた。もう一つのケースにはダイナマイト二十本。導火線。そしてタイマー。

「お宅の会社は戦争でも始める気かい？」ヨハンソンが笑った。

「奴は確かに強大だが、ただの獣だ。こんな物で倒しても自慢にならない。こいつで十分」

彼は自分の肩にかついだ長いバッグから、古めかしいドイツ製のシングル・ボルトアクションライフルを取り出し、その銃身にキスした。彼はライフルを置くと、洗面所はどこだい？　と秋葉に尋ねた。

ヨハンソンの問いに、秋葉がクリーム色のドアを指さした。

そのバイキングの子孫は、身体を折って小さな洗面所に入り、ドアを開けたまま鏡の前に立った。彼は日本製のシェービングフォームを手に取って不思議そうに眺め、秋葉に「髭をそらせてもらうよ」と言った。それは出猟前の習慣なのだ。みそぎなのだ。ベルトのホルダーから取り出したカミソリの柄はアザラシの骨で作られていた。柄には半獣神の奇麗な彫刻が施されていた。彼はシェービングフォームを塗りたくり、鏡の中の自分と対峙すると、静かにカミソリを頬にあてた。

「君達は知り合いなのか?」秋葉がヨハンソンに英語で聞いた。

ヨハンソンは鏡に映った楠瀬にウィンクした。楠瀬は黙っていた。

もう二年も前の事だ、とヨハンセンが呟いた。

二年前、ロフォーテン諸島沖に（ルビコンⅡ）が建造されると、見た事もない巨大な海獣が現れ、岩礁にコロニーをつくった。それがサスマタだった。地元民は〝ドラゴン〟と呼んだ。当時、楠瀬はロフォーテン諸島沖のノルウェー海で、妻のミリアナとともに、セミクジラの生態調査団のスタッフに加わっていた。ヨハンソンと出会ったのはその時だった。ヨハンソンをリーダーとするアザラシ漁のハンター達は、何度となくサスマタに襲われていた。彼らがある一定数以上のアザラシを殺すと、必ずサスマタが猟の邪魔をしに来るのだ。巨体を何度も船にぶつけてくる。千トン程度の漁船ではひとたまりもなかった。船底に穴を開けられ、沈没させられてしまう事もあった。猟師達は船団を組み、海獣のコロニーに攻撃をしかけた。彼らにとってアザラシは生活の糧であり、サスマタは害獣以外の何者でもないからだ。

だが結果は悲惨だった。

「……今でも夢に出てくるぜ、あの時の光景がな」彼は鏡を睨みながら、一瞬、カミソリを持つ手を止めた。

血しぶきと悲鳴。憎悪と恐怖。さながら地獄絵図だった。怒り狂った手負いのサスマタに六隻で出港したヨハンソンの船団はそのうち四隻の船を沈められ、十六人が手足を失い、二人が海に消え、八名が船上で息を引き取り、六家族が途方に暮れた。その時、楠瀬の乗った調査船もあおりを食ったのだ。調査船はサスマタに体当たりを食らい、さらに岩礁に激突した。楠瀬と彼の妻ミリアナ、それに何人かの調査員が衝撃で厳寒の海に投げ出された。氷山が浮かぶマイナス二十度の真冬のノルウェー海である。あっと言う間に血液が冷え、心臓が凍りつき、全身が痺れ、肺が縮みあがり、そして息が出来無くなった。楠瀬は人間離れした体力で妻のところまで泳ぎつくと、ライフジャケットで海に浮いている彼女の小さな手を握った。だがそれが限界だった。彼も力尽きた。心臓の弱いミリアナの口からは、もう白い息は出ていなかった。彼女の青く透き通るような肌はそれでもなお美しかった。光の消えた眼差しはそれでも優しかった。小さな唇は、ためらいながら愛の言葉を囁く瞬間のように、彼に向かって密かに開かれていた。朧げに霞む記憶の中でかすかに覚えているのは、あの海獣が彼の身体を首に乗せ、海の上を岩礁まで運び、その上に放り投げたという事だ。硬い岩礁の上に転がされたあの衝撃。気のせいかも知れないと思ったが、しかし、その光景はヨハンソンも目撃していた。その後、楠瀬はヨハンソンの乗る船に拾われ、なんとか命をつないだのだ。

「なぜ彼だけ助けたのかわからない……」ヨハンソンは髭を剃りながら、言った。「なぜか彼だけは特別扱いだった」

「気まぐれだ」楠瀬が呟いた。「落雷と変わらない。雷がミリアナには落ちた。俺にだけ落ちなかった。それだけだ」

「そうかな？　奴は自分のやっている事の意味を知っている。俺達以上に狡猾で悪意に満ちた残酷な海の支配者だ。お前だってそう思ってるのだろう？」

楠瀬は、表情を堅くしたまま、何も言わない。

「ああ、あんた……」鏡の中のヨハンソンの目が再び、秋葉の顔をとらえた。

「あんたらクニサキには感謝してるよ。ルビコン建造で雇用は増やしてくれるわ、奴らに復讐するチャンスはくれるわ」ハンターはククッと喉で笑った。「奴ら、冬が来る前に突然姿を消しやがった。捜したぜ。毎日、毎日、朝から晩までスボルベールのインターネットカフェに入り浸って海獣どもの行方を追ったさ。だがその甲斐があった」

秋葉は皮肉とも取れるハンターの言葉に、押し黙った。

「ミリアナのかたきは俺がとってやる。コーヒーでも飲んで待ってろ、クスノセ」

ヨハンソンは顔についたシェービングクリームを奇麗に拭き取ると、カミソリをパチンと折り畳んで腰のホルダーにしまった。

「奴の心臓をスライスして、そいつでスシライスを作ってやるよ」

ヨハンソンはすっきりした顔でライフルを担ぐと、ベレー帽をしっかり被り、管制室を出ていった。楠瀬は腕を組んでじっと座ったまま、振り返りもしない。秋葉はヘリポートまでノルウェー人を見送った。ヨハンソンはコックピットの若いパイロットを指さし、グッドパイロットだ、というようなジェスチャーをした。シコルスキーのコックピットの中から、あの童顔のパイロットが、秋葉に手を振った。

それを見た途端、秋葉は悪い胸騒ぎを覚えた。

「グッド……ラック」行かない方がいいと言いたかったのだが、なぜかそれ以上言葉が出なかった。

シコルスキーは西側から大きく遠回りしながら、海上に浮かぶピラミッドへ向かって飛んだ。海獣はピラミッドの北側にいる。風は西北西から吹いている。風の影響を受けずに海獣を狙撃するには、相手の西側から狙える位置にいる事だ。

後部座席で祈っていたヨハンソンは突然、窓を開けた。それからクーラーボックスの中から取り出したコーク缶を一息に飲み干し、海に放り投げた。缶は音も泣く海上に落ち、赤い点になって浮かんでいる。彼はシートの上に右膝をついて跪くと、シートベルトを思いきり伸ばし、シートと背中の間に幾つもクッションを入れて、身体をしっかり固定した。ミラーグラスをかけ、それからライフルを右膝から浮かせて、構えた。パイロットがハンターの合図で、コーク缶が撃ちやすい位置にシコルスキーを旋回させる。ハンターは、タンッ、タンッと二発、海上に浮かぶ赤い缶を撃った。

白く泡立つ着弾をスコープで覗きながら、ローターの振動による誤差を身体で慎重に計っていく。五つの弾が発射され五つの薬莢が弾かれたように空を舞った。

「ヘリの音で逃げてしまいませんかね」パイロットは硝煙にむせながら、恐る恐るヨハンソンに尋ねた。陽気に見えるが、しかし仮にも現代に生きるハンターである。機嫌を損ねたら何をされるか分かったものではない。

「奴が?」ヨハンソンはスコープを覗いたまま、ククッと喉で笑った。「こんな音に仰天して、テリトリーを捨てて逃げ出してくれるのなら、仲間も死なずに済んだのにな」

ヨハンソンは再び五発の弾丸を装着し、構え、スコープを覗いた。

パイロットは緊張のせいか、いつしか口笛を吹いていた。古い西部劇で使われた曲だった。コンセントレーションを乱されたヨハンソンはパイロットを振り返り、ジロリ、と強烈な視線をミラーグラス越しに浴びせた。視線はパイロットに突き刺さった。パイロットはハンターの邪魔をした事を悟り、あわてて口笛を中断した。ローターの爆音で聞こえないと思っていたが、彼には聞こえたらしい。

「すみません……」彼は素直に謝った。

ハンターはサングラスの奥で彼を睨んでいたが、やがて優しく表情を崩した。

「……君は音楽の女神に惚れてるんだな」

荒々しく恐ろしげな彼の、その思いがけずロマンチックな言い方に、パイロットはなぜか、じんと胸が熱くなった。彼は急にハンターに親近感を覚えてしまった。

「彼女からは嫌われていますがね」パイロットは嬉しそうにハンターに言った。

「おかげでいまだにバイエルも卒業できないんです」

「今のは何ていう曲だい?」

「皆殺しの歌」彼はそう言ってから咳ばらいした。「あまり良い曲ではなかったかな」

「哀しげな良いメロディーだ。まるで死にゆく敵に送る鎮魂歌だな。でも今は止めて欲しい」

「わかりました」

シコルスキーはやがてピラミッドを西に大きく回り込みながら、海獣の群れる浮遊デッキ北側へと近づいた。若いパイロットの表情に緊張が張り、操縦悍を握る手に力が入った。ハンターもライフルの銃口を窓から出してスコープを覗き込んだまま、動くかなくなった。ピラミッド浮遊デッキの北側に、奴らはいるはずだった。

だが、奴らはいなかった。


海獣達は一匹残らず、ピラミッドからかき消えていた!

シコルスキーは高度を下げ、低空で何度もピラミッドの周囲を旋回した。しかし動く物はひとつとしてなかった。ただ北側に彼らのコロニーがあった事を示す痕跡があった。糞だ。白亜のピラミッドが彼らの糞で灰色に汚れている。

奴らはここにいた。それは確かだ。だが今は一匹もいない。まるでヨハンソンが来るのを予知していたかのように、嘲るように、その雄姿を海の中に消していた。

「餌を取りにいったとは考えられませんか」

「時間帯が違う」ヨハンソンは彼の問いに対し即座に反応した。彼も十秒ほど前に同じ事を考えていたのだ。「それに奴らにとってテリトリーは雌と同じ位重要なものだ。巣をがら空きにして総出でお食事に行く事はない。誰か見張りを立てるはずだ」

「では、やはり、ヘリの音で逃げたのでしょうか」パイロットがややほっとしたような口調でハンターに言った。

「いや…」ハンターはスコープから顔を離し、海原をじっと睨みつけた。

「奴らはいる。この海の下で息を潜め、俺達をじっと狙っている」

「そんな馬鹿な。では私達が来る事を知っていたっていうんですか？　それじゃ……」

パイロットはおろおろと狼狽えた。

「まるで化け物だ。敵うはずがない」

ヨハンソンは彼に向かって唇に人差し指をあて、黙れ、と合図した。それからパイロットに高度を上げるように指示した。彼はうねりの出てきた海を広く注意深く見渡した。哺乳類である彼らはやがて呼吸のため海上に顔を出すはずだ。彼はどんな動きも見逃すまいと目を見開き、じっと凝視した。パイロットも彼を真似て見入っている。十分。十五分。

しかし、海獣は鼻先すら出さなかった

「どういう事だろう」

管制室でヘッドホンから流れてくる彼らのやり取りを聞いていた秋葉が呟いた。

「彼らが敵であり、銃を持っていて、空からやってくる事を知っていたのか……」

「ありえないね」楠瀬が通信機の前でぶっきらぼうに言った。「奴らがどんなに賢くても魔術師じゃない。そんな事まで分かる訳がない。だが、彼らがコロニーを捨てて逃げ出す事も考えられない」

（イオだ……）秋葉は直観した。イオがサスマタと交信している。イガシラセに国譲りを迫る者達を討ち滅ぼすため、乾神話を維持するため、イオが海獣に味方しているのだ。

（だめだ、イオ。これ以上、殺戮に関わるな）秋葉は心の中で叫んだ。イオにどんなに強い信仰があっても、こんな血の抗争を続けて平気でいられるはずがない、やがて彼女の神経の歯車は軋み狂ってしまうだろう。

楠瀬も何となく、海獣の背後にイオの影を感じ取っていた。「奴らは海にいる。危険だぞアキバ、こいつは危険だ」

（クスノセ……）ヨハンソンの深い声がヘッドホンに響いた。

（海の中の様子が知りたい。何か手立てはないか）

まずいな……。楠瀬は思った。ハンターの奇妙に落ち着いた声が、逆に彼の苛立ちを表していたからだ。楠瀬は顎に手をやり髭を擦りながら、傍らに立つスポンサーに言った。

「アキバ、このままだと、ヨハンソンの奴、ピラミッドに飛び降りかねないぞ。そうなったらルビコンは再び、キリングフィールドだ。それがいやなら、何とかしろ、アキバ！」

秋葉は楠瀬の意図を察知して、一瞬、躊躇した。向こうはイオなら、こちらはアキバで、という事だ。海神殺しに手を貸せ、といっているのだ。これ以上人死にを出したくなければ、他に選択の余地はない。秋葉は唇をかみ締め、すぐに作業に取りかかった。彼はコントロールパネルに取りつくと、ピラミッドのデッキ下部に内蔵されているマルチナロービーム探査システムを作動させた。傍らのテレビ画面に海底の地形が形成される。彼はビームの終着点が海抜二十メートルになるように強さを調節した。ピラミッドから発信された超音波は角度五十度の範囲と二十メートル深域にある障害物に当たり、反射する。反射した超音波は画像処理され、その海域を動きまわる青い点の塊となって表示された。様々な大きさと形の障害物。それは魚の群れであり、温度差のある海流であり、そしてサスマタなのだ。だが青い点の形は不明瞭で、どの塊が海獣なのか識別できない。

「深海探査シャトルを併用する……」

秋葉の提案に、楠瀬は頷く。「いいぞアキバ。だが、これでお前はカジツワ失格だ」

「黙っていろ、楠瀬」秋葉はダイバードに発進指令を出しながら、不愉快そうに言った。「ダイバード」の目に光が灯る。ピラミッドから発進した探査艇は、熱探知機を作動させながら周囲の海を探知しはじめた。彼女は四十度にセットされたサーモセンサーを頼りに、同じ位の熱を帯びたその巨大な物体を捜しながら旋回飛行を続けた。すぐに、彼女の敏感な鼻が海獣の熱い匂いを捜し出した。サスマタだ。彼女はそれを管制室に知らせると、静かに、海獣に近づいた。水深七・二メートル。彼女はカメラで奴を追いながら、レンズを広角に切り替え、海獣に気づかれないよう、奴の斜め下に身を置き、息を潜めた。

管制室のプラズマスクリーンには、サスマタの姿がはっきりと映し出されていた。その巨体の影をヨハンソンらに見られないよう、海獣は海の中で直立し、頭を上にむけて海面を睨んでいた。ダイバードが海から送ってきた映像は、海獣の身体越しに淡い光亡を放つ海面を映し、さらに海面の向こう側に浮かぶヘリコプターの影をかすかに映し出していた。

二台のテレビはそれぞれ別の次元でサスマタを捕らえている。マルチナロービームはピラミッドとサスマタそしてヘリコプターの位置をあばきだし、「ダイバード」は海中におけるサスマタの行動の様子を映し出す。それらを同時にモニターすると、海中に隠れるサスマタの位置や動きが、まるで手にとるようにわかった。ビームでとらえた映像にうつる不鮮明な青い塊の中に、「ダイバード」のとらえたサスマタの動きと、まったく同じ動きを見つめる塊を発見した。それこそ、あの海獣王なのだ。

「ヨハンソン。君の言う通りだ。奴は海の中で君を狙っている」楠瀬がインカムに言った。

「ピラミッドの頂上に機を移動しろ。操縦席を南に向けろ。そこでホバリングだ。そこから奴のいる位置を教えるよ」

シコルスキーは白亜の三角錐の頂上で空中静止した。

(窓の外を見ろ。奴がいるぞ)楠瀬の声がヨハンソンのヘッドホンに響く。(右側だ。円盤と奴の距離は約二メートル。東北東に八十二度)

「それだけじゃ分からん」ヨハンソンはインカムを鷲掴みにすると、噛みつかんばかりに怒鳴った。

(じっと見ていろ。目をそらすな。下着に手を掛けている女を見つめるようにだ。瞬きもするな。今から奴のいる場所にライトをつける。一瞬だ。見逃すな)

ヨハンソンはゴーグルを外し、ライフルを構えながら、スコープの中で重く波打つ海面をじっ凝視した。一瞬、海の中でキラリ、と光った。「ダイバード」がライトの光量を目一杯にあげて知らせたのだ。

タンッ、とライフルから弾丸が発射された。次の瞬間、ヨハンソンはボルトを引き、薬莢を弾き出していた。

画面を見ていた楠瀬は思わず舌打ちした。「ダイバード」の映像は弾丸がサスマタの頭を鋭く白い尾を引きながら、ザッ、と掠っていくのを鮮明に映し出したからだ。当たったか!

ヨハンソンが怒鳴る。ネガティブだ、ヨハンソン。銃身を一ミリだけピラミッドに寄せろ。再び、銃声が楠瀬のヘッドホンに響いた。画面には、海中を弾丸の白い尾。花粉のような細かい泡が渦巻き上がり、一斉に水面をめざして浮上する。ネガティブだ、ヨハンソン! もう一ミリ寄せろ! 銃声。白い尾。ミクロの気泡。そして、白い泡。だが、気泡に混じって、モアレ模様を描きながら漁き上がる深紅の液体が……。命中したのだ！

「当たったぞ！」

「やられた……」

画面を凝視していた楠瀬が、ふいに唸った。

管制室のモニターテレビはザァーッというノイズを発しながら、映像を乱し、やがて、何も映らなくなってしまった。ダイバードが海獣に体当たりを食らったのだ。そのショックでカメラが壊れた。マルチナロービームがとらえ、サスマタと確認された青い塊を、なんとか見逃さないよう目で追いながら、楠瀬はぞくりと背筋が寒くなった。なぜ奴はカメラの事を知っている？　楠瀬の予感は確信に変わった。（イオだ……）（やはりイオがサスマタと交信しているんだ）その直後、金髪のハンターは、楠瀬の確信に同意するかのようにこう言った。

（クスノセ、どうやら奴はオールマイティを手にしている）彼は屑札をテーブルに叩きつけるような勢いで、そういった。

（でなければ理由がつかない。さあ動物学者、どういう事か教えてもらおうか）

「わからない」

「野性動物の超能力か」

「そんな事は言いたくない」

「言いたかろうと、なかろうと、こいつをどう説明するんだ！　奴は化け物なのか？　いつ知恵の実を喰った？　何が奴をサポートしている？　早く奴を倒す知恵をだせ。動物学者め」

ぎりっ、という楠瀬の歯噛みが、秋葉の耳にかすかに聞こえたような気がした。


「高度を下げてくれ……」ヨハンソンがパイロットに言った。

「ピラミッドの上に飛び乗る」

「そりゃ、危険です！」パイロットが叫んだ。


（その少年の方が君より賢いな）楠瀬がいった。

（焦るなヨハンソン！　撤退して作戦を練るんだ）

「奴がこのまま逃げちまったらどうする！」ヨハンソンは、身体を固定していたベルトをすべて剥ぎ取り、弾丸をポケットに詰めて、シコルスキーのドアを開いた。

「俺は奴を探し歩き、世界中を歩き回り、この時を待ち続けた。もう十分待った。もう十分だ。このチャンスは逃さないぜ」

それから彼は、パイロットに恐ろしい形相で、降ろせ！　と怒鳴った。

パイロットは仕方無く、ヘリの高度をゆっくりと下げていった。そしてヘリの脚についたフロートがカーソルの円盤部から一メートルほど近づいた時、ヨハンソンは頭からインカムを毟り取り、灰色の糞で汚れたピラミッドに、パッと飛び移った。彼の履いたブーツ底の金具とカーソルとがガチンッ、と金属的な音をたてて接触し、火花が散った。

「巣を取られて黙っているはずがない！」

金髪のハンターは海獣の臭いにまみれながら、ピラミッドの浮遊盤の上に仁王立ちになった。そして海獣を挑発するかのように、恐怖を吹き飛ばすかのように、叫んだ。

「奴は我慢できない。俺を倒すために巣に上がってくる。だが陸に上がってしまえば、奴などただの愚鈍な獣だ。そいつを今から見せてやるよ」

ハンターはライフルにタイプの違う弾丸を交互に装填する。ホローポイント弾で分厚い皮膚を抉り、ソフトポイント弾でさらに内部を破壊する。弾丸を装填しながら、海に向かって獣のように吠えた。そして頑丈なブーツで何度も円盤を踏み鳴らした。ここは俺の物だ。俺の巣だ。欲しいなら取りにこい！

「ヨハンソンが狂った……」楠瀬は目を見開き、呆然と呟いた。

「奴との交信も出来なくなった」

秋葉はすぐに、ピラミッドに内蔵された直通電話を開き、受話器を取ると、ボリュームをいっぱいにしてインターホンを押した。何度も何度も繰り返し押し続けた。最後は拳で叩いた。だが、ヨハンソンはその音に気がつかないのか、向こう側の受話器からは何も応答がなかった。ただむなしくホーンの音だけが響いた。

「畜生、早く受話器を取れ！」

「あの馬鹿と話が出来るのか？」楠瀬が身を乗り出した。

「ピラミッドのロッカーに受話器が入っているんだ。そいつは管制室と直通だ」

楠瀬は、インカムに唇を当て、パイロットにその事を説明した。そしてロッカーの位置を錯乱したヨハンソンに何とか伝えてくれ、と頼んだ。

若いパイロットはシコルスキーの高度を再び下げながら、コックピットをヨハンソンの正面にくるよう、愛機をピラミッドに寄せた。少年は平静を装うように口笛を吹いていたが、その音色は震えていた。足下に広がる海から、なぜか突然怪物が飛び出してくるような気がしてならない。コックピットの床を突き破り、自分を海に引き摺り込ような恐怖に捕らわれ、彼の脚は浮き気味だった。

パイロットは浮遊盤上のヨハンソンと向き合い、彼に手を振った。ハンターが気がつくと、パイロットは受話器を取る仕種をしながら、彼の背後を指さした。そして同じ動作を何度も繰り返した。

だがヨハンソンは、コックピットから必死にメッセージを送る彼を睨みつけ、逆に、怒鳴った。上昇しろ、危険だ、ライフルで上空を指し、彼もまた何度となく怒鳴った。実のところ、ハンターは通信機のブザーにはとっくに気がついていた。だが、今はもう楠瀬達と話をしている余裕はない。だから無視した。しかし、あの少年のようなパイロットはそれが分からない。おせっかいなパイロットの必死の忠告に、彼は何度も頷いて見せた。分かった。了解した。だから上昇しろ。早く海面から離れろ！

だがハンターの叫びはシコルスキーの爆音に消され、パイロットには届かない。パイロットは必死にハンターに向けて、メッセージを送り続ける。ハンターの方が折れざるを得なかった。彼はさっきから不快な音を鳴り響かせているロッカーに走り寄り、そのドアを開けた。そして中から通信機の受話器を引きずり出すと、それをパイロットに向かって、高く掲げて見せた。

若いパイロットは心臓を押さえながら、やっと安心したように微笑んだ。

まるで子供のように純真で無防備な笑顔だった。歯をむきだし赤鬼の如く紅潮したハンターの顔にも、あきれたような笑みが浮かんでいた。ハンターは少年に向かって両手を合わせ、おじぎをした。そしてすぐ上を指さし、上昇しろ、と合図した。

パイロットが頷き、シコルスキーが上昇を始めた、その時だった。

突然、海面が大きな瘤のように盛り上がった。

そして、サスマタが飛び出した。

まるで鯨のような巨体を跳躍させ、空中にサスマタの全身が現れたのだ。サスマタの片方だけの牙がシコルスキーのフロートに、まるで死神の鎌のように引っかかった。不安定なヘリコプターは、ガクンッと大きくその方向に傾いた。そのまま、海に引き摺り込まれてもおかしくない程の衝撃だったが、若く有能なパイロットは、なんとその状態から態勢を立て直し、機を持ちこたえさせた。しかし、片側にかかったサスマタの重量は数トン操縦桿を逆に倒し込んでも、機は自然に重量を抱えた方向に流されていく。激しい上下運動と水平移動。それがヨハンソンにとってライフルの狙いをつけ難くさせていた。斜め後方に横滑りしていく海獣に向けて、二発、三発。海獣の灰色の巨体から深紅の鮮血が飛び散る。しかしすべて首から下、急所を外れていた。

サスマタが身体をくねらせながら上体を何度も揺すった。巨大な尾を重そうに振り回し、ヘリの安定を奪った。何とか持ちこたえていたシコルスキーも、ついに限界を越えた。サスマタの尻尾が五回ほど海面に接触し、六回目の接触の後、サスマタの全身が水飛沫とともに海に叩きつけられ、同時にシコルスキーも激しく海に横倒しになった。ローターは海面を何度も抉り、破壊し、切り裂いた。水煙がヨハンソンの視界を奪った。ヨハンソンは彼の名を呼ぼうとして、まだ聞いていなかった事に気づき、歯ぎしりした。やがて爆発音が止み、水飛沫がヨハンソンの頭上から豪雨のように降り切ってしまうと、海上は巨大な渦を残し、やがて何事もなかったように静まっていった。

「音楽の女神……」ヨハンソンは凄まじい形相で渦を睨みつけ、掠れた声で呟いた。

「……あんたの信奉者をこのまま放っておくのか？　そこで高みの見物か？　……この役立たずめ！」

ヨハンソンの呟きは、やがて持って行き場のない怒りの激昂に変わった。

「何とか言え、ディーバ！　あんたはこんな時に何が出来るんだ！　信者の不幸を見て見ぬ振りか！　そこで」空を見上げるヨハンソン。「そうやって歌を歌っているだけか！」

コゴォォンと遠くで雷が鳴った。雲が速い。嵐の気配が大気に満ちた。

海上に視線を這わしていたヨハンソンが、はっとして一点を凝視した。あのパイロットが海上から上半身を突き出して、浮かんでいるではないか！　ヘルメットとサングラスの無い彼の素顔は、素晴らしい技術でこの大型ヘリを操っていたパイロットとは思えない、生真面目そうなただの少年だった。髪の貼りついた青白い顔。だらりと頭を垂れ、力なく両手を下げたまま、浮かんでいる。生死さえわからない哀れな姿だった。彼の真下に海獣がいる。奴が笑っている。ヨハンソンは反射的にライフルを構えた。途端、少年の姿はザブッと海中に没した。数秒後、彼の上半身が再び海面から、ヌーッと出現した。その時、滴る潮に濡れた少年の血の気の失せた唇が、かすかに動いたような気がした。ヨハンソンの無限の焦点距離を持つ高性能の目は、確かにその動きをとらえた。だが、仮に生きていたとしても、彼の命はサスマタの手中にあった。

あの海獣は少年を盾にしたまま、ヨハンソンに要求をつきつけているのだ。

(銃を捨てろ、というのだな)(さもなくばこの子の命はないと)(このまま海の底で息絶えさせてやると)(このずる賢い獣め！)(けだものめ！)

「オーケー、海の獅子、それでいい。その条件をのむぜ」

彼はライフルを高く掲げると、それを槍投げのように海に放り投げた。

「見たか？　さあ、その子を離せ！」彼の声が曇天の空を揺るがした。「いますぐだ！」

しばらく、海上から起立していた少年は、やがて、そのままの姿勢でゆっくりとピラミッドに寄ってきた。円盤部の波打ち際まで来ると、何の反動もつけずに海から飛び出し、宙に放り投げられた。ヨハンソンはあわてて飛んでくるパイロットを全身で受け止める。濡れた服と力の抜けた肉体の重さを両腕に抱えた。それからそっと彼を円盤部に横たえた。

その哀れな少年は、すでに死んでいた。

ヨハンソンは少年の濡れた髪を整えてやりながら、じっと頭を垂れていた。しばらくして彼は腰のホルダーからアザラシの骨の柄がついたカミソリを取り出した。彼はそれを、すっかり冷たくなった少年の手に握らせ、それからその子の両腕を胸の前で交差させた。

「こいつは御守りだ。これで悪い精霊は近寄れない。道草などせず、まっすぐ常世の国へ行け。俺か？」ハンターは死者に優しく微笑んだ。「俺は奴と地獄の底さ」

彼はロッカーの中から緊急用のゴムボートを取り出し、圧縮空気のボンベにつないで、膨らませ、それに少年を横たえると、ベレー帽を胸に置き、そのまま海に流した。

そして陸の王は、再び吠えた。ハンターの長い金色の髪がライオンのように風に巻き上がり、逆立ち、なびいていた。

「お前が相手に出来るのは子供だけか？　海の獅子！」彼は海面下で見ているはずのサスマタに、言った。そして挑発した。

「俺はまだここにいる。お前の巣の上にいる。ここは俺のものだ。さあ、どうする、海の獅子。俺が怖いか」

ヨハンソンはブーツのホルダーから、ハンティングナイフをサッと引き抜いた。まるで氷の柱で叩かれているような冷たい風が、彼の顔を打つ。彼の叫びを押し戻すかのように吹き荒れている。それでもハンターは喉を痛めつける潮風に向かって、血を吐き出すように、叫び続けた。

「俺はここにいるぞ!　かかって来い、この出来損ないの醜い化け物め!」


ガアン、ガアン、とハンターがサスマタの巣を踏み鳴らす。

そのかすかな音の波動が海水を伝わり、反響し、拡大され、サスマタの耳に届いた。

サスマタは海中で尾をひと振りした。すると彼の身体は海面に向かってロケットのように上昇した。それからゆっくりとカーソルに近づき、再び、尾を振って助走をつけた。海獣は勢いよく海から飛び上がると、その巨体を滑らかなカーソルの波打ち際へいっきに乗りあげた。凍りつくような海水の飛沫がヨハンソンを濡らした。だが彼の熱い身体にかかった飛沫は、すぐに湯気となって、彼の肩からオーラのように立ち上った。

海獣は前鰭でカーソルを踏みつけると、その頭部を高々と伸ばし、厚い雲のせり出した空に向かって、大きく吠えた。

その天を衝く轟音に、ヨハンソンの全身がわななく。今、彼が眼前で対峙しているものは何よりも強大な海獣王なのだ。精妙な天秤を持った自然神なのだ。だが彼は刃渡り二十五センチものナイフを腰溜めにして、全身に力を込めた。そして吠えた。恐怖と怒りとが吹き飛び、ただ熱い闘争心だけが残った。

「こいつを耳の後ろにつき刺せば、お前は死ぬ」彼が充血した目を見開き、叫んだ。「そう、必ず、死ぬ」

サスマタが牙を左右に振りながら、ヨハンソンに攻撃をしかけた。海獣王も陸地では自由に活動することが出来ない。不器用に全身をくねらせ、ナメクジのように這う。

それでも巨象に追い詰められるような威圧感があった。身体が硬直する。しかしヨハンソンはじりじりと下がりながら、その表情に凄絶な笑みを浮かべた。彼は突然、横っ飛びに走ると、そのまま猛烈なスピードでピラミッドの斜面を駆け上った。二メートル、三メートル、四メートル。やがて慣性が失われ、重力が彼の登坂を中断させると、彼はひらりと向きを変え、眼下の海獣を見下ろした。彼の位置はすでに海獣の頭より高い。彼はナイフを握る右手首をさらに片方の手で握りしめ、獣のように叫ぶと、そのまま側壁を蹴って、海獣に向かって身を躍らせた。

「ティダアパアパ号」は秋葉達から連絡を受けた約二時間後に、ルビコンのドックで待つ彼らを拾って、海に繰り出していた。

ヘリコプターからの通信が突然、跡絶えたのだ。何かアクシデントがあった事は明らかだった。

ピラミッドへ向かう漁船の上で、三人は押し黙ったままだった。楠瀬は船首で腕を組み、秋葉は船尾でうな垂れていた。二人とも、最悪の事態が起こった事だけは確信していた。

何一つ事情を知らないはずの佐藤も、厳しい表情で舵を握っている。イオの態度で、不吉な事故が起こったのを察知したのだ。彼女は小島の祭壇の中にいた。彼女は震える身体を自分で抱きながら、一点を見詰めたまま、座り込んでいた。

（俺の父親がサスマタ狩りに出掛け、戻らなかった時と同じだ……）佐藤の記憶が蘇る。不思議なイオの力で、また誰かが海獣達の犠牲になったのだろうか……。そう思っていた矢先に、秋葉から連絡があったのだ。事故だ。至急、来てくれ、と。

ピラミッドの円盤部は昨日と何の変化もなかった。灰色の海獣達が気持ちよさそうに寝転がっている。ヘリコプターの姿もなかった。「ティダアパアパ」号がサスマタの指定したライフラインぎりぎりに近づく。

灰色の海獣達は肉の塊のような物に群がりそれを食べていた。魚にしては大きすぎる。共食いをするような動物ではないが、大型の哺乳類のようだ。

佐藤の眼がアノラックとブーツをとらえた。その途端、彼の頭がカアッ、と熱くなった。肉の塊は人間だった。

「ヨハンソン……」。じっと海獣達を睨んでいた楠瀬が言った。

十六

その日の「モッズカフェ」は、いつもと全く雰囲気が違っていた。

男達の姿がまばらなのだ。隅のテーブル席に数人、トイレ前のソファに数人いるだけである。しかも笑い声もなく、口数も少なく、なぜか、バツの悪そうな様子で黙々と飲んでいる。にも拘らず、店内は甲高い笑い声が木霊《こだま》していた。

カウンター席に陣取っている女達が張り上げる嬌声のせいだ。

彼女達は一様に仮装パーティーかと思うほどの奇抜な格好だった。顔には異様なメイクを施し、髪の毛は思い思いの色に染めあげ、ムースで固めていた。服装は各自で編んだ、鮮やかな民族衣装を纏っている。大きな口を開け、嬌声をあげる彼女達に、しかし、なぜかふしだらな印象がない。むしろ大らかで華やかな女だけの祭りを思わせる。互いに抱き合い、しなだれ掛かり、スカートを捲りあげ、ステップを踏み、芝居がかったセリフで天を仰ぎ、鳴り物を鳴らし、手拍子を叩く。

そんな彼女達の輪の中に、イオがいた。

彼女のようにイヌイ神話に身を任せる事が出来れば、どんなに楽だろう。迷いも逡巡もない強靱な信仰。それさえあれば、どれほどの死者が出ても、それはイヌイ神話成就のための尊い犠牲なのだから。

だが、秋葉の脳裏に浮かぶ犠牲者達の顔、猟師ヨハンソン、環境保護団体の若者達、そしてあの映画好きのあどけないパイロット。あまりに多くの血が流され過ぎた。イヌイ神話に引き寄せられるように死地に赴いた彼ら。いったいいつまで続くのか。人々の反感を雨のように浴びながら、故郷の海を汚してまで建造したルビコン。この神殿は、今また血と謀略と怒りと憎しみにまみれてしまった。

(これで、終わりにしなければ……)秋葉はある決心を胸に、ポケットの中のピルケースをぎゅっ、と握った。

イオの表情にいつもの緊張感はなかった。女達に囲まれたイオは、酔ったようなとろんとした目で、鼻歌を歌っている。

イオは、カウンター隅の秋葉を見つけると、指をつきつけながら、彼を女達に紹介した。

「あの方こそ、ルビコンを造った張本人よ」キャアッ、と女達が一斉に歓声をあげる。あんたはカジツワだわ。子供達をよろしくね。イヌイ国がどこかにあると思っていたけれど、あんな所にあるなんて、海の底にあるなんて、ルビコンをたくさん造ってね、世界中の私たちの仲間のためにね、今度子供に会わせてね、そうだ、潜水艦に乗せてよ、私も乗せて、私も、私も、遠慮のない女達の囃子声に、秋葉は俯くしかなかった。

「勘弁してやってください」小柄なバーテンが秋葉の目の前に、ぴかぴかに磨いたカクテルグラスをこつんと置いて、そう囁いた。

「今日はレディースデイなんですよ。十日に一度ぐらい、ああやって女だけで集まって大騒ぎです」

「随分、飲ませたみたいだな、商売繁盛、結構なことだ」

「彼女達、アルコールは一滴も飲んでいませんよ」バーテンが笑った。「ジュースとペリエとビタミン飲料。商売あがったりだ」

「それにしては、賑やかじゃないか」

「まったく分かりませんね。しらふで大はしゃぎ出来る神経っていうのは。子供を亡くしたショックは、男共より、遥かに大きいはずなのにね」

バーテンはカウンターから身を乗り出すように腕を伸ばし、カクテルグラスをラムベースのフィズで満たした。

「野郎ども、今日は静かでしょう？　奴ら、女房のパートで喰わしてもらっているようなもんですからね。何も言えませんよ。黙って、二階でチンチロリンです。でも漁の予感で結構、テンパッてますよ」

「漁（大海跳）が……が近いのかい？」

「イオの様子じゃ、もう、明日にでも……」

やがて店内に、あの耳に心地好い旋律が流れてきた。二人の従者がくねくねと踊り始める。ショウが始まったのだ。だが立ち上がったイオのテンションは低い。女神の歌からは、生物も無機物も空間ごと昂らせてしまう、あの何かが失われていた。澱んだ空気を活性化させ、一瞬のうちに極彩色に染めあげる、あの艶が色褪せていた。イオは表情を変えずにワンコーラスだけ歌うと、女達に苦笑し、舞台のそでに引っ込んだ。

数人いた漁師達が沈んだ溜め息をつく。彼らは、再びテーブルに向かって、黙々と酒を飲み始めた。イオの歌に力がなかった。これでは明日の豊漁を確信できない。漁に出るべきか、どうか、彼らは各々のグラスに問いかける。

秋葉は、イオにあることを伝えるため、彼女の後を追って舞台裏に回った。そこは、異国情緒たっぷりな衣装が吊された十畳ほどの楽屋だった。

楽屋に入って、秋葉が最初に見たのは、壁一面にズラリと張られたA4の画用紙だった。画用紙には色彩や角度やタッチこそ違え、まったく同じ物が描かれている。奇妙な瘤のような頭を持った昆虫である。それが百枚以上、並んでいるのだ。すでに黄ばみ色褪せた絵には十年以上も前の日付が記されてある。

「女達が描いた絵よ。病院のベッドの上でね」

楽屋の鏡台の前に座ったまま、イオが言った。

ビューレック・ペトル病で我が子を亡くした女達のショックはやはり尋常ではなかった。病院側は彼女達の心のケアに重点的にカウンセリングのプログラムを組んだ。そのプログラムの一環として、彼女達に絵を描かせる事にしたのだ。絵の題材は何でもいいのだが、ただし、好きな物を描かせてはいけない。子供を亡くしたショックからネガティブな題材に引き摺られ、余計に精神を不安定にさせる恐れがあるからだ。病院側は、集中力を要し、簡単には描けないようなモデルとして、ペルーからの医療視察団から寄贈された、ある遺跡のレプリカを選んだ。それは南米の奇妙な昆虫ユカタンビワハゴロモを形どった遺跡だった。

「絵の端にある赤い点や木の葉は、きっと赤ちゃんでしょう」

イオが無表情のまま、呟く。

「みんな、この奇妙な遺跡を子供達の守り神のつもりで描いたのね」

女達の祈りが塗り込められた絵を眺めながら、秋葉は軽い目眩を覚えた。

(これは……ダイバードだ……)

かつて楠瀬は、無人深海シャトル「ダイバード」を、ユカタンビワハゴロモそっくりだと言った。確かによく似ている。機能優先でデザインされたはずのシャトル。その製作プロセスは秋葉が最も良く知っている。南米の奇妙な昆虫など、モデルにした覚えはないのだ。偶然の一致。しかし……。

キャアーッ……、店内に響く女達の笑い声。彼女達は、相変わらず、秋葉をネタにセクシーな冗談を言い合っていた。

ダイバードは彼女達の願いの産物なのか。

秋葉の背筋に、ふっと冷たいものが触れた。

自らの意志で選び取ったと思っていた人生。国東グループに就職し、深海シャトルの設計を推進し、ルビコンプロジェクトのトップチームに加わり、佐渡島沖にプラントを建造した。そうした自分の運命も、彼女達の夢想に操られていたのものだったのか。神話に登場するカジツワの役割りを演じさせられていたのか。

壁一面の絵、その絵の一つ一つが孕むただならぬ情念と母性に、秋葉の心は圧倒され、硬直し、震えた。いや、ひょっとして、ルビコンプロジェクトそのものが、彼女達の祈りや願望の具現化されたものかも知れない。我が子へ注がれるはずだった愛情。その膨大な母性のエネルギーは、世界を紡ぐ縦糸と横糸を震わせ、生命を転生させるシステムをこの島に作り出してしまったのだ。だが一方、死へと向かう力も存在する。男の行為、仕事、すべての営みは（自発的な死）に向かう力によって生み出されたものなのだ。

「聞いてくれイオ」気を取り直し、秋葉が言った。「楠瀬が狂ってしまった」

楠瀬はすでにサスマタとの、生死を賭けた対決にとりつかれてしまった。雌雄を決するのがさも当然かのごとく、彼はその準備を始めている。彼は、確信したのだ。サスマタが妻の復讐に足る存在であるということを。復讐という、その原始的な熱狂が彼を躁状態に陥れ、そのエネルギーは山火事のように飛び火し、彼を兄のように慕う佐藤にも感染してしまった。イヌイの呪縛から、イオを解き放つ。佐藤もサスマタを殺すつもりだった。楠瀬と佐藤はもう三日も港の倉庫に籠もり、対決の準備を続けていた。彼らは次のイカの大群がやって来る「大海跳」の日、すべての決着をつけるつもりなのだ。だが、彼らの復讐も愛も、真の理由にはなりはしない。彼らは、動き始めた「乾神話」の歯車に袖を引き込まれ、そのまま物語の渦の中へと飲みこまれてしまったのだ。この土地の目に見えない恐ろしく巨大な場の力が彼らを呪縛し、翻弄し、戦いへと駆り立てているのだ。

「佐藤も……サスマタと戦うつもりなのね……」

イオは鏡台の前に座って、身じろぎもせず、呟いた。

秋葉は頷いた。

「楠瀬と一緒に港の倉庫だ。殺しの準備に没頭している。君が引き止めればあるいは…」

そこまで言いかけて、秋葉は押し黙った。誰にも止められない事は分かっている。万物に天秤が宿っているなら、それは傾くべき方に傾くのだ。秋葉は、やっと天秤の意味を理解したように思った。

「……この鏡に映っているのは誰？　小さい頃は父親のものだったわ。髪の先から爪先までそうだったのよ。やがて胸が大きくなって女の身体になると、今度は男達のおもちゃになった。その時はそれでいいと思った。身体は壊れてしまったけれど、そのかわり、やっと色々な事を考えるようになったの。魂が宿ったのね。でもその魂を、次は海神が連れ去ってしまった。私は海神の下僕になった……」

イオの瞳に、まるで迷い子のような脅えがあった。ブロンズの彫像のように締まった唇は微かに震え、燃えるように眩かった黒蜜の肌は人並みに冷えていた。血の存続を断たれた人々の救済であった、イヌイの神話。だが天秤の針がわずかでも神話に触れれば、現実世界の犠牲はあまりに多く、あまりに無残だという矛盾。神話世界にすべてを捧げたはずの彼女の神経の捻子は、いつしか自分れていたのだ。

でも気づかぬうちにギリギリと軋み、悲鳴をあげていたのだ。彼女もまた、キナの役を演じさせら
「もし海神が死ねば、神話は壊れる。私は魂を失う。私はキナじゃなくなる。もう、歌を失った。輝きも失った。何の力もない。きっとただの昔の馬鹿な女に戻るんだわ」

「それでいい」秋葉はイオの肩を背後からそっと包んだ。「君の魂は君のものだ。身体も君のものだ。君はやっと取り戻したんだ。佐藤だって、それを望んでいる」

そう言いながら、しかし秋葉の胸に、乾神話と同調した時の鮮烈な記憶が蘇る。物語はそれを必要としている人々のそばに根をおろし、彼らの背を大樹のように支えるのだ。

「神話は壊れないわ」イオは、店ではしゃぐ女達に視線を向けた。

「誰よりも、彼女達が絶対に壊させないわ。我が子に注ぐはずだったエネルギーは、現実なんて簡単に歪めて見せる。たとえ、壊されても、形を変え、姿を変え、必ず蘇らせる」

心の揺れそのままに、イオの唇が微かに震えはじめた。

「私の魂は砕かれても、神話は壊れないわ。たとえ私は悪霊になってでも、この世界のすべてを乾神話の中に引きずり込んであげるわ」

最後の言葉は乱れ、途切れがちになっていた。彼女の瞳がかすかに潤み、やがて熱い液体が、目を焦がし、充血させ、ついに大きく見開いた両目の端から溢れ出した。

「ルビコンを造り続けるのよ、アキバ！」

イオは秋葉の拳を両手で強く包み、一気にまくしたてた。

「ルビコンはこの世と楽園を結ぶ駅だわ。十分な祝福も人並の喜びも知らずに理不尽な力で命を奪われた子供達に安住の地を用意してあげるのよ。誰も侵すことの出来ない、安らぎに満ちた世界を！」

彼女は必死で自分に言い聞かせるように、喋り続けた。しかし一度失われた精神の礎は、決して元には戻らなかった。激しい口調と裏腹に、彼女の瞳は深海の沈没船に迷い込んだダイバーのように、おろおろと狼狽していた。

「心配するな」秋葉は言った。「非難や中傷、罪悪感にも暴力沙汰にも慣れっこさ。もともと世界中を敵に回したプロジェクトなんだ。こんな事で挫けたりはしない」

秋葉はマウンテンパーカーの内ポケットからピルケースを取り出した。不眠に悩む彼に、医者が処方してくれた睡眠薬だ。秋葉は、ケースから通常より多目に錠剤を取り出すと、それをイオの手に握らせて言った。

「またあの祭壇へ行くつもりか？」秋葉は立ち塞がるように、身体を密着させた。

「行かせる訳にはいかない。今日だけはここでゆっくり眠っているんだ。サスマタに加担するような事はするな。僕も楠瀬に加担はしない。そしてすべてが終わったら、佐藤が君を迎えにゆくだろう。その時は君はもう海獣達の『僕《しもべ》』じゃない。神話の呪縛もない。君は自由だ。佐藤とこの地を離れて……」

秋葉の説得が終わらぬうちに、イオはその錠剤を口に放り込んだ。そして涙で潤んだ赤い両目をカッと開き、秋葉を睨んだまま、にっこりと笑った。

十七

早朝。霧にけぶる港に、その伝令は、やってきた。

その雌の海獣は馨しい香料の匂いを体から発散させながら、岸から手の届くほど近くまで寄ってきた。彼女はその優しげで、優雅で、愛敬のある素振りで泳ぎ回りながら、沖にイカの大群が来たことを伝えた。彼女が一声鳴いて、帰っていく。眠そうに眼を擦りながらその光景を見ていた見張り役の少年は、鼻をすすりあげながらバイクを飛ばし、「モッズカフェ」にたむろする仲間にその事を伝えにいった。

漁師達はカフェの二階で、すでに眼を覚ましていた。彼らは二重三重に車座となり、秘密の儀式でもとり行うかのように、神妙な顔で黙々とタバコをふかしていた。安物のブリキの灰皿に、吸い殻が山のように盛られている。彼らはこれが最後の漁かも知れないという、漠然とした予感にとらわれ、おののいていた。イオの崩壊。イヌイ神話の崩壊。しかし誰一人としてそれを口にする者もないまま、判決を待つ囚人のように、少年が階段を駆け上がってくるのをじっと待っていた。そして霜焼け顔の少年が顔を出し、キャラウェイの素振りをもどかしげに伝えると、その予感を忘れ去ろうとするかのような雄叫びをあげながら、パブを飛び出していった。

だが、漁師達が思い思いのトラックに乗り込もうとした時、朝靄を吹き飛ばすような重い銃声が駐車場に響いた。彼らの動きが止まった。

片手で猟銃を操る楠瀬の顔には、墨で京劇の役者のような隈取りがしてあった。漁師達の視線を一身に集めながら、彼はもう一発、空に向けて猟銃を放った。それから片手で勢いよく銃身を折り、ジュース缶のように大きな弾を二発、込めると、次に彼らの乗ったトラックの前輪に向けて、引金を引いた。銃声と爆発が同時に起こり、タイヤのゴム片が弾け飛んだ。そのトラックは僅かに前方に傾き、荷台に乗った漁師達は前にのめった。彼はもう一台のトラックも同じくタイヤを撃ちとばした。そして、再び、硝煙の吹き上がる猟銃に、その巨象をも撃ち殺す弾を込めた。

「今日はイカ漁は中止だ。熱帯植物園のデイゴの花が満開になっている」楠瀬は彼らに猟銃の銃口を向けながら、言った。化粧のために表情がわからない。

「不吉だな、紳士諸君。日が悪いんだよ。とにかく今日は海にでるな」彼は鋭い眼で皆を牽制しながら、佐藤の運転するベンツに乗り込んだ。

「君達は手を出すな。これは神々の戦いなんだ」彼は歯を見せてにやりと笑い、勢いよくドアを閉めると、窓から顔を出して、こう言った。

「勝ったほうの神を信じるがいい」

佐藤の運転するトラックが港に到着した。

佐藤は、ぽつんと佇む秋葉の姿を見つけると、窓から顔を覗かせた。

「イオは?」

「モッズカフェで眠っているはずだ」秋葉は青い顔で答えた。

佐藤は黙って頷き、足下からダイナマイトの詰まった金属のケースを取り出した。次にトラックの荷台に上がりこみ、積んであった流し網をズルズルと引っ張り出し、地面に降ろした。それは八枚もの網を重ね、七トンもの重量に耐えられるようにした流し網だった。流し網には、大きなオレンジ色の「浮き玉」が付いている。佐藤はその網の山を両腕で抱え、楠瀬と二人掛かりで停泊している「ティダアパアパ号」に積みこんだ。二人が黙々と船に乗り込むと、秋葉も同乗した。三人とも押し黙ったまま、運命を受け入れた死刑囚のように、感情の針を動かす事なく、それぞれの思惑を抱いたまま、潮風に吹かれていた。楠瀬は「ティダアパアパ号」をルビコンのドックに立ち寄らせ、秋葉を下船させた。秋葉は何も言わず船を降りた。彼はドックの係留用ロープの脇に立って、船上の二人を見上げた。

「イオの目が醒めたら、言ってくれ」佐藤が船の上から秋葉に声をかけた。

「天秤は捨てなって。普通の女になれって。俺がおまえの呪いを解いてやるから。そしたらこの島を出て新しい場所で暮らすんだ。だから荷物を纏《まと》めてけって、そう言ってくれよ」

十八

「ティダアパアパ」号はゆっくりとドックを出た。

海は静かだった。海獣がイカ漁に誘う日は決まって海の穏やかな日なのだ。南南東の風。微風。晴れ。茜の雲が夜明け前の深い空に浮かんでいた。楠瀬は冷たい風の中に異常に暖かい空気と甘い香りが混じっているのに気がついた。それは、ピラミッドに近づくほど、強く濃くなっていった。彼はウェットスーツのチャックを開け、胸元に風を送り込んだ。

「手順をもう一度確認しよう」操舵室に入った楠瀬が、佐藤に声をかけた。「ドジると命がなくなる」

「いいとも」軽い物言いとは裏腹に、舵を握る佐藤の表情は恐怖と緊張で血の気が失せていた。彼は内心のおののきを悟られないよう、乾ききった唇を舐めて、いっきにまくしたてた。

サスマタ達は今、イカの大群を追いこんでいる。イカは逃げられない。そこへ「ティダアパアパ」号が流し網を曳きながらイカを一網打尽にしようとする。サスマタは怒り、本能的に備わった天秤の力を発揮し、この網に突っ込んで食い破ろうとするだろう。しかし、それこそが罠なのだ。海獣の持つ天秤が自らを死に招くのだ。

「幾重にも重ねた網ってやつは、へたな鎖より頑丈でね」佐藤が蒼白な顔で無理に笑みを作った。

「ちっとやそっとじゃ破れるもんじゃねえ。このトロール船のエンジンも強力だぜ。奴を追い回すために親父がいじった船だ。悔しいけど奴と綱引きしたって負けねえだけの心臓は持ってる。親父は使う暇もなくバラバラにされたけどよ。俺達にはアタマがある。これだ」

彼は舵を握ったまま、足もとから手製の簡単な押しボタン式起爆装置を拾いあげ、それを得意に掲げて見せた。その起爆装置から延びたコードは、網に取り付けられた真っ赤な樽でできた浮き玉へと繋がっていた。

「浮き玉の中にゃ、ダイナマイトが眠ってる。ちょうど奴の鼻先あたりにこの浮き玉がくるはずだ。サスマタが網にてこずってる隙に、スイッチを押してダイナマイトをドカンと爆発させるって寸法だ。失敗しようがねえ。そうだろ? 使うのは右手の親指だけだ。あとは苦し紛れに浮いてきたサスマタを大将の象撃ち銃でエンドだ」

楠瀬は頷き、ただしイオが海獣の味方についていなければな、と言った。

「ここんとこのイオは、だめさ」佐藤が頷く。「つきもんが落ちたみてえに弱気になっちまって。小娘みてえに震えてんだ。月の裏側の秘密まで見透かすようなあの女がさ、震えながら俺にしがみついて泣くんだぜ」佐藤は睫の長い目を、ふと細めた。

「けど、オイラ、そんなイオが、可愛くてならねえ」

佐藤は、緊張して前方を見詰めたまま、強ばった笑みを浮かべた。

佐藤は恐ろしかった。サスマタが恐ろしかった。それより恐ろしいのは仮に海獣を倒して彼女の呪縛が解けたとしても、その時、彼女は俺を選んでくれるだろうか、という事だった。彼は楠瀬のような知性もない。秋葉のように大手企業の重要ポストに就いているわけでもない。平凡な漁師の倅に過ぎない。何者かになりたい。しかし彼にはサスマタを殺す事以外、何者かになる方法が思いつかなかった。佐藤の神経が恐れと闘争心でギリギリと軋む。唇が微かに震えている。

そんな彼の緊張を解きほぐすかのように、楠瀬が声をかけた。

「……なあ、佐藤。こいつが済んだらイオとどこへ行く？」

「どこでもいいんだ」佐藤はゴクリと唾を飲みこみ、笑みを造った。

「佐渡を出れりゃ。シベリアでもアフリカでも」

「それならノルウェーにこい。そこで子供を作れ」楠瀬は太い腕で佐藤の首を抱くと、彼の耳元で怒鳴った。「近くに同胞の家族がいると、何かと便利なんでな」

「家族が欲しくなったのか？　ハハハッ。なら自分で女捜しなよ」

佐藤の表情がわずかに和らいだ。

「だめだ。あそこはトナカイとアザラシとノルウェー人しかいない」

「ノルウェー人でいいじゃねえか」

「だめだ。俺にはアザラシとノルウェー人との区別がつかないんだ」

佐藤は笑って、そいつはひでえや、と言った。

佐藤の緊張が微かにほぐれたのを見て、楠瀬は笑いながら、猟銃を肩に担ぎ、甲板に出た。彼はブリッジを伝って舳先にくると、海上の一点をじっと見据えた。その一点の海域だけ、大きく渦巻いていた。それは海獣に囲い込まれ逃げ場を失って逃げ惑うイカの大群が沸き立てたものだ。「ティダアパアパ」号の水先案内人は、静かな海に時々押し寄せてくる強い波を切り裂いて進む。楠瀬の鼻は冷たい波飛沫を浴びて真っ赤になっていたが、寒さはまったく感じなかった。彼の肩からは湯気が出ていた。

「よし、いくぞ……」

楠は銃を肩に担ぎ、船尾へ行った。この船は網の曳航、投網、揚網を船尾で行うスターントロール船で作業員はほんの数名ですむ。船尾には中型船が係船のために使うムアリングウィンチが設置してある。これが「ティダアパアパ号」の強力な揚げ網機関なのだ。楠瀬は左右二つのホーサーリールに特製網を引っ張るワイヤーの両端をくくりつけた。そして死体のように重い網を両手で持ち上げ、それを海に落とした。間もなく、片側についた重りが先に沈み、網は海の中で巨大な凧のように広がっていった。

佐藤はティダアパアパ号のスピードをあげた。エンジンが唸り、船体の振動は力強く響いた。船はすぐに二十ノットを超えた。二十二、二十五、網を曳いたティダアパアパ号は、さらに速度を上げ、イカの群れが目まぐるしく飛び交う海原に向かって直進した。楠瀬はウェットスーツのウェイトベルトを腰から引き抜くと、猟銃を手から離さないよう、それで左手首と銃身を纏め、ギリギリと絞めた。

雪原のように白く泡立つフィールドにあと五十メートルという地点まで接近した時だった。イカを囲い込む海獣達の行動がふいに乱れた。彼らは向かってくる漁船の、いつもと違う雰囲気を敏感に感じとっていた。祈りも感謝もない。危険な制御への渇望だけ。狂った天秤を持つ者。巨大な背中を浮き沈みさせながらフィールドを取り巻いていた海獣達が、突然、尻尾で海面をドォン、と激しくひと叩きし、一斉に海に沈みんだまま浮いてこなくなった。

海を白く泡立たせて飛び回っていたイカ達は、あっという間に四方八方へと散っていく。

神秘的な光景は一瞬にして去り、何事もなかったように穏やかな海に戻っていた。

楠瀬は船尾から十メートルほど後方に浮かぶ、深紅のビン玉（浮き玉）をじっと凝視していた。まばたきも忘れてビン玉を見つめる彼の目に、寒風が容赦なく突き刺さる。止めていた息をすうっと吐いた時、背筋を悪寒が走ったビン玉が縦に鋭くピッと揺れた。

くるぞ…。楠瀬は重心を落とし、佐藤は舵を強く握り、それぞれがショックに備えて身構えた。

その数秒後、ティダアパアパ号は見えない巨神に襟首を掴まれたかのような強烈な衝撃を受けた。急激に引き戻されて船体がギャアッと悲鳴を上げ、脆くなっていた接合部分は弾け飛び、舳先はいなく馬よろしく跳ね上がった。

船上の二人は息をのんだまま、身体を宙に躍らせた。自分の脚はここでは全く役にたたなかった。強烈なショックで平衡感覚が破壊された彼らは、宙をきりきりと舞いながらサスマタのパワーが予想を遥かに超えていた事を思い知らされた。

一瞬後、楠瀬の身体は甲板に叩きつけられていた。彼は咄嗟に肘で受け身を取った。ゴリ、と気味の悪い音がした。肘の中の細かい骨が砕けたのだ。

佐藤はキャビンの中で目茶苦茶にシェイクされた。気がつくと佐藤の眼前には舵はなく、油臭い床があった。身体が逆さになっていた。パイルドライバーのハンマーで打ちつけられるような衝撃が続き、彼はなす術なく、腕で頭を覆い、蹲《うずくま》った。

ティダアパアパ号は恐ろしい勢いで後ろ向きに走っていた。

サスマタは流し網に自らの身体を絡ませ、猛烈な推進力で網をつき破ろうとしていた。だが網は破れない。それでもサスマタは諦めない。天秤の命ずるままに、ぐいぐいと漁船ごと網を引きずっていく。船尾はしかし海を切り裂くようには設計されていない。平らな船尾は獰猛な波と水圧をまともに受け、海面を壁のように舞い上げながら、上下左右にもがき揺れ狂っていた。

楠瀬が人間離れした動きでようやく立ち上がった途端、船尾が強引に掻き揚げた海水がまるで雪崩のように彼を突き飛ばした。彼はウィンチのドラム部分に背中と後頭部を激しく打ちつけた。激しく揺れる甲板に膝をつき、立ち上がろうとする彼を再び千本の鞭のような波が襲った。彼は船上を突き転がされ、手首に括りつけた猟銃が彼の腕の間接と無関係な方向に回転した。

「うわああっ……」

彼は思わず悲鳴を上げたが、ベルトできっちりと固定された長い猟銃は彼の腕から離れず、なおも波の力でぐるぐると回転し、腕を捩じりあげた。彼は右手で銃を掴み回転を止める。その途端、壁のような強烈な波。両手の自由を奪われた彼は再びウィンチに激突した。気がつくと、頭から滝のように流れる水が視界を奪った。だがそれは海水ではなかった。手で拭うと紅く生温い液体がねっとりまとわりついた。凄まじい出血だった。何で切ったのか肩もざっくりと裂け、どくどくと血が噴き出していた。

「佐藤ーっ」

彼は腹の底から声を振り絞り、大きく口を開け相棒を呼んだ。途端、凄まじい勢いで海水が彼の鼻と喉を直撃した。鼻と口から入った塩水は脳を掻き回し、さらに肺にまで入りこみ、彼の叫びを殺した。彼は甲板に何度も叩きつけられながら、悶え激しくむせ、海水を吐いた。同時に熱湯のような涙が目から噴き出した。

楠瀬の声は佐藤には聞こえていなかった。佐藤はシェイカーの中の氷のように、サスマタの猛威に為す術もなく翻弄されていた。目眩と恐怖と激痛で何も分からない。身体を折って必死に耐える。それで精一杯だった。彼の両手は、胸の前で爆破スイッチを押し続けたまま、硬直していた。だが浮き玉に仕込んだダイナマイトは爆発しない。最初の衝撃ですでにコードは切断されていたのだ。だがすでに気を失いかけた彼には思考力はなかった。「エンジンを……フル回転させろっ」

楠瀬は嘔吐《えず》き、むせながら、絶叫する。聞こえるはずのないその声が、佐藤を一瞬、現実に引き戻した。偶然、彼の目にスロットルレバーが見えた。彼は叫び、反射的に、足を伸ばし、そのレバーを蹴り上げた。

その途端、船のエンジン音が劇的に変わった。船体の揺れがガクン、と減った。甲板を通して、楠瀬の身体にびりびりと力が伝わってくる。躍動感に満ちた振動。「ティダアパアパ号」のディーゼルエンジンがターボ過給器を作動させたのだ。

楠瀬は圧倒的な力感に支えられるように、顔を上げた。

ゴオオッ、と船尾が力強く振動している。左右についた予備のツインスクリュウが高出力のガスタービンによって猛烈な回転を始め、海獣にされるがままだった船体に突然、凄まじい力が漲った。「ティダアパアパ号」の心臓がついにその真の力を見せたのだ。

サスマタと「ティダアパアパ号」との壮絶な綱引きが始まった。船尾から猛烈な飛沫が舞い上がり、壁のように立ちはだかる。しかしそれは「ティダアパアパ号」のスクリュウが巻き上げたものだ。船全体がギシギシと軋み悲鳴を上げ、機関室から黒い煙が噴き出した。ウィンチから海へと沈む網はビチビチと音をたてて、破れ始めていた。だが「ティダアパアパ号」の力は疲労したサスマタのパワーを僅かに上回り始めていた。船尾から舞い上がる飛沫は煙幕のように楠瀬の視界を奪ったが、しかし彼は確信したように笑い、眼鏡の吹き飛ばされたその目で、じっと一点を凝視していた。

「見える……」彼は獰猛な笑みを浮かべた。その顔はハンターのそれだった。

「よく見えるぜ、サスマタ」

飛沫は舞い上がり、豪雨のように楠瀬の身体に降り注いだ。彼は波飛沫の煙幕の彼方に血まみれの心臓のような紅いビン玉が、すっとゆらめくのを確かに見た。彼はゆっくり足場を固定し、見えるはずのないビン玉に向けて、猟銃を構えた。

彼の右人差し指は二連銃の二つの引き金を同時に引き絞った。左右の銃身から同時に発射された散弾は、波飛沫を貫き、海上を走り、ビン玉を引き裂き、密封されたダイナマイトに火をつけた。ダイナマイトはサスマタの雄叫びとそっくりな余韻を轟かせ、いっきに爆発した。

アアアァァ……ンン……。

数秒後、楠瀬がウィンチにもたれたまま正気に戻った時、爆発の余韻はまだ彼の耳の奥で鳴り響き、大気を振動させていた。

「ティダアパアパ号」は嘘のように安定していた。彼は全身の骨をへし折られたような激痛に呻きながら、立ち上がった。這うようにキャビンに辿りつくと、エンジンの前進レバーを停止させた。それから失神した佐藤に平手をくわせ、なんとか目を覚まさせた。何か言おうとする佐藤を尻目に、彼は再び船尾へと急いだ。

海面は焦臭い煙をあげながら、ボコボコと泡立っていた。楠瀬は痺れた両手で、ウィンチのスイッチを掴み、呻きながら手前に引いた。ウィンチは音をたてて網を巻き取っていった。ウィンチが網を手繰り寄せていく間、彼は猟銃に二発の散弾を込め、息を整えた。あの爆発にも耐えた網の中で、何か巨大な物が力なく動いていた。サスマタだった。

彼は弱っていた。その巨大な海獣には、もはやウィンチに対抗する力もなかった。時々、身体をくねらせ、まだ生命の残り火のある事を伝えたが、それだけだった。

サスマタの巨躯が楠瀬のから五メートルほどの距離になった時、彼はウィンチの回転を止めた。突然、ぼろぼろに裂けた網の中で、サスマタが激しく暴れた。海水は飛沫となって舞い上がり、それが海獣に味方するかのように楠瀬の全身を打った。しかしそれも十秒と続かなかった。海獣は鼻先を海面に突き出し、口を大きくあけ、血の混ざった熱い息をゴウゴウと苦しげに噴き上げた。凍った息は白い靄のように立ちこめる。その荒い呼吸は時々、ふいに止まり、短い痙攣の後、ゴブゴブと激しく血を吐き出した。白目を剥き、必死に息を吸いこむ。もはや死は時間の問題だった。

「その様子じゃもうおしまいだな」

楠瀬がそう言った途端、サスマタの鉄球のような黒目が、ギロリと彼を睨んだ。

「俺を生かしておいたのが間違いだったな。ミリアナと一緒に殺しておくべきだったんだ結局、貴様の気まぐれが命取りになったんだ」

楠瀬は、サスマタの大樹の根元のような喉に散弾を発射した。彼の肩がその衝撃でそり返り、彼の腕には散弾が至近距離の巨大な標的を破壊した確かな衝撃が伝わる。バアッ、と血と皮膚と脂肪の破片が八方に飛び散り、サスマタの喉が大きく抉れた。その穴からドクドクと鮮血が噴き出し、みるみる海はどす黒く染まっていった。

「俺達は自然の気まぐれにつき合うつもりはない。わかったか？」

楠瀬は素早く二発の弾を込め、今度は耳の後ろめがけ一度に撃ち込んだ。血飛沫と肉片が宙を舞った。サスマタは感電したように痙攣し、もがき、汽笛のような叫びをあげた。耳をつんざくサスマタの断末魔が、さらに彼を狂暴にさせる。誰が地球の覇者かが分かったか？　誰が制御の権利を持っているか分かったか！　この偉大な獣め！　天秤の化身め！　彼はぐったりと海上に横たわる海獣を罵りながら、その圧倒的な巨躯に、何度も何度も、ありったけの弾を撃ち込んでいった。

気がつくと、弾は最後の二発になっていた。激しい緊張と興奮で頭痛がする。彼の全身は疼くように痺れていたが、やがて痺れが取れると、激しい痛みが四肢の力を奪い萎えさせた。楠瀬にはもはや銃を撃つ力すら残っていなかった。彼は銃の重みに耐えかね、腕を下ろした。

目の前の巨獣はもはやぴくりとも動かなかった。

急に悪寒が襲って来た。彼は銃を杖のように立て、身体を支えた。どこかの骨が折れている証拠だ。

（いや、そればかりではない……）

海獣は死んだ。その事実が彼の背骨を凍らせてしまったのだ。地球との絆を自らの手で断ち切ってしまったような、冷たい寂寥感が重くのしかかった。

キャビンから夢遊病者のようにやってきた佐藤が、楠瀬の肩によろよろと凭れかかった。彼の目は、斑模様の腹を見せて浮かぶサスマタの屍に釘付けになった。彼は息をのんだまま、その光景をじっと凝視した。

「すげえ……。やったな、大将……」

佐藤は安堵の表情で楠瀬に笑いかけた。だが、楠瀬の顔には歓喜も興奮もなかった。ただ放心したように海獣の死体を見つめていた。

「どうした？　嬉しくねえのか」

楠瀬はやっと佐藤に気を見た。彼はなぜか少し驚いたように眉を動かした。彼にはまるで佐藤がなぜここにいるのか理解できない、といった様子だった。

「佐藤……早く止血したほうがいい」楠瀬は佐藤の手に視線を落として、そう言った。

「血が無くなるぞ」

佐藤は彼の言葉にはっ、として、自分の右手を見た。人差し指と中指の皮膚が大きく剥がれ、骨が剥き出しになっていた。剥がれた皮膚はよじれながら、指の先でくちゃくちゃによれていた。

「ううっ……？」佐藤が顔を歪めた。いったいどこでやったのか覚えがないが、ひどい傷だった。激痛が彼の息を乱す。「畜生……」

ふいに楠瀬は血にまみれた佐藤の手首を乱暴に摑んだ。佐藤は腕を高く上げられ、目を丸くして呻く。楠瀬は彼のよれた皮膚を伸ばし、剥がれた部分にぺたりと張り直した。そして悲鳴を上げる佐藤に構わず、そこをぎゅうっ、と握りしめた。押し出された血が一瞬ピュウッと跳ねたが、すぐに止まった。

「わあっ、大将、痛えよう」

「大丈夫だ」楠瀬は佐藤の指を握ったまま、そこで初めてにやりと笑った。

「肉がそげ落ちてなくてよかった。すぐに付くぞ」

しばらくして楠瀬がゆっくりと手を開くと、皮膚は傷口にぴったりと張りついていた。もはや出血もない。心なしか、痛みも和らいでいた。

「大将……」佐藤は指を動かさぬように、手を目の前に持ってくると、不思議そうに傷口を見つめながら言った。

「俺達は生きてるんだな……」

「そうだ」

楠瀬は小さく頷いた。

そして彼は、網に絡まったまま死んでいる巨獣に、再び透明な眼差しを投げかけた。

十九

　秋葉は管制室の通信ブースにいた。

　彼は額に油汗を浮かべながら「ティダアパアパ号」からの通信をじっと待った。すがりつくように通信機を握りしめ、その手で汗を拭う。

　とうとう辛抱できず、彼の方から通信を再開しようとしたその時だった。ティダアパアパ号からの無線が飛び込んできた。

（見えるかアキバ、この光景が！）

　楠瀬の唸り声で、マイクの音が割れていた。彼の声は歓喜と興奮を演出していたが、それが無理につくった高揚感だという事は、すぐに分かった。

（見せてやりたいぜ。このサスマタの哀れな姿をな！）

「やったのか？」

（七発も撃ちこんでやった。そのうち四発は首から上だ。最初のダイナマイトで勝負ありだ。奴は腹を曝したまま、もうぴくりとも動かない。野性の獣はこんなまねはしない。腹は一番弱い部分だからだ）

「確かに死んでるのか？」

サスマタのあの超自然的な生命力を思うと、秋葉はにわかに信じられなかった。あの圧倒的に強大な海の神獣。奴が死ぬなんて……。

「気をつけろよ楠瀬、念には念を……」

秋葉がそう言った途端、マイクの奥で、低く重い銃声音が炸裂した。

(聞こえたか?)楠瀬が愉快そうに怒鳴った。(今、佐藤がサスマタのどてっ腹に弾を撃ちこんだ。だが奴は巨木のように動かない。サスマタは死んだ。天秤を持つ海神は、極点を目指す荒ぶる破壊神に負けたのさ)

マイクの向こうから楠瀬の得意気に笑う声が聞こえた。だが秋葉の脳裏に浮かんだ楠瀬の表情はなぜか虚ろだった。そして同時に体中に穴を開けられ、血まみれのまま、無残な格好で海に浮かんでいる巨大な自然神の姿も瞼によぎった。

(ドックまで、このまま網で曳いていく)楠瀬は幾重にも本心に極彩色の衣で覆い、痛々しいほどの興奮を装ったまま、声を張り上げた。(奴の心臓を食らうぞ、アキバ)

「ティダアパアパ号」からの通信が終わると、秋葉は頃合を見計らって、「モッズカフェ」に電話をかけた。その二階にはイオがいるはずだった。まず佐藤の無事を知らせなければならない。

だが、その後に、何を言おう。神話が崩れたのだ。サスマタが死んだ。海神が死んだのだ。死者の魂を楽園に運ぶ海神イガシラセは狼に姿を変えた鬼を打ち倒すはずだった。だが狼は逆に海神を倒してしまった。イオがその身を捧げたイヌイの神話が破綻したのだ。(イオは狂ってしまうかも知れない……）

店に泊まり込んでいるウェイターが電話に出た。イオはいない、と彼は言った。彼の声は興奮していた。イオはいない、国東が連れていった、あの白子の若者が連れていってしまった、あなた達は無法者の集団だ、イオを返してくれ！

秋葉は店で何があったのか詳しく聞こうとしたが、彼の興奮はますます昂って要領を得ず、そのうち支離滅裂な罵声を繰り返すばかりになった。

秋葉は、あきらめて電話を切った。

（加納め……）

秋葉はあの屈強なセキュリティ達が睡眠薬で動けないイオを無理矢理引きずり出すイメージが、浮かんだ。

いてもたってもいられず、秋葉は非常階段を下りて、ドックへと向かった。ドックの入口と出口の両方の消波壁が開くと、静かだった進入用の海に、どおっと新鮮な海水が流れこんだ。その大きな河のように流れ始めた海水を眺めながら、秋葉は岸に立って「ティダアパアパ号」が入ってくるのを待った。

やがて、進入水路に取り付けられた回転灯がサイレンとともに回り始めた。オレンジ色のライトがドック内を駆け巡る。船が入ってきた事を知らせる合図だ。やがて、ぽっかりと明るいドック入口に船の影が見えた。「ティダアパアパ号」が姿を現したのかと思った。だが、違った。それは小型クルーザーだった。白い船体。鮮やかなブルーの文字で「MOTHER《マザー》・NATURES《ネイチャーズ》・SUN《サン》」と書かれていた。

「加納っ！」秋葉はそのクルーザーの主の名を叫んだ。加納はまるで秋葉の出迎えを知っていたかのように小型クルーザーのデッキで手を振っていた。彼は耳にヘッドフォンをつけ、靴の爪先で楽しげにリズムをとっていた。

その白鳥のようなクルーザーは、ルビコンのドックにガツンと無神経な音をたて、乱暴に接岸した。

「楠瀬君の通信は我々も傍受しましたよ。漁師達に先を越されると何かと面倒なんでね、とり急いで駆けつけてしまった」加納は船上から見下ろすように秋葉に声をかけた。彼はヘッドフォンを外し、首にかけたが、しかし彼の靴先はまだ音楽の余韻を楽しんでいた。「凄い人ですね。楠瀬さんは。ハンターすら仕留められなかったあの化け物を退治してしまうなんて。おかげで新鮮なサンプルが手に入る」

「イオをどうしたっ！」秋葉は加納に向かって叫んだ。

加納は自分の乗っているクルーザーのキャビンの中を顎で指し示した。その表情は哀れみと嫉妬と歯がゆさの入り混じった不思議な表情だった。

秋葉はクルーザーのデッキに飛び乗り、キャビンを覗き込んだ。

キャビンのソファでイオが犯されていた。大きな男にのしかかられ、腹をつき破られんばかりに責められている。快楽の波に揉みくちゃにされ、白目を剥き、涎と鼻汁を垂らし、エクスタシーに身を捩っている。時々、男の胸を押し退け無意識の抵抗を示すが、立て続けに襲うオルガスムの波に耐えきれず、彼女は、髪を引き千切り、バリバリとソファを掻き毟る。そして、ふいに首をそらせて絶叫した。ガクッと背中がのけ反る。全身を痙攣させ、だらりと舌を出した。途端、大きな目から緊張緩和の為の涙が、大量に噴き出した。イオはあらゆる種類のドラッグを体内に打ちこまれ、セックス人形に成り果てていた。キャビンの中の四人のセキュリティは、薬漬けで意識の混濁したイオを代わる代わる犯し続け、責め苛んだ。

「女って本当にしょうがない動物ですね」背後で加納がクスリと笑った。

「もう獣としか言い様がない。死者の魂を楽園に導く歌姫？　こうして見るとただの淫売にしかみえない」

「……すぐ止めさせろっ！」

秋葉は思わず加納のコートの襟を摑んだ。その途端、秋葉の死角からまるでつむじ風のように一人のセキュリティが飛び出し、秋葉の腹を何か硬いもので殴った。秋葉はみぞおちを押さえ、彼らに背を向けてうずくまった。

秋葉を殴った物の正体は、セキュリティの持つライフルの銃床だった。それは象でも殺す、レミントン社製のダブルライフルだ。

「秋葉さん。あなたの甘さのお蔭で、楠瀬さんや佐藤君は危うく死ぬところだった。彼らが命がけで海獣と戦っている時、この女はとっくに目覚めて、バーのカウンターで酒なんか飲んでいた。またヨハンソンの二の舞ですよ」

「何だと?」秋葉はこみあげる胃液をぐっと飲みこんだ。

「だって、この女は海獣と交信できるでしょう? 秋葉サン」加納は狡猾な笑みを「だったら正気にさせといちゃだめですよ」

「心にも無い事を言うな、白々しい」秋葉は黄色い胃液をベッと甲板に吐き、胃酸で焼かれた喉で叫んだ。「貴様はそんな事を信じる人間じゃない!」

「ボクが何を信じるかは問題じゃない」加納はまるで子供に言い聞かせるように、ゆっくり言った。

「でも仕事をこなすという事は、他人の妄想にも対応する、という事で……」

「能書きはいい! もうすぐ佐藤が帰ってくるんだ! いますぐ、やめさせろ」

船舶の進入を知らせるサイレンが再び鳴り響いた。加納はにやりと笑って、キャビンの窓を二度ほど叩く。中でイオをおもちゃにしていた男達はすぐ行為を中断し、ぐったりと横たわるイオに頭から毛布を掛けた。

やがて「ティダアパアパ号」が姿を現した。船は流れにそってドックの侵入路を通ると、静かに岸に寄りそっていく。それを見ながら、秋葉はふと、不吉な予感にとらわれた。

まるで幽霊船のように生気がないのだ。異常に静かなのだ。舳先で腕を組みながら、得意気に勝利を鼓舞しているはずの楠瀬の姿も見えない。エンジンの音も聞こえない。なのに、十七トンの漁船はゆっくりと、しかし確実に進路をコントロールされながら、微速で前進しているのである。秋葉の心臓が、ふいに冷たくなった。

やがて「ティダアパアパ号」は秋葉達の乗ったクルーザーのすぐ後ろまでやってきた。だが止まらない。ドン！と舳先が衝突した。ぐらっとクルーザーが揺れた。

異常を感じた秋葉はクルーザーの後部デッキからティダアパアパ号へ乗り移った。

キャビンの窓から中を覗き込むが、そこに人影はなかった。秋葉は息が荒くなった。突然、脚が鉛のように重くなった。彼は嫌がる肉体を無理やり動かし、漁船の後部ウィンチへと走った。

「楠瀬、……佐藤！」

秋葉は「ティダアパアパ号」後部デッキのウィンチ機関部に、ぬらぬらと張りついた鮮血を発見した。それがサスマタの血なのかどうかは分からなかった。

デッキを注意深く見回すと、見覚えのある帽子が落ちていた。カージナルスの野球帽。佐藤のものだ。

「何があったんだ……」

秋葉の不安な思いはどんどん増大し、悪い予感が血の流れを重くした。

(何をしている楠瀬。早く、その得意気な顔を見せろ)

秋葉は帽子を拾いあげ、埃をはらった。

(どこへいったんだ、佐藤。イオが待っているんだぞ)

手摺に摑まって船のデッキを捜しているうち、秋葉の手が、鉄パイプの手摺とは質感の違う物に触れた。秋葉は思わず感電したように手を引っ込めた。

それは人間の手だった。手摺を鷲のようにがっちりと摑み、船の外側にぶら下がっていた。しかし手首の先が無い。肘の付け根から引きちぎられていた。必死で手摺に捕まり抵抗する彼の体を、何か恐ろしい力が一瞬にして連れ去ったのだ。なおもギリギリと万力のように手摺を締めつける拳に、凄まじい生への執着が現れていた

（楠瀬、佐藤……）秋葉は蚊の鳴くような声で彼らを呼んだ。

その時、船底に何かが接触した。船体が小刻みに震えた。

何かとてつもなく巨大な生物が身体を擦っていったような、不吉な音が響いた。

暗いドックの海面が、ぐらり、と大きく渦を巻いた。そして山のように盛り上がった。ドックの溜池（ベーシン）に何かがいる！　秋葉は思わず足もとを見た。船と一緒に、何かがドック内に入り込んだのだ。直後に、船底に凄まじい衝撃を受け、秋葉はひっくり返された。あわてて立ち上がり、再び後方を見る。

海面から一本の漆黒の巨木が突き出ていた。その巨木のような長い首の上に、二本の若々しい牙を生やした巨大な海獣の頭がのっていた。憂いをふくんだ大きな目。銀色のタテガミから流れ落ちる海水は、なめらかなその首を伝って、ザアザアと滴っていく。

「ギンカク……」

秋葉の身体から、かつてない恐怖が湧き上がった。

「お前かっ！」

ギンカクは巨大な石像のように微動だにしない。ただその深く見通すような目で、秋葉をじっと見ている。秋葉は船の手摺につかまり、立ち上がった。

（ギンカクにやられたんだ）秋葉が恐怖に混乱しながら悟った。

（奴が楠瀬と佐藤を深海へ引きこんだんだ！）

新たなマスターブルとなった最強の海獣、ギンカク。彼は再び、その頭部を海中に没し身を潜めた。一瞬の後、ドォン！　という振動と轟音が秋葉を襲った。船体がひしゃげるほどの衝撃を受け、彼は吹き飛ばされた。彼はキャビンをボールのように転がり、ロープを巻取るドラムに頭を打ちつけた。秋葉は、ドラムに張りついた鮮血のわけを悟った。

なんとか立ち上がり、ようやく目の焦点を取り戻すと、彼はすばやく、船から飛び降りた。しかし、受け身を取りそこなって、脚を挫き、肘と膝も打ちつけた。

ギンカクが、火山に籠もるマグマのように、水路《ベーシン》内でとぐろを巻く。それだけで水路は波打ち、風が起こる。

「何をしてる！　船から降りろっ！」

クルーザーの手摺に摑まって、身を凍りつかせている加納に向かって、秋葉が怒鳴った。加納は我に帰り、クルーザーから飛び降りた。セキュリティ達もこけ、つまずきつつキャビンから這い出し、船を飛び降りた。彼らは転げるようにドックに散らばった。

突然、水路が大爆発を起こし、その水柱の中からギンカクが巨体を躍らせた。一瞬の後大海獣は、ひ弱な二本足の目の前にいた。暴走するダンプカーのように、なおも凄まじい速度で迫ってくる、巨大な肉塊。だが男達の脚は動かない。迫りくる雪崩を見上げてしまった登山者のように、恐怖で呼吸すら、忘れていた。状況は回避の入り込む余地のない、悪夢だった。

加納はダブルライフルを持ったセキュリティに、平静をよそおって言った。

「撃て、早く、撃て」

彼はライフルを構えた。

その瞬間、ギンカクが、獅子のような口をがあっと開き、天に向かって吠えた。

まるで眼の前をジェット機が走り抜けたかのような、衝撃波を思わせる猛烈な雄叫びだった。その轟音はドックの施設の隅々まで反響し、ドック全体を軋ませ震撼させた。天井を走るレールやスライドクレーンはびりびりと震え、計器類が並ぶパネルは悲鳴をあげて壊れた。壁のライト群はことごとく砕け散り、ガラスのかけらがパラパラと落ちてきた。

秋葉は身を屈め、両手で耳を塞いだ。

だが、ライフルを抱えた男にはそれが出来なかった。彼は平衡感覚と平常心を狂わされ、そのままの姿勢で凍りついていた。恐怖で硬直した腕で狙いをつけたライフルの銃口は、わずかにギンカクから外れていた。彼がようやく、銃口のズレを修正した時、ギンカクはその巨体を蠕動《ぜんどう》させ、そのパワーを首に伝えようとしていた。秋葉は、撃つな！　と叫んでいた。大樹のような首が台風の直撃を受けたように、ぎゅうっとしなった。反動をつけた首に蓄えられた巨大なパワー。そのすべてが、ライフルを持った男に向けられていた。しなりにしなった大樹の幹は、一瞬にして、逆に振り切れる。凄まじい力がいっきに開放された。海獣の銀色のタテガミに蓄えられた海水が、一万粒の水の弾丸となって、いっきに彼を撃った。彼は百条の鞭で打ちすえられたような衝撃を受け、弾き跳ばされた。床に転がった彼の両目は使いものにはならなくなっていた。それでも彼はライフルを手放そうとはしなかった。彼は自分の務めを果たそうと何とか立ち上がり、ようやく目にかすかに見えるようになった時、海獣はそんな彼を嘲笑うように、すでに姿を消していた。

ギンカクの巻き起こした渦が消え、轟々としたドックの水路《ベーシン》が静まるまでの数十秒間、誰一人、動ける者はいなかった。

二十

「ティダアパアパ号」が曳航しているはずのサスマタの死体は無かった。その事に加納が気がつくまでに、さらに数分の時間が必要だった。加納は恐怖に硬直した己の身体を苛むかのように、喉の筋肉を強引に動かし、取り出した携帯電話で、鷲崎港に停泊しているマザーネイチャーズ・サンⅥ号に連絡を取った。

「加納だ、至急、ピラミッドの周辺海域を調べろ。海獣の死体が浮いているはずだ。奴らの体脂肪なら、死後直後なら沈むはずはない。見つけしだい、回収だ」

携帯電話を切った途端、加納の蝋燭のように白い額から、冷たい汗が噴き出してきた。ギンカクの、新たな海獣王の宣言。その雷鳴のような雄叫びに凍りついた身体が、ようやく血を巡らせ始めたのだ。

秋葉はイオの名を呼んだ。狂乱状態のイオの姿。イオを助けなければ！　あの状態はただ事ではない。相当量の麻薬が打ち込まれ、急性の中毒によるショックでおかしくなっていた。彼はイオを保護するため、再び「マザーネイチャーズ・サンⅤ号」に駆け寄ろうとした。だが、それを屈強なセキュリティが再度、阻んだ。襟首と肩、そしてズボンのベルトをガッチリと掴まれ、秋葉の身体は抵抗する力点をすべて押さえ込まれた。

「イオっ」秋葉は苛立たしげに、クルーザーに向かって呼びかける。

加納は厚手のハンカチで汗を拭いながら、そんな秋葉を冷たく観察していた。彼は、セキュリティに向かって、入れてやれ、と目で合図した。

秋葉は、クルーザーのデッキに駆け上がり、キャビン入口に陣取るセキュリティを押し退け中に入った。

イオは全裸のまま床に転がされていた。ぼんやりと薄目をあけた瞳に生気は無く、口はポカンと開いたままだった。その紫色の唇の端からは涎が糸をひいていた。彼女の肉体は一目でオーバードゥーズと分かるほど、弛緩していた。時々、思い出したように大きく波打つ腹部を見て、やっと彼女が呼吸している事を確認できるほどだった。

秋葉は、壊れた玩具のようなイオの身体に毛布をかけてやり、その上から冷たい身体を摩った。そして何度も彼女に呼びかけた。しかし彼女の意識は混濁したまま、回復する様子を見せず、答えはなかった。

（いったい、何をされた……？）

褐色だったイオの顔は蒼白に変わり、額には冷たい汗が浮かんでいる。

秋葉は船のキャビンのクローゼットのドアを勝手に開いて、中の衣類を片端から引っ張り出した。やがて奇麗なタオルを数枚発見すると、それでイオの額から流れる汗を拭いてやった。それは、何の介抱もしようとしない冷酷な組織の連中に対する無言の抗議でもあった。

「無駄ですよ」秋葉の背後で、加納の冷たい声が響く。

「彼女は数日間は夢の中でしょう。何しろクロルプロマジン（抗精神剤）やチオペンタールまでミックスされたスペシャルドラッグをたっぷりお見舞しましたから」

加納には、秋葉の怒りの視線に動揺するそぶりも見せない。

俺達のスペシャルドラッグもな、といってスタッフ全員が笑った。身体の奥に打ち込まれた海獣への脅威を、まるで振り払うかのような、過剰な笑いだった。

秋葉は、彼らの冷たい洪笑を雨のように浴びながら、ひたすら、イオの身体を摩り続けた。

加納の冷笑を寸断したのは、心臓に近いポケットに入れた携帯電話の、耳障りなコールだった。

彼は電話を耳に当てた。思惑通りの知らせが、彼の耳を心地好く、くすぐる。それはマザーネイチャーズ・サンⅢ号からの連絡だった。

（たった今、海獣の死体を確保しました）

母船で指揮をとる在日韓国人の林は、自分に課せられた任務をとりあえずクリアした事を報告した。

「至急、船内に収容しろ」

（それが……恐ろしく重い奴で……とてもこのクレーンじゃ、持ち上げられません）

「わかった。港まで曳航しろ。港で引き上げ、陸路で輸送する」

（実は問題が……）電話の声が急に弱々しくなった。

「どうした？」

（漁業組合の連中が、船で集まってきていまして……）

加納は、その上擦った声の主を叱咤した。彼らの迅速さを欠いた行動を叱咤した。それから、それらの船がどういう意志で集まったのか、強い口調で問いただした。

（サスマタの亡骸を返せ、ということらしいのです）

（聞こえますか？　十隻、いや二十隻以上……）

（敷島です。あの、水産試験場の敷島が先導しているんです……）

その名を、林は、特別な感情を込めて加納に伝えた。

「また敷島か……」加納は思わず舌打ちした。「やっかいだな」

烏合の衆なら何隻いようと蹴散らせばいい。だが、敷島のような断固とした意志に導かれた集団となると、力では引かないだろう。理屈で納得させなければ、しつこく食い下がってくる。彼の粘り強さは加納もよく知っていた。

加納はレーダーパネルの前に立つと、その測定範囲を最短レンジに切り替え、ピラミッド周辺海域を映し出した。物標である「マザーネイチャーズ・サン」を白い点として確認する。その大きな白い点の周囲には、それを取り囲むように細かい点が群がり、塊を形成していた。ピラミッドを背にしたマザーネイチャーズ・サンⅥ号は、前方をすべて漁船に囲まれてしまい、進むことも退くこともできなくなっていた。

「どうやら、計画通りにいってないようだな」

レーダーパネルに両手をついて考え込んでいる加納の背中に、秋葉が声をかけた。

その言葉が勘に触ったのか、加納は大きく見開いた眼で、秋葉を威圧した。抑えていた感情が爆発する寸前の空気の震えが、秋葉に伝わった。

だが、彼はすぐに緊張を解いて薄笑いを浮かべた。裏の任務を長くこなしてきた彼の特技だった。常にクールである事。計画通りにいかない事が、当然だと考えること。

加納は、秋葉の耳たぶに接吻するほど唇を近づけ、囁いた。

「一緒に来てもらいますよ秋葉サン」

加納は秋葉のパーカーの襟をグイと摑んだ。

「どうか、あの敷島君に説明してやってくれませんか？　この海獣は我々の敵なんだと。恐怖によって君達を縛り、罪もない保護団体の若者達を殺し、そして今、楠瀬君や佐藤君も奴らの餌食になった……」

彼の瞳の奥には、じりじりと昏く重い、興奮と怒りが青白く燃えていた。

「奴らは海神なんかじゃない。それどころか君達の子供達の死は、その海獣の運んで来た病原菌に関係があるかも知れないのだ。洗礼すら受けられず、天国にもいけない哀れな赤子達は、いわば海獣の生け贄になったんだ。我々『マザーネイチャーズ・サン』は、その因果関係を明らかにするために、あえて海獣の死体を……」

そこまで言った時、加納がウッと呻いた。彼の鼻から、一筋の鮮血が、突然、ツウーッと流れてきたのだ。彼はあわてて、その流れを掌で押さえると、緑色のハンカチを取り出し、鼻に当てた。

「加納……。この島じゃ、お前の世界観は通用しない」

秋葉が宥めるような口調で、サラリと言った。

「ここには別の力学が働いているんだ」

「マザーネイチャーズ・サン」からの連絡を受け、加納のクルーザーは現場に急行した。

そのクルーザーのキャビンの中で、秋葉はずっとイオの身体をさすり続けた。ピラミッドの周辺には三十隻以上の、大小さまざまな漁船が集結していた。

集まった人々の中には、「モッズカフェ」で秋葉が顔見知りになった男達もちらほら見える。彼らは皆、漁船の上で仁王立ちになり、厳しい表情で無言の圧力をかけていた。

加納のクルーザーは、ひしめく漁船団の間を縫うように、微速で前進し、「マザーネイチャーズ・サンV号」に近づいていった。クルーザーを船尾に回らせ、停止させる。サスマタの死体を確保した「マザーネイチャーズ・サンV号」は五十フィート以上のモーターヨットである。その巨大な白鳥のようなクルーザーのスタッフ達は、船尾甲板に装備された大型クレーンでサスマタを逆さに吊り上げ、船内に引き上げる予定だった。だが、サスマタの桁外れの体重にクレーンは悲鳴を上げ、尻尾がわずかに海上から見える程度にしか上がってはいなかった。

加納のクルーザーは漁師達の抗議の視線に曝されながら、ようやくサスマタの近くに辿りついた。海上から突き出した海獣の尻尾は、なぜか、異国の神聖なモニュメントのようにも見えた。表皮には幾筋もの大きな裂け目がザックリと走り、白い脂肪層が露出していたが、血はすでに流れていなかった。

モニュメントの側に、一隻の小さな漁船が、ぴったりと張りついていた。

漁船の舳先には、ウエットスーツを着た男が立っていた。

敷島だった。

着慣れたグレーのウエットスーツは、彼の戦闘服である。いつでも海に飛びこんで、そちらの船に乗りこむぞ、という覚悟の表明なのだ。彼の顔色は相変わらず死人のように生彩がなかった。だがその眼には、かつてルビコン建造問題で断固として譲らなかった、あの強靱な意志が蘇っていた。

敷島は、バラージで寝泊まりしていた漁師達から連絡をうけ、楠瀬と佐藤が、無謀な行動に出た事を知った。彼は漁業組合連合会に働きかけ、すぐに楠瀬達の救助に向かうよう指示した。だがティダアパアパ号の姿はすでに無く、救助に向かった船が見たものは、サスマタの死骸と、それを回収し持ち去ろうとする保護団体の姿だったのだ。

敷島は、潮風で錆びたボロボロの拡声器を取り出し、それを口にあてた。それは、まるで銃口のように、加納のクルーザーにむいていた。

キィン……。

「漁業組合連合会の敷島だ」戦闘的な声が冷たい大気に響く。「保護団体の代表者がいたら聞いてくれ。君達は今、非常に危険な状態にある。危険を回避する方法は一つ。すぐにサスマタの死体を放棄する事だ」

「代表代理の者です」加納はキャビンの中からじっと敷島を見つめながら、マイクに口をつけた。クルーザーの外に付けられたスピーカーが彼の声を伝えた。

「放棄しなければならない正当な理由を教えていただきたい」

「この海で捕獲されたものは、漁連のものだ。我々に渡してもらう」

敷島の声が響き渡る。

「それだけですか?」

「君達には信じられないだろうが、海獣達の知能は非常に高く同族意識も強い。サスマタは彼らの王だったのだ。彼の死体を一ミリでも動かせば、海獣達はすぐに取り返すための行動に出るだろう。君達の、そのか細い脚の下で、彼らは悠然とその瞬間を待っているぞ。さいわいギンカクはサスマタほど攻撃的ではない。だからすぐには襲ってこない。だが、それは、ギンカクの方が遥かに利口で力があることの証明でもある。ひとたび奴が怒れば、君達はひとたまりもないだろう。私たちが巻き添えを食う事は間違いない。君はまだ惨劇が見足りないのか?」

敷島は拡声器を口から離し、加納の言葉を待った。

加納は、しばらくの沈黙の後、マイクを握った。

「皆さんに良いニュースがあります」加納の声がひときわ響きを増した。

「ルビコンプジェクトに替わる、全く安全な核廃棄物処理プロジェクトが始動しました。もうじきクニサキから正式発表があるはずです。これにより、完全とは行きませんが、ルビコンの建造及び、廃棄物の深海投棄は大幅に削減されるはずです。敷島さんや漁連の人々や我々の団体が訴えてきたルビコン廃止の第一歩です。長い戦いが実を結びました。我々は勝ったのです。それをまず、報告します」

「それから……悪いニュースがあります。楠瀬氏と佐藤氏の両名が行方不明です。おそらく、生存の望みは薄いでしょう。ご存じの通り、私たちの団員も何人も犠牲になりました。あの狂暴な海獣を私は許す事ができない。我々はある程度の犠牲を覚悟で、武装しております。『マザーネイチャーズ・サンV号』は海獣の体当たりぐらいでは絶対沈みません。無論、あなた方を危険に曝すわけにはいかない。海獣は我々が始末します。すぐに、この場から立ち去っていただきたい」

「環境保護団体の船が武装しているだと？……」

敷島は拡声器をだらりと下げ、あきれたように、首を振った。

「それだけではない」数十隻の船団をぐるりと見回しながら、加納は説得を続けた
「我々の科学調査班によると、海獣と（ビューレック・ペトル病）は無関係ではなさそうなのです」

「私はそうは思わない」敷島の拡声器は加納に向いていた。

「それを立証するためにも、サンプルが必要なのだ」加納がぴしゃりと言った。「あなたも科学者な

ら、理解していただけると思いますが」

「もちろん理解できるよ。君の言っている事はまったく正しい」

「だが、それだけだ。人の心は動かない。この島の人々は〝滅び〟を受け入れようとしている。それがどういう事か分かるか？　彼らは太古の民族の世界観を受け入れたのだよ。驚くべき事だが、あの悲惨な病気が蔓延してからほんの僅かな期間で、島民はその悲劇を天災であるかのように受け入れたんだ。そう、イオだよ」

「イオは、この病気の背後に、海神の存在を意識させてくれたんだ。あの地獄絵図はまるで神の意志であったかのような幻想を島民が抱いた。どれだけ癒されたことか。俺達が絶望せず自殺もせず、むろん多少はスサんじゃいるが、なんとか日々を過ごせるのも、彼女のお蔭かも知れない。その彼女が言うんだ。俺達の子供達の魂を楽園へと導くのは海獣達なのだと。ならば、サスマタの死骸を君達に渡すわけにはいかない。分かるか？」

「敷島さん、科学者であるあなたが、そんな馬鹿な事は信じてないでしょうね」

「いいか、加納。この島の運命から逃げたければ、ここから出ていけばいい。この島の重力圏を振り切って、飛び出せばいい。事実、そんな奴らも少なくない。だが土地の引力に引かれてここへやって来る者もいる。秋葉もそうだ。楠瀬もそうだ。そして君もそうなのだ。なぜだ？　偶然か？　そうじゃない。みんな心の奥で望んでいるんだ。俺達の身体に垢のように染み付いた糞ったれ科学なんぞ、吹き飛ばしてしまうような強い神話をな」

「じゃあこうしましょう。解剖が済んだら必ず……」

「俺にも出歯亀根性は人一倍ある」敷島は加納の言葉を遮った。

「未知の生物の生態となりゃ、なおさら知りたいよ。だがこの世界にゃ、そんな個人の欲望やチャチな文明なんぞをよせつけない、緻密で膨大な領域もある。この島の住人は、その領域にこの島が入ったことを知った。そしてそれを受入れたんだ」

「敷島さん……」加納はマイクに口を近づけたものの、言葉を続けることができない。

「話し合いはここまでだ」敷島の語気が突然、激しく変調する。「おい小僧、これ以上ダダをこねると、腕力にものを言わせるぞ。君らも多少の訓練は積んでるだろうが、こっちゃあ、鍛え方が違うんだぜ!」

彼の怒号は、なおも、畳みかけるようにボルテージを上げていく。

「イオの身柄も返してもらう。もし彼女の身体に痣でもついていてみろ。おまえさん方、ただじゃ帰さないぜ」

言うが早いか、敷島は持っていた拡声器を加納のクルーザーへと投げつけた。拡声器はくるくると宙を飛び、クルーザーのキャビンを囲むウインドシールドにガツンと当たった。飛び散った破片とともに、拡声器は波間に消えた。

敷島の派手な意志の表明に、ふうと頬を膨らませ、部下を振り返る加納。事の成り行きを黙って見ていた四人の部下は、伺いを立てるような視線をリーダーに送っている。だが部下達の目は弱々しい。目の当りにした、ギンカクの巨大さ。想像を遥かに超えた超自然の力。その恐怖がまだ残っているのだ。あの怪物が、脚の下から自分を狙っている。ときどき、船底からゴリゴリッという不気味な震動が響いてくる。奴だ。あの怪物が巨体を擦りつけながら、威嚇しているのだ。その度に、ひ弱な二本脚の心臓は縮みあがる。一人が、とうとう気持ちを保つのに疲れ、俯いた。

加納はマイクを置き、部下を睨みつけた。その脅えたきった眼は何だ。この役立たずめ、役立たずめ！

「あきらめろ加納」秋葉が苛立つ加納に言い放った。

「この島には神話の力学が働いている。それは母親になれなかった女達の祈りでもあるんだ。子供に注ぐはずだった女達のエネルギーの膨大さを君は知らんだろう。それは様々な形に変化して世界を再構成していくほど強い力なんだ。馬鹿にしちゃいけない。その薄紅色の爪は現実社会の薄い被膜なぞ、簡単に引き裂いてしまうぞ」

加納は携帯電話で、サスマタの死体を切り離すよう、マザーネイチャーズ・サンⅥの林に伝えた。マザーネイチャーズ・サンⅥのスタッフ達は大わらわで後部デッキに駆け寄った。クレーンを緩めると、逆さ吊りのサスマタはなめらかに海中へと没した。一度、海の中へ垂直に沈んだサスマタの巨体は、すぐに、潜水艦のようにドオオッと浮上した。母船スタッフは、クレーンロープとサスマタの尻尾に巻いたロープの係留具を、三人掛かりでやっと外した。サスマタはその穴だらけの白い腹を曝しながら、それでも海獣王の牙はみごとに天をむいていた。

その光景を敷島をはじめ、漁船団の皆が見守っていた。

加納は、全員の視線がサスマタに集中したのを見届けると、彼は絹のような髪をかきあげ、操縦レバーを握った。微速前進。そして、ゆっくりと転舵。

オリーブグリーンのクルーザーはしだいに船団から離れていく。

舵をとる加納の表情は不気味なほど穏やかだった。だが彼の赤い唇には、恋の悪戯をたくらむ天女のような笑みが浮かんでいる。そして彼の澄んだ瞳は、真っ直ぐ、ピラミッドの方へ向いていた。彼の背中で燻る、狂暴な炎。

秋葉は、はっとして、立ち上がった。窓の外を見る。

ピラミッドが近い。いや、近すぎる！

ピラミッドから八十メートルの領海。それは最も危険なゾーンだ。楠瀬らと供に、何度となく接近をくり返したエリア。海原に引かれた見えない死の境界線。今の秋葉なら、平原を走る銀色の川のようにくっきりと見える。

クルーザーはそれを越えてしまっていた。

そこはすでに海獣達のテリトリーの中なのだ。

加納は、クルーザーを反転させた。そして船尾をピラミッドに向け、停止した。

「貴様、正気か……！」秋葉はあわてて加納の腕を払い、操縦レバーを奪った。加納はその秋葉の腕を逆に捩り上げると、彼の身体ごと後方に投げつけた。加納の思いもよらぬ行動に、部下達ですら動揺していた。加納は、何か言いかけ腰を浮かせた部下の一人から、素早くライフルを取り上げ、安全装置を外し、腰溜めに構えた。

銃口はしっかりと秋葉の方を向いている。

加納がライフルの引き金を引かないことは分かっていた。だが、秋葉は後退した。微笑んだまま銃を構える加納の、まるで救いを求めるような悲壮な瞳に気押しされたのだ。さあ見せてくれ。この世界は腐っていると証明してくれ。汚濁に満ちた衣を取り去って、澄んだ湧水のありかを示してくれ。僕のいる世界は偽物だと、そう言ってくれ。

このじりじりと後退する秋葉に、加納は無言のプレッシャーをかけながらなおも詰め寄る。秋葉はやがて後部デッキのフィッシングゾーンへと追い詰められていた。彼の腰が、最後部のパイプ手摺にコツンと当たった。思わず振り向く秋葉。その瞬間、加納は秋葉の胸をドーンと突いた。その華奢な身体のどこにそんな力があるかと思うほどの衝撃だった。虚をつかれた秋葉は、そのま、ボートから仰むけに海へと落下した。

まず、痺れるほど冷たい海水に全身の筋肉が硬直した。心臓までいっきに冷えた。海面に顔を出した瞬間、思わず声が出た。だが身体が動かない！　水を吸ったマウンテンパーカーは身体の自由を奪い、船上からはゆったりと見えていた海上のうねりは、恐怖を覚えるほど強く獰猛だった。上下左右に思う様翻弄される。もがくように手足を動かすが、まったく前に進まない。沈まないようにするのが精一杯だった。

海獣のテリトリーの真っ只中。秋葉は茫然と加納を見た。

加納は、愛と憎しみに混乱した自らの肉体の謀反に、一瞬、息をのんだ。あわててボート上から秋葉に手を差し伸べる。しかし、秋葉の手に触れるか触れないかのところで、彼は感電したように、その手を引っ込めた。それは秋葉への無言の要求なのだ。もしこの島に別の力学が働いているのなら、アキバさんが自らの命で示してくれる。彼なら、必ず、見せてくれる。

「加納ーっ」

秋葉はあまりの事に、続く言葉を失った。いくらギンカクが攻撃的ではないといっても、テリトリーへの侵入者を許すことは絶対にない。それがマスターブルの仕事なのだ。そして秋葉には海獣と交信する能力はない。その力を持つイオはいまだ夢現の境をさ迷っているのである。どうゆう運命が待ち受けているかは、明白であった。

踏みしめる大地を失って頼りなく垂れ下がる脚の下を、何か巨大なものが、ゴウ、と通り抜けた。その渦巻きだけで、秋葉の身体が引きこまれそうになった。ギンカクだ！　秋葉はもう一度、叫んだ。だが、加納がスタッフに合図すると、クルーザーはゆっくりと秋葉から離れていった。秋葉はあわてて手を伸ばした。だが白く泡立つウェーキが無常にも秋葉を置き去りにする。その秋葉の目に、驚愕に凍りついた敷島の顔がうつった。だが、彼も漁師達も、さすがに動くことが出来ない。茫然と立ちすくむだけだ。

もはや、覚悟を決めるしかなかった。足下から吹き飛ばされるか、それとも、海底に引きずり込まれるのか。願わくば命だけは取らないでくれ、ギンカク。口や鼻に入りこんでくる海水を必死に吐き出しながら、秋葉は心の中で海獣に懇願した。俺にはまだやらなきゃならない事があるんだ。いや、ようやくそれが分かったんだ。

加納のクルーザーと秋葉との距離は三十メートルほどにも離れ、もはや航跡は遥かに遠くに消えた。

一方、敷島は心臓がせりだしそうな表情で船から身を乗り出していた。すぐ救出に向かわなければ。それは分かっていた。しかしとても、船を近づけろとは言えない。加納のクルーザーに向かって、ただ叫ぶだけだ。

（その目に焼きつけておきなよ、敷島さん）加納は敷島と秋葉を交互に見ながら、呟いた。（あんたらの神サマが、見境のない、ケダモノだということをさ）

加納は笑った。眉間と頬に走る、暗い皺。それは矛盾する自己へ向けられた裁きの剣が、自身の美しい相貌に刻む、深い傷のようだった。

秋葉は、クルーザーに戻る気がないことをはっきりと悟った。

だがその時、走り去るクルーザーのデッキから、何ものかが、海に飛びこんだ。

イオだ。

その逞しい褐色の裸体は、まるで歓喜に踊る水棲動物のように宙を舞い、紅い髪は羽衣のように靡《なび》いて長く尾をひいた。

イオは凄まじいクロールで丘のように盛り上がった海を泳いでくる。秋葉は彼女に向かって思いきり、手を伸ばした。その手をかいくぐるように、イオはフッと海に沈んだ。やがて秋葉のすぐ横に顔を出したイオは、髪をバアッと掻き上げた。彼女の首に巻かれた首飾りが、カランと鳴った。

秋葉ははっとした。彼女の意識はまだ戻っていなかったのだ。目の焦点は合っていない。しかし、得体の知れない情熱が瞳の奥で燃えている。

「イオ」

秋葉の呼びかけに、ほんの少し反応したように思えた。

突然、両脚に凄まじい抵抗を感じた。そのまま身体が浮いてしまうほどの水の圧力が、海底から吹き上がってくる。膨大なエネルギーがせり上がってくる。噴火口の真上にいるような、暴力的な噴流。

（きた……）

秋葉はイオを見つめながら、身体に力を入れた。

秋葉の踵に巨大なものが触れた。その瞬間、秋葉はイオの腰に手を回し、やや曲げた両脚の筋肉を極限まで固くした。ゆったりと浮上してきたその巨大な物体を、秋葉は思いきり踏みしめた。吹き飛ばされる事を覚悟していた秋葉の身体は、その小島のような物体に乗り上げ、海面の上に押し上げられた。

唐突に、海水を吸った衣服の重みが秋葉を襲う。がくりと膝が折れ、カエルのように這いつくばる。その彼の眼の前で、樹齢千年を超えた大樹を思わせる太い首が、海を割ってせりあがってきた。それはザアザアと海水を滴らせながら次第に垂直に起立してゆく。頭の頂きから首の背に沿って伸びた長く美しい銀色のタテガミが、秋葉のすぐ目の前にあった。

ギンカクだった。

秋葉はギンカクの背中に乗っているのだ。

柔軟な脂肪が覆っていると思われたギンカクの背中は、硬質のゴムの鎧を纏った鉄の塊のようだった。秋葉の体重ぐらいでは、一ミリもへこまない。体毛の無いつるりとした表皮の奥からはマグマのようなエネルギーの奔流が轟音とともに秋葉に伝わってくる。

抱いていたイオの身体から、がくり、と力がぬけたのに気がつき、秋葉はあわてて、彼女を強く引き寄せた。なだらかにアーチを描くギンカクの背中で、今度は秋葉がバランスを崩し、ずり落ちそうになった。秋葉は片手でイオを抱きよせ、膝をついて踏んばった。そしてもう片方の手で身体を支える物を探した。目の前にタテガミがあった。

ギンカクが、ふいにその巨体を縦に揺ると、秋葉の手は反射的に目の前のタテガミを強く摑んでいた。そのひと揺すりで、海獣王の巨体は空を飛ぶ飛行船のように海上を滑っていく。秋葉は振り落とされぬよう、握る腕に力を込めた。タテガミはまるで箒の束のような剛毛で、太く硬く頼もしかった。ぐったりと秋葉に抱かれていたイオが、弱々しく彼の腕を握り返してきた。

「イオ」

秋葉は必死に呼びかけながら、イオの手を海獣のタテガミに導く。

「こいつを摑め、イオ。聞こえるか？　摑むんだ！」

彼女の手は弱々しくタテガミをまさぐる。だが、摑んだ途端、イオの全身にピーンと力が漲った。大きく潮風を吸いこみ、顔を上げ、目を開いた。

意識のなかったはずのイオは、タテガミを手繰りよせながら、海獣の背の上ですっくと立ち上がった。引き締まった下半身が弓のように引かれ、満々と生気を湛えた乳房が天を向く。ほとばしるように輝く黄金の肌。潮風になびく紅い髪は、燃え盛る炎のようだ。虹色に輝く珠貝と金の首飾りをつけた、赤銅の裸像。

その姿に女神を見ない者がいるだろうか？

その場にいた全員の心に、何かが芽生えた。

突然、秋葉のすぐ横で海が盛り上がった。別の海獣がその鼻面を海面にそりだしたのだ。美しい牙が見える。そのオス獣はドラム缶ほどもある肺から、ブオオッと空気を吐き出す。猛烈な息吹きに、飛沫が間欠泉のように舞い上がった。すると別の海獣の息吹きがどこからか吹き上がる。また別の海獣が頭をもたげる。次々とその姿を誇示する海獣達。その数はますます増えて、五頭が十頭になり、二十頭、三十頭もの大群になった。群れが吹き上がる息吹きの音は、あたかも呼応するように連なり響きあい共鳴し、ついに暴風雨の如き飛沫で視界が霞むほどであった。

仁王立ちのイオが、大きく、叫ぶ。加納のクルーザーに向かって、吹きつける潮風を弾き飛ばすほどの力で、叫ぶ。この地から出ていけ。この地は乾の地だ。海神の支配する王国だ。天秤を持たぬものは出て行け二度と再び足を踏み入れるな。死者の魂に手を触れるな。輪廻の糸を乱すな。だが、その眼で見た事は忘れるな。そして伝え広めるがいい。この地が（乾）の国であることを。我ら乾の物語を、永劫にわたって語り伝えよ。

見渡す限りの海獣の群れが、イオの御託宣を祝福するかのように、猛烈な潮を吹き上げる。秋葉は心に芽生えた何かの正体が分かった。

それは新たな神話の誕生だ。そして宗教的共同体の誕生なのだ。

この場に居合わせた人々の心に、刻印されたのは、その共同体の理論なのだ。うちひしがれた者が縋り付く最後の命綱。外部の者がいかにその危険性、脆弱性を非難しようとも、彼らの帰属意識はこの共同体にこそある。島の人々は、乾神話を信奉し、それをコアにしてのみ、未来を見つめる事が出来るのだ。

ふいに、イオの肉体から異様な気配を感じ、秋葉は目を凝らした。

（どうしたんだ、これは……！）

イオの身体に異変が起こっていた。

彼女の、あの弾けるような太腿に突如浮かびあがる豹紋の斑点。その不気味な紋様は、太腿から、引き締まった腰へ、張り出した乳房へ、瞬く間に全身に広がっていくではないか。全身を覆ったその斑点は、イオの肉体の内側から、メリメリと皮膚を押し上げていく。浮腫のように浮き上がった不気味な斑点は、やがて細かい発疹となり、なめらかだった素肌を醜く変形させる。眩いばかりの裸体はもうそこにはない。全身を覆う微細な発疹は、次第に角質化し、堅い刺になる。松笠のように外を向いていたその刺の一つ一つが、しっかりと重なるように肌に馴染む。それはまるで蛇の鱗だった。

イオの顔を見て、さらに驚いた。

人の相貌ではなかった。

幾筋もの浮腫が走るその顔にイオの面影はもうない。愛らしかった唇は耳まで裂け、狼のように長い牙が生えていた。額の骨は瘤のように盛り上がり、ギリギリと皮膚を突き破って、角のように突き出した。悪鬼のようにつり上がった目には白目がなかった。優しさと悲しみを湛えていたあの瞳は、黒水晶のように無感情だった。

その姿は、ここにいる誰もが知っていた。

「ティダアパアパ号」の船首像にある海神の姿。

イヌイの伝説の神、イガシラセの姿だった。

変身。

神話が、現実の被膜を食い破った瞬間。

秋葉はあまりの事にもう声が出ない。ギンカクの背に乗っている事も波飛沫の冷たさも忘れ、震えていた。それは、その光景を目の当りにした全員の反応だった。漁師達もイオを指さし、上擦った声をあげるのが精一杯だった。

変身したイオが叫び声を上げる。この世のものとは思えない、恐ろしい叫び。怒りに狂った海神の叫び。錨のように頑丈な爪を振り上げ、もうひと声。

もう、彼女の心すら、感じられない。

そして海に飛びこむ。

「イオーっ」

秋葉が絞り出すようにやっと、一声。だがその声がイオに届くとは思えなかった。

彼女は波間を二度三度と跳ね上がると、そのまま、二度と姿を現す事はなかった。

ドオッと、ふたたび、ギンカクの巨岩のような背中が動いた。

腰のあたりで渦巻く海流に揉まれ、秋葉の身体は浮き上がり、頼りなく舞い踊った。コントロールを失った身体は、海獣のタテガミに絡ませた右手の指だけで何とか持ちこたえていた。

あざ笑うかのように、ギンカクが巨体をローリングさせた。大津波に飲まれたように、秋葉の視界から地上の光景すべてが姿を消した。海獣はその自由自在性を誇示するかのごとく、錐揉みを繰り返しながら、海中へとダイブしていく。絡みついたタテガミが複雑に指を縛りあげ、手が離れない。秋葉の身体も凄まじい力で海の中へと引き摺られていった。伸びきった秋葉の右腕は、ゴキリと音をたて、肩と肘が同時に脱臼した。それでもタテガミに絡んだ指は離れなかった。視界に現れるのは、細かく砕かれた泡、光芒を発する水面、その水面に黒い影をつくる漁船団の船底だけ。もされるがままだ。

はやどんな状態で引き摺られているのかも解らない。嵐にたなびく柳の枝のように、ただ、ただ、

（イオ……）秋葉はその場所で彼女の名を呼んだ。

（イオ、イオ、どこにいる？）

答えはない。やがて、その残り火も消え、秋葉は死を覚悟した。

（このまま、死ぬのか……）

すでに恐怖はなかった。神話が壊れた今、もはや自分は必要ないのだ。もしギンカクが楽園につれていってくれるなら、それもいいだろう。

あっという間に光の無い深度に達した秋葉の瞳は、闇の中で焦点を失った。潜っても潜っても底を見せない無限の広がり。肉体はすでに潰れているだろう。

（それにしても何という広大な水世界だろうか……）

生命の源となる全ての元素が溶けこみ、揺れ動き、渦巻き、離合集散を繰り返しながら自己組織化する、膨大な量の海水世界。ギンカクはこの豊饒な立体空間を自在に飛翔し、偏在する覇者なのだ。それに比べれば人類など、楠瀬の言葉を借りるなら、まるで岩にしがみつく苔のような存在ではないか。この世界に天秤というものがあるなら、人類の繁栄で片寄ってしまったこの世界をゆっくりと元に戻してくれるだろう。海神の業が天秤を調節してくれるに違いない。もう何百メートル、何千メートル潜っただろう。時々、横殴りの海流が猛烈な勢いで彼の身体を揺らす。果てしない暗闇

の中、ちらっと明かり見えた。真夜中の砂漠にふと見える篝り火のような、生命を予感させる明かり。仄かに光芒を放つ物体が見えた。それは秋葉が海底に捨てた放射性廃棄物だ。廃棄物のパックが凄まじい勢いで近づいてくる。改めて、どれほどのスピードで潜っていたのか思い知らされた。廃棄物パックの周囲には、あの女の腕のような海草群がびっしりと取り囲んでいた。秋葉はその大海草群すれすれを這うように飛行しながら、速度を落とし、やがてゆったりと漂い始めた。そして彼の身体は、あの大海草群の中へと、静かに滑り込んでいった。まるで無数の女の腕を思わせる深海の森林。針ほどの光も届かぬ暗黒世界でしかしその森は怪しい光芒を放っていた。その白い女の指が彼の胸を、腰を、顔を、撫でていく。撫でられながら、彼はさらに森の奥へと運ばれていく。何という安らぎに満ちた森。そこに住む様々な生物群はあまりにグロテスクだが、しかし彼らは地上にはびこる悪意や欲望とは無縁の、フラットな存在に思えた。

(アキバ……)

海草群の中から彼を呼ぶ声が聞こえた。秋葉はその聞き覚えのある声に集中した。

それは楠瀬の声によく似ていた。

(聞こえるか?　アキバ)(イオは正しかった)(ここはほんとうに素晴らしい)

確かに楠瀬の声だった。だが彼のあのシニカルな、斜に構えたような口調ではなかった。まるで足かせがとれたかのような、軽やかな口調だった。

(でもお前はまだこなくていい)(佐藤は腕を取られてしょげているが)(お前はまだ来なくていい

(あのサクソフォンはお前にやるよ)(古いがモノはいいんだ)

秋葉は声の主を捜した。だが彼の身体は彼の自由にはならなかった。ふと秋葉の身体にまったく感触の違う海草が一つ、触れた。それは海底からすうと伸びた女の手だった。手はしっかりと秋葉の腰のあたりを握りしめていた。秋葉の身体が森の奥へ運ばれていくと、その腕の持ち主がずるずると海底から引き摺り出されてきた。細く白い腕に続いて黒く長い髪、そして大きな目を半分閉じた蒼白な顔。悲しげに開かれた唇。血管の浮き出た細い首。女の顔はよく知っていた。

(美代子、お前……)

数日前に電話で話した時に気がつくべきだった。彼女は助けを求めていたのだ。SOSを発進していたのだ。彼女に何が起こったのか、秋葉は察知した。なんという事だ！　彼女はここにいる！　死者の楽園に、彼女がいる！

秋葉は無念の思いに胸が締めつけられた。

(あなたにもあのヒトにも失望したけれど…)(私はもう未来から解き放たれたわ)(私は希望から解き放たれたの)(ロザリオも見つかったわ)(銀色のロザリオ)

美代子の腕に力はなく、すぐに秋葉の身体から離れてしまった。

(子供達もここにいるわ)(子供達もここにいるわ)

海底から半身を出したまま彼女は頼り無げに、くにゃり、と崩れた。秋葉は思わず手を伸ばした。だが彼の手は彼女には届かなかった。かわいそうな美代子。あわれな女。

思いを残しながら、秋葉の身体は何者かの力でさらに森の奥へと運ばれていく。奥へ。さらに奥へ。それは死へ誘惑。

突然、何か、別の力が秋葉の身体を引っ張った。

秋葉は、ヘリコプターのコックピットに座っていた。

隣には、あの童顔のパイロット。パイロットは少女のような薄桃色の唇をすぼめ、口笛を吹いている。何か古い映画の主題歌だと思ったが、秋葉にはその映画の題名が思い出せない。サングラスの奥で目が笑っている。まあ、いいか。秋葉は、その音楽の女神が乗り移ったような美しい旋律と、静かな静かなローターの音に身を任せた。

二十一

秋葉が意識を取り戻した時、眼の前には焦点のぼけた敷島の心配そうな顔があった。

彼の、肝機能の低下からくる紫色の唇が、何事かを繰り返しわめいている。

「やあ、気がついた、気がついた」

言葉の意味を理解することができるようになると、秋葉はコックピットの中ではなく、漁船の中だということがわかった。ゴトゴトと揺れるディーゼルエンジンの心地好い振動が伝わってくる。

俺は海に沈んだはずだ。だが、身体がポカポと暖かい。感覚も戻っている。

起き上がろうとすると、身体の自由がきかない。毛布で簀《す》巻きの状態にされている。敷島は、待ってろ、と眼で合図すると、その毛布を剥ぎ、さらにその下のビニールシートを剥いだ、途端に秋葉の全身から、暖かい湯気がもあっと立ちのぼった。

「冬の海に落ちて意識を失った奴はな、こうして服の上から熱いお湯をたっぷりとかけてな、ビニールで巻いて毛布をかけておくんだ。そうすると、身体が活性化してすぐに意識を取り戻す。よっぽど気持ちが良いんだろうな。中には夢を見て、シヨンベンを漏らしてる奴もいるくらいだ」

秋葉はのろのろと濡れた服を脱ごうと、身体を起こした。途端に、右手の激痛で、飛び上がった。見ると、肘に添え木が当てられている。

「ああ、俺が脱がしてやる。腕が折れてるんだよ。痛いだろう?」

「靴がない……」

「何?」

「靴をなくしてしまった……。イタリア製のデッキシューズ……。気に入ってたのに」

「命が助かったんだ。そのくらい、海神にくれてやれ」

敷島は秋葉を裸にして自分の服に着替えさせると、ポットから熱いスープをカップに注ぎ秋葉に手渡した。香ばしく色づいたオニオンスープだった。

「うまい」

「女房が死んでから、しばらくの間、食い物を受け付けなくなっちまってね」敷島は傍らに腰かけ、スープをすすった。

「こればかり作って飲んでいた。あいつの得意料理だったんだよ。不思議なもんでね、そんな死人同然のような状態のくせに、しばらくすると何かしら工夫せずには居られなくなる。こうするともっと美味しくなるとか、玉葱の炒め具合やダシのとりかたなんかをね。つくづく、生臭いもんだぞ人間は」

「イオは」

「いっちまった」敷島はわざと素っ気なく言い放つと、あわててスープを口につけ、その後にくる沈黙をやり過ごそうとした。

秋葉もスープを何口か立て続けに飲む。誰もが予期していたことだ。佐藤が死んでも、サスマタが死んでも、イオは死を選んでいただろう。

しばらくして秋葉が呟いた。

「加納は?」

「見せてやりたかったぜ、あの若造の顔。捨て猫みたいにギャアギャアとお前の名を呼んでいたよ。とっとと帰れ、といってやったんが、へばり付いて離れない。涙流しながら笑ってやがって、気持ち悪いったらありゃしない。ありゃ、お前の最初の信者になるぜ」

「信者だって? 何の事だ?」

「ああいう自信家の皮肉屋の醒めた現実主義者気取りのガキほど、宗教的現象を目の当りにすると、はまり込んでしまうものなのさ」

敷島は、デッキに出て見ろ、と合図した。立ち上がろうとして、秋葉はよろけた。身体は重かったが、頭は不思議とすっきりしていた。秋葉は毛布を身体に巻いて、なんとかキャビンの外に出た。

そこには、あの漁師達の船団がいた。漁師達は皆、船の上で心配そうに秋葉を見ていた。彼らはまるで秋葉の登場を待っていたかのように、おう、と身を乗り出した。

「冗談じゃない」

秋葉は彼らの表情の意味するところを察知して、あわててかぶりを振った。

「諦めな」敷島は無責任な口調で言った。

「君はあのギンカクのたてがみに触れたんだ。海獣の背に跨り、生きて帰って来た。もうこの島から逃げられないぜ」

「俺にイオの代わりは出来ない」

「君に踊ってくれなんて、誰も頼んでないよ」

俺には何も出来ない、と言おうとして、秋葉は黙りこくった。今の彼にきちんと拒否するだけのエネルギーは無かった。

「体調がよさそうだな、敷島君……」

「相変わらず酒浸りだよ。ビューレック・ペトル病の追跡調査は、もう袋小路に入っているしな。調査は続けていくつもりだが、何しろ、あれはノイローゼ行きの直行列車だ。だが、俺はね、たった一つ残った希望に賭けてみるつもりなんだ」

「たった一つの希望……」

「そうだ。海神のサスマタは死んでしまったし、イオも……つまりキナも海に消えてしまった。もう神話は死んだ。確かに君の奇妙な輪廻話には救われたよ。死がすべての終わりではないと思うだけで、楽になるんだな。この島の連中には(それ)が必要だよ。だがね、俺は島が滅んでもいいとは思っていない。滅びも受け入れていない」

「神話に逆らうつもりか？」

「そうだ。ビューレック・ペトル症候群が、男女の生殖行為によって組み合わされたある変異遺伝子を引き金とする現象なら、男女の交わりのない子供を作ればいい。単性生殖による、自己の複製としての胎児。すなわち……」

「まさか」

「そう、クローンベイビーだ」

クローン！　クローンだと？　確かにそれなら、遺伝子が混じり合うことはない。

あまりの飛躍に秋葉は混乱した。アンモラル。アンチキリスト。生命の冒涜。人権の侵害。様々な言葉が脳裏に浮かぶ。しかし、口には出さない。今の秋葉には理解できる。人間がどんな科学技術を行使しようと、それもまた生態系という機械を動かす、歯車の一つだという事を。

「悪あがきに過ぎない事は知っている」敷島は自分に言い聞かせ、頷く。「だが、そいつを承知でやってみようかと思っている。俺達を滅ぼそうとしている奴に、せめて一太刀、浴びせてやるさ。いや、もう、打診は来ている。気持ちも決まっている。不思議なもんだな。今になってルビコンを強引に推進した君の気持ちが、何となく理解できるよ」

祝福も称賛もない茨の道。眠れないほどの罪悪感。秋葉は、かつての自分を思い出して、胸が苦しくなった。

「君なら分かるだろう？」敷島は秋葉の気持ちを見透かしたかのように笑った。

「男の道は茨の道さ！」

「あの海獣の大群は姿を消したのか」

「馬鹿言うな」

敷島が指さしたのは、二ッ亀島だった。佐渡島と二ッ亀島に横たわる玉砂利の海岸。海獣の群れはそこにいた。海岸を埋めつくした灰色の肉塊群は揉み合い、擦れ合い、その熱気は巨体に降りかかる大波を一瞬にして蒸気に変え、海岸全体にもうもうとした湯気で包んでいた。雄は天に向かって吠え、雌はからみ合いながら雄に寄り添う。五十頭を優に超えた海獣達は、その島が約束の地であることに疑う様子もなく、リラックスし、悠然と、腰を落ちつけていた。

「そうか」秋葉が呟く。「やはり、神話は、壊れないらしい」

「しかし、イオが海の底へいっちまった……」敷島は、諦めたように、言った。

「そう。イオは海に消えた。彼女は海神になったんだ。イオは海獣達に危険を『知らせ』る者だった。彼女はすでに海神イガシラセの要素を持っていたのだ。そして海神と心を通わせるキナとカジツワとは……」

秋葉は、海獣の大群の中に、群れから少し離れ、二ッ亀島に寄り添うように、番《つが》う二匹の海獣を指さした。誰の目にも、その二匹は特別に映った。

一匹は、銀色のたてがみを奮わせ、海原を睥睨する海獣王、ギンカク。

そしてもう一匹は、愛らしい顔を上げ下げする馨しい雌獣、キャラウェイ。

そう。彼らがキナとカジツワなのだ。そして彼らの一族こそ、その知性と天秤と強大な繁殖能力で、この惑星の次なる支配者になるのだ。

秋葉は毛布を巻き直した。やっと寒さを感じる感覚が戻ってきた。そして、眼前にそびえる佐渡島を見た。雪を頂いた金北山が美しい。

世界中の海にルビコンが建造される。それが世界の趨勢だ。経済効率や新技術では、この流れは止められない。そして、ルビコンのそそり立つ海にあの海獣の群れがやってくるだろう。そして海獣がイオを呼ぶ。世界中に存在するイオや私を呼ぶ。天秤を持つ者達を呼ぶ。人々を太古の神話世界に導く物語を、彼らはその身体に持っているのだ。それは子どもと希望と未来を奪われた人々を癒すための物語。滅びを受け入れるための物語。物語は呪いとなって、現実社会の脆い被膜など簡単に食い破り、侵食してくるだろう。そもそも、ルビコンが、海獣どもが、深海の奇妙な生物達が、ビューレック・ペトル病に打ちのめされイヌイ神話に救いを求める者達の〈願い〉の産物でないと、誰が言えるのか。

ビューレック・ペトル病はやがて、世界の島々を、海を持たぬ平原の民にも、北の凍土に住む民族にも豊饒なる緑と水の民をも覆い尽くすだろう。我々は降り積もる雪に埋まり、王冠は輝きを失い、ビロードのケープは剥ぎ取られ、玉座からは追われ、ひびわれたナルシスの鏡を手に、男女のまぐわいさえ恐れと喪失の象徴となった時代を、荒れ果てた土地の痩せた藪の中で、ひっそりと亡霊のように暮らすのだ。その試練に我々が耐えるには、強い物語が必要なのだ。

世界中に伝え広めていかなければならない。ルビコンとイオと海獣の物語。地上と深海を繋ぐ死者とその転生の物語を。人類に秋の訪れが来たことを。そして冬の準備を始めなければならないことを。その物語を硬い結晶へと純化させた（乾の神話）を。

場所や人種が違っても、それを必要とする人々は必ずいる。彼らのために語り継ごう。

それが今、この場にいる者達すべての義務だ。

船だ。ティダアパアパ号だ。

佐藤の描いた不思議な船名が、波間に見え隠れしている。だがその船は秋葉の知っている、あの神秘的なほど美しい船ではなかった。カラフルな塗装は、剥げかけて潮風にひりひりとなびいていた。主を失い朽ちる寸前のその船は、まるで魂のない放浪者のように漂っていた。

秋葉はやっと思い出した。

ティダアパアパという不思議な言葉の意味をだ。

それは赤道直下の島、インドネシア領スラウェシ島の言葉だ。かつてはセレベス島と呼ばれたこの島の中部山岳地帯に住むトラジャ族は、トンコナンと呼ばれる船型家屋に住み、今なお独自の生活様式を守っている。ティダアパアパとは、彼らの盛大な葬祭儀礼に使う水牛や豚のことを指す、古い古い言葉なのだ。

それは「生け贄」という意味である。

了

著者プロフィール
砂鳥 㐂三郎 (すなとり きさぶろう)
1959年7月17日、東京生まれ。

海神の天秤

2002年4月15日　初版第1刷発行

著　者　砂鳥 㐂三郎
発行者　瓜谷 綱延
発行所　株式会社文芸社
〒160-0022　東京都新宿区新宿1-10-1
電話 03-5369-3060（編集）
03-5369-2299（販売）
振替 00190-8-728265

印刷所　図書印刷株式会社

ISBN4-8355-3631-2 C0093